ullstein

Das Buch

Sonja hatte ihre Zukunft genau geplant. Nach der Facharztausbildung in Chirurgie sollte es nach Afrika gehen, wo sie mit ihrem Freund Steffen auf einem Klinikschiff arbeiten würde. Doch dann kommt alles ganz anders. Steffen will doch lieber eine eigene Praxis eröffnen und drängt Sonja, die Afrika-Pläne aufzugeben. In einem heftigen Streit trennt sich Sonja von ihm. Und dann unterläuft ihr eines Nachts aufgrund von Übermüdung auch noch ein verhängnisvoller Fehler in der Notaufnahme. Auf Anordnung der Chefärztin nimmt Sonja sich eine vierwöchige Auszeit und fährt nach Amrum, wo ihre Jugendfreundin Anne eine kleine Pension betreibt.

Die Seeluft tut Sonja gut, und die übrigen Sommergäste in Annes Pension scheinen auch ihre Ruhe haben zu wollen. Vor allem Patrick, der wortkarge Landschaftsgärtner, der die Sommersaison über auf Amrum arbeitet. Als Sonja nach ein paar Tagen auf der Insel einen seelischen Tiefpunkt hat, ist es ausgerechnet Patrick, mit dem sie reden kann. Je öfter sie gemeinsam die Insel erkunden, umso mehr fühlt Sonja sich zu ihm hingezogen. Doch Patrick hat ein Geheimnis …

Die Autorin

Carin Winter hat Medizin studiert und mehrere Jahre als Ärztin in einem Dorf gearbeitet; später entdeckte sie die Lust am Schreiben. Teile ihrer Familie stammen von Rügen, ein Großonkel war dort auch Arzt. Carin Winter lebt in Weil der Stadt.

In unserem Hause sind von Carin Winter bereits erschienen:
Die Inselärztin · *Die Liebe der Inselärztin*
Die Inselärztin und das Glück · *Das Haus hinter den Dünen*

Carin Winter

DIE STRAND-LÄUFERIN

Roman

Ullstein

Besuchen Sie uns im Internet:
www.ullstein-taschenbuch.de

MIX
Papier aus verantwortungsvollen Quellen
FSC® C083411

Originalausgabe im Ullstein Taschenbuch
1. Auflage Juni 2016

Umschlaggestaltung: ZERO Werbeagentur, München
Titelabbildung:
Getty Images/© ZenShui/Sandro Di Carlo Darsa (Frau);
Getty Images/© Manuel Gutjahr (Leuchtturm, Küste)
Satz: LVD GmbH, Berlin
Gesetzt aus der Sabon
Druck und Bindearbeiten: CPI books GmbH, Leck
Printed in Germany
ISBN 978-3-548-28803-1

I

Das Telefon klingelte laut und aufdringlich. Sonja setzte sich auf und stöhnte. Im Dienstzimmer der Chirurgie war das Nachtlicht eingeschaltet, so dass sie sich bei der matten Beleuchtung schnell zurechtfinden konnte. Sie blickte auf den Wecker, der neben der Liege auf dem Nachttisch stand. Zwei Uhr, um eins hatte sie sich schlafen gelegt. Gerade mal eine Stunde Schlaf war ihr vergönnt gewesen.

Sie hob ab und hörte, noch bevor sie sich meldete, die Stimme der Nachtwache unten an der Pforte: »Tut mir leid, Frau Doktor, ein Zugang für die Ambulanz, ein Mann mit Hundebissen. Die Sanitäter bringen ihn gerade hoch.«

»Danke«, erwiderte Sonja, »Sie können ja nichts dafür.« Sie legte auf, stand auf und zog sich an. Dann packte sie ihren Notrufapparat in die Tasche und trat auf den Flur, der hell erleuchtet war. Aus einem anderen Zimmer kam die Nachtschwester und nickte ihr freundlich zu. Weiter hinten ertönte eine Klingel.

Die Ambulanz lag eine Treppe tiefer, und als Sonja unten ankam, wurde gerade der ältere Mann hereingebracht, der ihr angekündigt worden war. Soweit Sonja auf den ersten Blick erkennen konnte, hatte er Bisswunden am linken Arm und linken Oberschenkel. Außerdem war er ganz offensichtlich betrunken und sehr schmutzig, und er widersetzte sich heftig den Sanitätern, die ihn ins Behandlungszimmer bringen wollten.

Es waren noch zwei zusätzliche Pfleger nötig, um ihn auf die Untersuchungsliege zu bugsieren, denn er wehrte sich mit Händen und Füßen.

Sonja brauchte über eine Stunde, um die Wunden zu reinigen, lokal zu betäuben und zu nähen. Immer wieder wand sich der Mann und versuchte aufzustehen. Das sterile Tuch fiel auf den Boden, sie musste neue Handschuhe anziehen und brauchte neues Besteck. Als sie schließlich fertig war, zitterte sie vor Erschöpfung. Sie stand auf und bedeckte ihr Gesicht mit beiden Händen, dann ging sie aus dem Zimmer und ließ die Pfleger die letzten Verbände anlegen.

Sie wollte nur noch weg, raus aus der Ambulanz, sich in einem ruhigen Zimmer verkriechen und nichts mehr hören und sehen.

Dieser Wochenenddienst, der nun bald hinter ihr lag, war besonders anstrengend gewesen. Sie und ihr Kollege waren fast dauernd im Einsatz, und bereits die Nacht zuvor hatten sie beide nur wenige Stunden Schlaf bekommen. Sie betrat ihr Zimmer und warf sich, ohne sich auszuziehen, auf die Liege. Und so blieb sie bis zum Morgen liegen.

Am Montag früh nach der Übergabe trat Sonja durch die Drehtür der Klinik an der Alster nach draußen. Nur ganz nebenbei bemerkte sie die neue Dekoration im Türinneren. Sie war so müde, dass sie sich kaum auf den Beinen halten konnte. Aber dann blieb sie doch stehen.

Ostern, dachte sie bestürzt, Blumen, bunte Eier, ein Hase. Ist es schon wieder so weit? Hatte sie den Frühling verpasst in den letzten Wochen? Ja, sie hatte ihn verpasst wie so vieles andere, und sie fühlte sich schon lange am Ende ihrer Kräfte. So konnte es nicht weitergehen. Aber sie war viel zu erschöpft, um irgendeinen Entschluss zu fassen.

Sie ging Richtung Parkplatz, atmete tief die laue Luft ein, die ihr mit einem leichten Wind entgegenblies, blieb stehen und schloss die Augen. Ja, es war Frühling, und er war schon fast wieder vorbei. Und sie hatte es kaum mitbekommen.

Die vielen Nachtdienste, die Wochenenden, die Arbeit in der Ambulanz der Chirurgie, auf der Station und vor allem im OP, all das hatte sie allmählich regelrecht aufgefressen. Und wenn sie dann zu Hause in ihrer kleinen Wohnung war, hatte sie sich vor dem Fernseher eingeigelt, vom Sofa ins Bett geschleppt und am nächsten Tag wieder in die Klinik.

Sie dachte daran, dass sie schon lange nicht mehr mit ihren Eltern telefoniert hatte, auch zum Briefeschreiben war sie meist zu müde, und der letzte Besuch hatte vor fast zwei Jahren stattgefunden.

All das ging ihr durch den Kopf, als sie langsam zu ihrem Auto lief. Es stand am Ende des Ärzteparkplatzes, neben den großen Limousinen der Oberärzte und der Chefärztin. Es war ein grauer Golf, ein Allerweltsauto. Passend für eine Assistenzärztin, dachte sie leicht spöttisch. Die Chefin fuhr einen Mercedes, aber sie war auch keine Assistentin mehr, die für wenig Geld viel arbeiten musste und die man beliebig zu den Operationen zum Hakenhalten einteilen konnte. Die meisten Kollegen waren Männer, und Hakenhalten war nicht gerade beliebt.

Nein, dachte Sonja, ich will keine Karriere machen und auch nicht das große Geld verdienen. Ich möchte den Menschen helfen, die nicht die Chance haben, einfach in ein Krankenhaus zu gehen und sich behandeln zu lassen, wenn es nötig ist. Schon immer war es ihr Entschluss gewesen, nach Ende der Ausbildung in Afrika zu arbeiten, um den Ärmsten der Armen zu helfen. Das war ihr Ziel, und das hatte sie nie aus den Augen verloren.

Sie kramte in ihrer Tasche nach dem Autoschlüssel. Er fiel auf den Boden, und als sie ihn aufhob, geriet ihr der Schlüssel von Steffens Wohnung in die Finger. Ich muss ihn endlich mal vom Schlüsselbund entfernen, dachte sie unwillig, und irgendwo ablegen, wo ich ihn nicht mehr zu sehen bekomme – genauso wie unsere Liebe und die gemeinsame Zukunft. Steffen hatte es so gewollt mit seiner plötzlichen Entscheidung, eine eigene Praxis zu eröffnen und ihre gemeinsamen Afrika-Pläne einfach fallenzulassen. Und er war nicht bereit gewesen, für Sonja seine Meinung zu ändern.

Sie schloss die Tür ihres Wagens auf und setzte sich aufatmend hinters Steuer. Die nächsten vierundzwanzig Stunden konnte sie schlafen, solange sie wollte, und sie würde sich von niemandem stören lassen.

Natürlich hatte sie während der ganzen Jahre in der Klinik auch Freizeit gehabt und Urlaub, das letzte Mal über Silvester. Aber das war nun schon wieder fast vier Monate her. Damals war sie noch mit Steffen zusammen gewesen. Die Erinnerung daran war schön und schmerzhaft zugleich.

Denn nun war alles vorbei. Seit vier Wochen herrschte Funkstille zwischen ihnen, zornige, erbitterte Funkstille.

Sonja war nicht bereit, ihm einen Schritt entgegenzukommen, den musste Steffen tun, nachdem er so rücksichtslos nur seine eigenen Interessen verfolgt hatte.

Sie dachte an die freien Wochenenden nach ihrem großen Streit, in denen sie es nicht geschafft hatte, entspannt und in Ruhe allein etwas zu unternehmen. Sie hatte zweimal Freunde besucht, was nicht gerade erholsam war, weil alle Themen, über die gesprochen wurde, für sie weit weg von ihren eigenen waren. Abends hatte sie sich in medizinische Lektüre für die Facharztausbildung vertieft, hatte die Wohnung aufgeräumt, war auch einmal in die Oper gegangen. All das hatte sie zwar ein wenig abgelenkt, aber nicht wirklich belebt.

Mit Steffen war sie immer ins Grüne gefahren. Er hatte sie einfach an die Hand genommen, ins Auto gesetzt und war mit ihr rausgefahren, an die Elbe, ins Alte Land, nach Friedrichstadt, dem Städtchen in holländischem Stil mit den Grachten, der flachen wunderbar grünen Landschaft und mit den vielen Radwegen. Sie waren gelaufen, bei Wind und Wetter, über Feldwege und am Wasser entlang, durch Wiesen und kleine Wälder. Und abends waren sie beide angenehm müde gewesen, aber gleichzeitig erholt, nicht so wie jetzt, wo sie nur noch Erschöpfung spürte.

Drei Jahre lang war sie mit Steffen zusammen gewesen. Steffen war Facharzt für Gesichts-und Kieferchirurgie – ist es noch, verbesserte Sonja sich in Gedanken – und sechzehn Jahre älter als sie, aber das machte ihn gerade so anziehend.

Sie legte die Hände in den Schoß und schaute in Gedanken versunken aus dem Fenster ihres Autos …

»Dr. Steffen Barenthin« hatte auf der Einladung zur

Fortbildung gestanden, die sie vor drei Jahren auf ihrem Schreibtisch vorgefunden hatte. Und da sie an dem Thema interessiert war, hatte sie beschlossen hinzugehen. Er würde über Operationsmöglichkeiten bei Kindern mit Kiefer-Lippen-Gaumenspalten, sogenannten Hasenscharten, sprechen.

Es war ein lauer Sommerabend, und Sonja fuhr nach einem langen Tag in der Klinik gleich zum Seminar. Sie hörte dem Vortrag des Arztes aufmerksam zu. Er hatte die Gabe, seine Zuhörer eine Stunde lang zu fesseln, ohne dass Langeweile aufkam. Außerdem sah er gut aus mit den dichten dunklen Haaren, den braunen Augen und seinem sympathisch wirkenden Gesicht.

Nach seinem Vortrag gab es kleine Häppchen, und da Sonja seit dem Mittag nichts mehr gegessen hatte, legte sie sich eines dieser raffinierten belegten Schnittchen nach dem anderen auf einen Teller.

Erst als sie ein Lachen neben sich vernahm, wurde ihr bewusst, dass sie einen regelrechten kleinen Turm auf ihrem Teller aufgebaut hatte. »Endlich mal jemand, der ungeniert richtig zulangt«, sagte der Mann, der sich jetzt ebenso seinen Teller vollpackte. Und dieser Mann war Dr. Steffen Barenthin.

Er nahm mit einer leichten Bewegung ihren Arm und schob sie auf eine Sitzecke zu. »Leisten Sie mir doch Gesellschaft«, bat er. »Und wenn unsere Teller leer sind, holen wir Nachschub.«

Er wollte wissen, was für eine Ausbildung sie machte, und Sonja erzählte ihm von ihren Plänen.

Da einige Kollegen auf ihn zukamen, die noch Fragen an ihn hatten, verabschiedete Sonja sich und fuhr nach Hause.

Zwei Tage später rief er bei ihr in der Klinik an und fragte, ob sie Lust hätte, mit ihm in ein Musical zu gehen.

Und sie hatte Lust. Vier Wochen danach waren sie ein Paar.

Und nun war ihre Liebe gescheitert an den verschiedenen Vorstellungen von einer gemeinsamen Zukunft.

Eigentlich an Steffens Verrat meiner Pläne, dachte sie, und der Zorn kam wieder hoch. Die Enttäuschung schmerzte immer noch, und das Gefühl, auf einmal einem fremden Mann gegenüberzustehen, der nicht bereit war, ihr mit einem Kompromiss entgegenzukommen ...

Sonja gab sich einen Ruck und schüttelte unwillig den Kopf. Was saß sie hier in ihrem Wagen und ließ ihren Gedanken freien Lauf. Das endete doch immer wieder bei Steffen, und das wollte sie nicht mehr.

Sie drehte den Rückspiegel zu sich und betrachtete ihr Gesicht – es war schmal und blass, mit dunklen Augenringen und einer Falte auf der Stirn. Die langen blonden Haare trug sie straff nach hinten geflochten und dort zusammengesteckt. Sie mochte es nicht, wenn sie ihr ins Gesicht fielen. Und im OP war es sowieso wichtig, die Haare unter der Haube zu verstecken. Sie drehte den Spiegel wieder zurück und verzog die Nase. Zurzeit gefiel ihr nicht einmal mehr ihr eigenes Gesicht.

Auf einmal war sie so müde, dass sie kaum die Augen offen halten konnte. Ihr Zorn war vor Erschöpfung verflogen. Sie startete den Motor, fuhr langsam vom Parkplatz und bog in die nächste Straße ein.

2

Sonjas Wohnung befand sich in einem Vorort von Hamburg – zwei Zimmer in der oberen Etage eines alten Mehrfamilienhauses. Sie konnte direkt davor parken, unter den Ahornbäumen, die die Straße säumten und erste grüne Blätter zeigten. Sie stieg aus und ging langsam den kurzen Weg zur Eingangstür entlang. Sie schloss die schwere Holztür auf, stieg die breite Treppe im großzügigen hellen Treppenhaus bis in den vierten Stock hoch, obwohl sie so erschöpft war und es einen Lift gab. Aber sie hatte sich vorgenommen, wenn möglich immer zu Fuß nach oben zu gehen, um nicht bequem zu werden.

Sie öffnete die Wohnungstür, stellte ihre Tasche auf den Tisch in der Diele, zog die Schuhe aus, räumte sie ins Regal und hängte den Mantel über den Bügel. Auch wenn sie müde war, Ordnung musste sein.

Steffen hatte seine Schuhe immer einfach abgestreift und unter den Tisch geschoben, und seinen Mantel über den Stuhl geworfen. Wenn sie ihn dann ermahnte, es genauso wie sie zu machen, hatte er nur gelacht, sie in den Arm genommen und gesagt: »Meine liebenswerte, ordentliche zweite Hälfte, von dir kann ich noch was lernen.«

Manchmal hatte sie dann auch gelacht, aber ab und zu war sie auch ärgerlich gewesen.

Jetzt wünschte sie sich, es wäre alles wieder so wie vor ihrem heftigen Streit, und Steffens Schuhe würden wieder unter dem Tisch liegen.

Sie betrat ihr Wohnzimmer, ließ sich aufs Sofa fallen und schloss die Augen. Sie liebte ihre Wohnung mit den hohen Stuckdecken, den großen Sprossenfenstern, Holzböden und den schönen alten Türen mit Messingbeschlägen. Das hatte ihr sofort gefallen. Das Schönste aber war das große helle Wohnzimmer mit der verglasten Veranda, in der man bei jedem Wetter sitzen konnte. Das Schlafzimmer war klein und die Küche schmal, für Sonja jedoch ausreichend, da sie eher selten kochte. Meist aß sie in der Klinik oder bei Steffen, der eine gutausgestattete Küche besaß und sie gern mit einem besonders guten Essen verwöhnte. Aber auch das war ja nun vorbei.

Sie öffnete die Augen und fuhr sich mit den Händen über das Gesicht, um die Müdigkeit wegzustreichen. Auf dem Couchtisch lag der von ihr angelegte Ordner mit allen Informationen über medizinische Projekte in Afrika. Sie wusste inzwischen genau, wohin sie wollte: Sie wollte auf einer der schwimmenden Kliniken arbeiten, die von der christlichen Vereinigung Mercy Ships in die Entwicklungsländer geschickt wurden, um dort kostenlos den kranken Bewohnern zu helfen. Zwei dieser Schiffe, die *Anastasis* und die *Caribbean Mercy*, waren bereits viele Jahre im Einsatz. Jetzt gab es ein neues Schiff, die *Africa Mercy*, das in Westafrika stationiert war.

Als sie Steffen vor drei Jahren kennengelernt hatte, war es ihr größter Wunsch gewesen, dass er mit ihr gehen würde. Und er war auch keineswegs abgeneigt gewesen. Aber er hatte gemeint, sie solle zuerst einmal ihre Ausbildung zu Ende machen. Doch in den letzten Monaten hatte er sich immer wieder über seinen Arbeitsplatz an der Uni-Klinik beklagt, und gesagt, dass er irgendwann einmal kündigen und eine eigene Praxis aufmachen würde.

Sonja war nicht sicher gewesen, wie ernst er das meinte, aber sie hatte im Stillen gedacht, er würde sich dann schon bereit erklären, zuerst zwei oder drei Jahre mit nach Afrika zu kommen, wenn es so weit war. Und danach könnte er sich dann irgendwo niederlassen, und sie könnten vielleicht sogar zusammen in seiner Praxis arbeiten. Auf jeden Fall hatte ihr immer, wenn sie am Rande ihrer Kräfte war, der Gedanke an Afrika wieder Mut gemacht. Und mit Steffen an ihrer Seite fühlte sie sich stark genug, dort auch schwierige Zeiten zu überstehen. Wenn sie ganz ehrlich zu sich selbst war, hatte sie, bevor sie ihn kennenlernte, manchmal an ihrer eigenen Entschlossenheit gezweifelt. Allein in Afrika, umgeben von fremden Menschen und konfrontiert mit einer riesigen Verantwortung, dieser Gedanke erschreckte sie. Sobald sie sich jedoch vorstellte, den Schritt mit Steffen zusammen zu wagen, waren diese Zweifel verschwunden gewesen.

Und dann, an diesem schrecklichen Montagmorgen vor vier Wochen, war Sonja nach einem langen, anstrengenden Wochenenddienst erschöpft in Steffens Wohnung gegangen, um sich auszuschlafen, da bei ihr im Haus die Handwerker zu Gange waren.

Als sie das Wohnzimmer betrat, saß er auf dem Sofa und blickte sie ernst an.

»Warum bist du zu Hause?«, fragte sie erstaunt, »bist du krank?«

Er fuhr sich mit den Händen durch die dunklen kurzen

Haare und schüttelte den Kopf. »Nein, ich muss mit dir reden.« Er sah bedrückt aus, nicht so unbekümmert wie sonst.

Sie seufzte und setzte sich neben ihn.

»Kann das nicht warten, bis ich mich ausgeschlafen habe?«, antwortete sie gereizt.

»Es geht um eine wichtige Entscheidung.« Er legte seine Hand auf ihre, und sie spürte seine Wärme, die ihr immer Trost gespendet und in der sie sich geborgen gefühlt hatte.

Und dann hatte er ihr etwas mitgeteilt, was sie mit einem Schlag aus jeder Geborgenheit herausriss. Er hatte ganz kurzfristig die Möglichkeit bekommen, in eine Praxis für Kieferchirurgie mit einzusteigen, die ein Kollege vor einem halben Jahr eröffnet hatte.

»Du willst in der Klinik kündigen?«, fragte sie fassungslos, »und dich niederlassen? Aber das hattest du doch erst in ein paar Jahren geplant.« Hatte sie irgendwas falsch verstanden? Vielleicht hatte sie vor lauter Müdigkeit nur die Hälfte von dem mitbekommen, was er gesagt hatte. »Wir wollten doch nach Afrika gehen, wenn ich fertig bin. Mit einer eigenen Praxis kannst du bestimmt nicht mehr so lange weg?«

Er legte ihr den Arm um die Schultern und zog sie an sich. »Das mit Afrika war immer eine Option, aber nie fest beschlossen. Und die Chance jetzt ist einmalig für mich, ich fühle mich schon lange nicht mehr wohl in der Klinik, das weißt du. Ich möchte selbständig arbeiten und entscheiden können.«

Sonja löste sich von ihm. »Das kannst du nicht machen«, schrie sie ihn an, »darauf habe ich seit Jahren hingearbeitet. Und du als Kieferchirurg könntest auf einem der Schiffe genauso hilfreich sein wie eine allgemeine Chirurgin.«

»Hör mir bitte zu, Sonja«, sagte er eindringlich und zog sie wieder zu sich heran. »Ich sehe doch, wie du dich abquälst mit deiner Facharztausbildung, du bist nur noch müde und kaputt. Und die Arbeit auf so einem Schiff ist noch anstrengender als der Klinikalltag hier. Du könntest deine Ausbildung abbrechen, bei einem Chirurgen, der eine ambulante Praxis hat, mitarbeiten, in Teilzeit, ohne Nacht- und Wochenenddienste. Und wir könnten heiraten und Kinder bekommen. Du weißt, dass ich mir das schon lange wünsche.«

Nein, das kann nicht sein, dachte Sonja, das kann er nicht im Ernst meinen, er konnte doch nicht einfach von heute auf morgen ihre ganze Zukunft umwälzen. Sie würde ihren langjährigen Traum nicht aufgeben, nicht aus einer Laune heraus, wie sie es Steffen unterstellte. Sie war der Meinung, dass Hilfe für diese armen, oft seit Jahren leidenden Menschen sinnvoller sei und ein ausgefüllteres Leben garantieren würde, als jetzt schon zu heiraten und Kinder zu kriegen. Zumindest für die nächsten Jahre.

»Das geht nicht«, erwiderte sie aufgebracht. »Ich will mit dir zusammen einige Jahre in Afrika arbeiten, bevor wir eine Familie gründen. So hatten wir es abgemacht.«

»Ich bin Mitte vierzig«, hatte Steffen entgegnet, »ich möchte nicht unbedingt ein Vater sein, der bereits ein halber Opa ist. Ich habe in den letzten Wochen wirklich lange darüber nachgedacht. Warum sollen wir unsere Pläne nicht ändern? Sonja, sei doch vernünftig. Ich liebe dich, ich möchte uns hier eine Existenz aufbauen, und dazu haben wir jetzt die einmalige Gelegenheit. Und ich möchte nicht, dass wir beide vor lauter Arbeit nicht zum Leben kommen, weder hier noch in Afrika.«

Sonja war so wütend und enttäuscht gewesen, dass sie aufstand und im Zimmer hin- und herlief. Er hatte sich schon länger Gedanken über eine ganz andere gemeinsame Zukunft gemacht, ohne ihr ein Wort davon zu sagen? Und nun stellte er sie vor eine vollendete Tatsache, und sie durfte dazu nur ja und amen sagen? Nein, das konnte nicht wahr sein, das konnte ganz unmöglich sein Ernst sein.

Aber es war sein Ernst.

Sie hatten weiter gestritten, heftig und immer lauter, und sich nicht einigen können. Beide hatten auf ihrem Standpunkt beharrt, zunehmend verbittert, und Sonja hatte Steffen mangelnde Liebe und Egoismus an den Kopf geworfen, und dann war sie plötzlich aufgestanden, hatte ohne ein weiteres Wort ihre Tasche genommen und war gegangen.

Steffen und sie waren beide zutiefst verletzt, unglücklich und verbohrt gewesen, als sie sich damals getrennt hatten. Vor allem, weil nicht ihre Liebe abhandengekommen war, sondern weil sie auf einmal so unvereinbare und unverrückbare Zukunftsvorstellungen hatten. Und weil keiner von beiden nachgeben wollte. Sie wusste das, aber sie wusste nicht, wie sie aus dieser ausweglosen Situation wieder herauskommen sollten.

Das alles war vor vier Wochen passiert, und sie hatten sich danach nicht mehr gesehen und auch nicht mehr miteinander gesprochen. Sonja hatte am Anfang in jeder freien Minute am Telefon gesessen und gehofft, Steffen würde anrufen und ihr sagen, dass er in diese Praxis nun doch nicht einsteigen würde. Und dass er bereit sei, mit ihr einige Zeit nach Afrika zu gehen. Immer wieder hatte sie den Telefonhörer in die Hand genommen und schließlich doch wieder aufgelegt. Steffen war derjenige, der ihre gemeinsamen Pläne verraten hatte, und er musste zurückrudern und sich melden, nicht sie.

Sie stürzte sich weiter in ihre Arbeit und versuchte, nicht mehr an Steffen zu denken. Sie würde aufs Schiff gehen, das stand fest! Und vielleicht würde sie dann dort einen Mann kennenlernen, der ihre Aufopferung für so ein Projekt verstehen und teilen konnte. Steffen wünschte sie eine schnelle Pleite mit der neuen Praxis. Aber diese Gedanken waren leider überhaupt kein Trost.

Einmal war sie zu dem Gebäude gegangen, wo der Kollege von Steffen sich niedergelassen hatte. Sie hatte Steffen von weitem gesehen, als er aus den Praxisräumen kam. Er hatte also seine Pläne bereits in die Tat umgesetzt, ohne noch einmal zu versuchen, mit ihr zusammen eine annehmbare Lösung für sie beide zu finden. Aber er sah blass und schmal aus, blickte ernst drein. Es ging ihm nicht gut. Daran war er selbst schuld. Sie war noch immer wütend über seinen Verrat, doch sie spürte auch einen Schmerz im Inneren, den sie schnell verdrängte. Dann war sie weitergegangen. Es war endgültig vorbei, es hatte zu viele Scherben gegeben, zu viel Enttäuschung.

3

Sonja stand von ihrem Sofa auf und ging in die Küche, um sich einen Tee zu machen.

Schon so oft hatte sie sich vorgenommen, nicht mehr an Steffen zu denken, aber dann kamen die Gedanken ganz von allein, vor allem, wenn sie müde war. Und das war in den letzten Wochen viel zu oft der Fall gewesen.

Es war eine Müdigkeit, die nicht nur von der Arbeit herrührte, sondern auch mit der Trennung zu tun hatte. Und, ob sie es wollte oder nicht, es kamen auch Zweifel, in letzter Zeit immer wieder, Zweifel, ob sie wirklich diese Facharztausbildung zu Ende machen sollte. Ein Jahr musste sie noch überstehen. Manchmal dachte sie daran, alles hinzuwerfen und etwas ganz anderes anzufangen.

Sie füllte Wasser in den Wasserkocher und hängte einen Beutel mit Fencheltee in die bauchige, geblümte Kanne, dann setzte sie sich auf den Küchenstuhl und wartete, bis das Wasser brodelte und der Kocher sich mit leisem Klicken ausschaltete.

Ihr war klar, dass es immer Zeiten gab, in denen man einen Tiefpunkt erlebte, und dass man diese Zeiten einfach überstehen musste. Aber doch bitte nicht an allen Fronten gleichzeitig! Zusätzlich zu ihrer Beziehungskatastrophe und den Ängsten vor dem Afrika-Einsatz konnte sie nicht auch noch Zweifel an ihrer Ausbildung gebrauchen, die ihre gesamte Planung durcheinanderzubringen drohten. Als der Tee lange genug gezogen hatte, nahm Sonja eine Henkeltasse vom Regal und ging mit Kanne und Tasse zurück ins Wohnzimmer. Dort schenkte sie sich den heißen, duftenden Tee ein und trank einen kleinen Schluck. Er war noch zu heiß, also legte sie sich aufs Sofa und wartete, dass er abkühlte.

Sie schob sich ein Kissen unter den Kopf, schloss die Augen und schlief sofort ein.

Nicht mal die Hausschuhe hatte sie abgestreift. Sie schlief tief und fest, während draußen ein sonniger Frühlingstag anbrach.

Drei Stunden später wurde Sonja vom Klingeln des Telefons geweckt.

Ein wenig benommen stand sie auf, holte den Hörer und machte es sich wieder auf dem Sofa bequem. Ihr ging es nach diesem Vormittagsschlaf schon besser.

»Hallo, Sonja«, meldete sich ihre Schwester, »ich wollte nur mal hören, wie's dir geht. Du hast in der letzten Zeit so bedrückt geklungen. Ist es immer noch wegen Steffen?«

Sonja seufzte unwillkürlich tief auf. Mit ihrer Schwester Moni verstand sie sich gut. Obwohl diese sich für ein ganz anderes Leben entschieden hatte. Moni war eine begeisterte Hausfrau und Mutter und glücklich mit ihrer Familie. Eigentlich fast beneidenswert, dachte Sonja oft, sie ist einfach glücklich und zufrieden mit dem, was sie hat.

»Nein, oder doch, auch«, antwortete sie. »Ach, Moni, ich weiß selbst nicht, was mit mir los ist. Ich bin auf einmal gar nicht mehr so sicher, dass die Chirurgie das Richtige für mich ist. Vielleicht ist es die viele Arbeit, die Nachtdienste. Mir fehlt auch die Zeit, mal eine Weile am Bett der Patienten zu sitzen und mich mit ihnen zu unterhalten, etwas über sie und ihre Familie zu erfahren. Es ist alles so unbefriedigend. Ich möchte nicht nur die Anatomie der Patienten kennen, die operiert wurden. Kannst du das verstehen?«

»Aber ja, mir würde es genauso gehen«, erwiderte Moni. »Das scheint mir ja eine handfeste Krise zu sein, in der du da gerade steckst. Von Steffen hast du dich getrennt, und nun auch noch Probleme mit der Chirurgie. Und was machen deine Afrika-Pläne?«

»Die sind immer noch aktuell, es dauert aber noch ein Jahr, bis ich so weit bin. Und ich bin mir nicht sicher, ob ich das noch durchhalte.«

»Du bist urlaubsreif,« sagte Moni. »Du brauchst Zeit zum Nachdenken. Kannst du nicht über Ostern frei machen? Komm zu uns ans Meer. Du kannst unser Gästezimmer haben und so lange bleiben, wie du willst. Und zu den Eltern sind es nur fünf Minuten. Die Kinder würden sich freuen, wir könnten lange Spaziergänge machen, Werner kocht uns was Gutes. Und du hättest Zeit, über dein Leben, deine Entscheidungen und deine Zukunft nachzudenken.«

Sonja lehnte sich auf dem Sofa zurück. Es war schon ein verlockender Gedanke, über Ostern ans Meer zu fahren, nach Haffkrug, wo sie aufgewachsen war. Sich dort verwöhnen zu lassen, Zeit und Ruhe zu haben.

Andererseits war das mit Ruhe bei Moni eher nicht der Fall, denn ihre drei Kinder zwischen zwei und sechs Jahren waren eine lebhafte kleine Rasselbande. Und wenn dann die Rede auf Steffen kam, würde sie ihrer großen Schwester bestimmt wieder energisch zureden, diesen wunderbaren Mann endlich zu heiraten, eine Familie zu gründen und ein kleines Haus am Meer zu bauen, mit Oma und Opa in der Nähe. Moni war eine unkomplizierte, ausgeglichene junge Frau, für sie gab es keine Zweifel, keine Tiefpunkte, sie stand mit beiden Beinen fest im Leben.

»Ich weiß nicht«, gab Sonja zögernd zurück. »Im Moment weiß ich überhaupt nichts, aber ich denke darüber nach. Vielleicht wäre es wirklich gut, zu euch zu kommen. Einen Versuch ist es schon wert. Ich muss wieder festen Boden unter den Füßen bekommen. Ich war mir immer sicher, wie mein Leben aussehen soll, und nun bin ich es gar nicht mehr. Kannst du dir das vorstellen? Ich, die ich ganz genau wusste, was ich werden, wo und als was ich arbeiten wollte. Daran ist auch Steffen schuld. Man sollte sich einfach nicht in einen Mann verlieben, der ganz andere Vorstellungen von einer gemeinsamen Zukunft hat.«

»Du weißt, dass du bei uns immer willkommen bist, und dann werden wir alle zusammen schon herausfinden, wo es bei dir hakt«, versuchte Moni, sie aufzumuntern.

Als Sonja aufgelegt hatte, blieb sie noch eine Weile nachdenklich sitzen. Das Meer, der Strand, die Weite, die Ruhe, wie lange war sie nicht mehr in Haffkrug gewesen? Einen Spaziergang mit dem Vater nach Scharbeutz oder Sierksdorf machen, immer am Wasser entlang, über angeschwemmtes Holz steigen und Steine und Muscheln sammeln, wann hatte sie das zuletzt gemacht? Kurz nach ihrem bestandenen Examen war sie zwei Wochen zu den Eltern gefahren, und dann später noch einmal mit Steffen. Das war vor zwei Jahren gewesen.

Seit sie mit Steffen zusammen war, hatte es sie im Urlaub immer in den Süden gezogen – Italien, Korsika, Kreta, wunderschön, mit vielen Erlebnissen und unvergesslichen Eindrücken –, aber eben doch nicht wie zu Hause.

Und nun? Zurück an den Ort ihrer Kindheit und Jugend, um sich Gedanken über ihr weiteres Leben zu machen? Vielleicht würde sie dort tatsächlich wieder ein wenig zur Ruhe kommen.

Aber nicht zu Moni, dort hatte sie vielleicht viel Ablenkung, aber richtig Zeit zu einem ungestörten Gespräch würde sie nicht bekommen, das wusste Sonja jetzt schon. Und die Eltern? Sollte sie sich lieber bei den Eltern einquartieren? Der Vater würde ihr seine neuesten Holzerzeugnisse vorführen. Er war Schreiner und hatte sich im Ruhestand auf Schaukelpferde, Kinderstühle und Spielzeug spezialisiert, die er immer vor Weihnachten auf dem Markt verkaufte. Ob er Verständnis für ihre Probleme hätte? Und die Mutter, mit ihr wollte Sonja eigentlich nicht über ihre Zweifel sprechen, sie war schon immer gegen die Chirurgie und das Schiff gewesen. »So weit weg«, hatte sie immer wieder gesagt, »und dann die schlimmen Zustände dort. Im Fernsehen sieht man ja, wie diese Menschen leiden, wie grausam entstellt sie sind. Warum bleibst du nicht hier und arbeitest bei Dr. Walter in seiner ambulanten Praxis mit? Dann kannst du in deiner Freizeit immer ans Meer, das liebst du doch so.«

Sonja stand auf und trat ans Fenster. Drüben in dem kleinen Park mit den alten, hohen Weiden saßen einige Mütter in der Sonne, die Kleinen spielten im Sand. Die Bäume bekamen schon die ersten, ganz zart hellgrünen Blätter, und in einem Beet blühten weiße Narzissen und rote Tulpen, in einem anderen standen gelbe Tulpen inmitten von himmelblauen Vergissmeinnicht.

Sie fuhr jeden Tag an diesem Park vorbei, aber sie war noch kein einziges Mal dort spazieren gegangen. Warum eigentlich nicht? Was hatte sie denn bisher noch alles versäumt?

Seit der Trennung von Steffen hatte Sonja an keinen Ausflug mehr gedacht, geschweige denn einen unternommen. Was hätte sie auch tun sollen? Allein wegfahren? Irgendwo herumsitzen oder sich etwas anschauen? Mit einer Freundin etwas unternehmen? Es gab keine, mit der sie übers Wochenende hätte verreisen können oder wollen. Also sollte sie doch nach Haffkrug fahren? Aber das wollte sie erst noch ein paarmal überschlafen, so richtig dafür entscheiden konnte sie sich noch nicht. Ein Kurzbesuch, ja, kein Problem, doch für länger? Was sollte sie zwei oder drei Wochen dort machen?

Sie wandte sich vom Fenster ab. Zuerst einmal musste sie mit der Chefärztin sprechen, ob sie überhaupt Urlaub nehmen konnte und wer sie so lange auf ihrer Station vertreten könnte. Beinahe hätte sie sich gewünscht, dass in den nächsten Wochen keine Möglichkeit bestand freizunehmen und sie einfach so weiterarbeiten, ihre Zweifel beiseiteschieben und nicht darüber nachdenken konnte, ob ihre Entscheidung für die Chirurgie und Afrika richtig war oder nicht.

Aber sie wusste auch, dass es jetzt an der Zeit war, mit sich ins Reine zu kommen, und aufschieben nichts besser machte. Also würde sie sich ihren Problemen stellen.

4

Als Sonja Dienstag früh das Dienstzimmer auf ihrer Station betrat, kam Dr. Stein sofort auf sie zu. »Die Chefin will dich sehen, möglichst gleich«, teilte er ihr mit. »Ich halte hier so lange die Stellung.«

»Die Chefin?« Sonja sah ihn erstaunt und etwas beunruhigt an. »Was will sie denn?«

»Keine Ahnung«, erwiderte er.

Sonja zögerte kurz, dann wandte sie sich um und ging hinaus. Das Büro der leitenden Chirurgin lag im zweiten Stock. Sonja klopfte, und Frau Dr. Frey öffnete ihr die Tür. Sie war eine gutaussehende Frau Anfang sechzig, mit kurzem grauen Haar und stämmiger Figur. Durch ihre randlose Brille schaute sie Sonja ernst an. »Setzen Sie sich«, bat sie und ging zu ihrem Schreibtisch. »Es ist etwas vorgefallen, das vielleicht unangenehme Folgen haben könnte.«

Sonja erschrak. Was konnte passiert sein? Frau Dr. Frey blickte eine Weile schweigend auf ihre Hände, die mit einem Bleistift spielten, dann sagte sie: »Sonntagnacht haben Sie einen Patienten mit Hundebissen versorgt. Er ist gestern Morgen wiedergekommen, seine Frau hat ihn gebracht. Einige der Wunden haben sich entzündet und eitern. Wir mussten sie wieder öffnen, das war nicht weiter besorgniserregend. Aber der Patient hatte hohes Fieber und einen steifen Nacken. Als ich mir die Unterlagen angeschaut habe, habe ich gesehen, dass Sie den Tetanusschutz als ausreichend abgezeichnet haben. Der Patient hat also weder eine Impfung noch ein Antiserum verabreicht bekommen. Wie konnte das passieren?«

Sie blickte auf und zog die Augenbrauen zusammen. Ihre Miene drückte Unverständnis und Vorwurf aus.

»Ich habe ihn danach gefragt«, erklärte Sonja. »Und er hat gesagt, er habe vor vier Wochen eine Verletzung an der linken Hand gehabt und in diesem Zusammenhang beim Arzt zwei Spritzen gekriegt. Ich bin davon ausgegangen, dass eine Tetanusimpfung erfolgt war. Er wollte sich auf keinen Fall hier eine Injektion geben lassen und hat sich so heftig gewehrt, dass die Pfleger ihn kaum halten konnten. Also dachte ich, seine Angaben entsprachen der Wahrheit, und ich wollte auch, dass die Situation nicht völlig aus dem Ruder lief.« Schon während sie sich rechtfertigte, wusste sie, dass dies ein großer Fehler gewesen war.

»In dem Impfausweis, den seine Frau vorlegte, war die letzte Eintragung vor vier Jahren. Und sie hat gesagt, dass er nicht beim Arzt gewesen wäre, sie hätte die Wunde selbst verbunden. Sonja, der Mann war betrunken. Wie konnten Sie so etwas machen? Er hatte mehrere tiefe Hundebisse, er hätte auf jeden Fall ein Antiserum bekommen müssen, egal, was er gesagt oder gemacht hat. Wir haben ihn sofort in die Uniklinik überwiesen, und ich kann nur hoffen, dass die Kollegen dort die Infektion eindämmen können, ob es nun Wundstarrkrampf ist oder etwas anderes. Mal abgesehen davon, dass so ein Versäumnis nicht gerade ein gutes Licht auf unsere Abteilung wirft, und auf mich.«

Sonja wusste nicht, was sie darauf antworten sollte. Sie

war übermüdet gewesen, aber das war keine Entschuldigung. Jetzt nachträglich kam es ihr selbst unverantwortlich vor. Hatte der Mann tatsächlich eine Tetanusinfektion, dann konnte das lebensgefährlich sein.

»So, ich habe einen Entschluss gefasst. Ich hatte sowieso vor, in den nächsten Tagen mit Ihnen zu reden, Sonja«, fuhr Dr. Frey fort. »Es gibt da einiges, über das ich mir schon länger Gedanken mache.« Sie lehnte sich auf ihrem Stuhl zurück. »Ich habe gemerkt, wie abgekämpft und erschöpft Sie in letzter Zeit oft waren, und ich bin mir nicht sicher, ob die Chirurgie überhaupt das Richtige für Sie ist. Ich meine die allgemeine Chirurgie in einer Klinik mit den Notfällen und verschiedenen Operationen. Sie hatten ein paarmal Kreislaufprobleme im OP, das macht mir natürlich Sorgen. Haben Sie schon einmal daran gedacht, diese Ausbildung abzubrechen und sich zu spezialisieren? Zum Beispiel auf Handchirurgie? Sie sind sehr geschickt, und Sie können sich gut konzentrieren. Bei dieser Tätigkeit kann man sitzen, und anstrengende Nachtdienste gibt's auch nicht.«

»Ich weiß nicht, ob Sie das verstehen können«, erwiderte Sonja. »aber ich möchte, wenn ich fertig bin, auf einem der Mercy-Schiffe mitarbeiten.«

Frau Dr. Frey hob erstaunt die Brauen. »Ach, so ist das. Davon haben Sie ja noch gar nichts erzählt.«

»Das ist schon lange mein Wunsch«, sagte Sonja leise.

»Waren Sie schon mal dort? Es ist, soviel ich weiß, auf dem Schiff noch anstrengender als in der Klinik«, gab die Ärztin zu bedenken.

»Ja, nach dem Staatsexamen hatte ich die Möglichkeit, mir zwei Wochen lang einen Eindruck von so einem Klinikschiff zu verschaffen. Ich kenne die Arbeit, und ich weiß, wie belastend sie sein kann. Aber das hat mich bisher nicht von meinem Entschluss abgebracht, dort anzuheuern. Nur …«, Sonja hielt inne. Sollte sie ihrer Chefin von Steffen erzählen?

Dr. Frey sah sie aufmerksam an. »Nur zu«, bat sie ermunternd, »dieses Gespräch scheint mir sehr wichtig zu sein. Wir hätten schon früher miteinander reden sollen. Das hier Gesagte wird diesen Raum nicht verlassen. Sie müssen also nicht fürchten, dass ich etwas davon weitererzähle, wenn Sie es nicht wollen.« Ihre Miene war nun nicht mehr so streng und ernst, sondern mitfühlend und interessiert.

Sonja holte tief Luft. »Mein Freund, mit dem ich drei Jahre zusammen war, wollte eigentlich mit mir kommen. Zumindest habe ich das geglaubt, denn er hat es nie wirklich abgelehnt. Aber vor vier Wochen hat er mir völlig unerwartet erklärt, dass er hier in eine Praxis einsteigen will, und gemeint, ich solle mir die Afrika-Pläne aus dem Kopf schlagen. Ich fühle mich jetzt im Stich gelassen, und alle wollen es mir ausreden, wenn er nicht mitkommt.«

»Und nun ist das Ganze eine völlig verfahrene Geschichte, stimmt's?«

»Ja, wir haben uns nach einem schlimmen Streit getrennt.«

Dr. Frey erhob sich und ging hinter ihrem Schreibtisch ein paar Schritte hin und her. Dann wandte sie sich wieder zu Sonja um. Durch das Fenster hinter ihr fielen Strahlen der hellen Frühlingssonne und gaben dem Zimmer eine warme Atmosphäre, so dass Sonja sich auf ihrem Stuhl zurücklehnte und sich auf einmal entspannter fühlte.

»So sieht das also aus«, meinte Dr. Frey und setzte sich wieder hin. »Gut, ich habe Ihnen vorhin gesagt, dass ich einen Entschluss gefasst habe. Nach dem, was Sie mir gerade erzählt haben, bin ich sicher, es wird das Richtige für Sie sein, nicht nur wegen dieses Mannes mit den Hundebissen. Ich habe gesehen, dass Sie noch jede Menge Urlaub haben. Ich möchte, dass Sie eine Auszeit nehmen, und zwar sofort, vier Wochen irgendwohin fahren, wo Sie sich erholen können, und darüber nachdenken, was für Sie der richtige Weg ist, die Chirurgie, das Schiff, vielleicht doch bei Ihrem Freund bleiben, heiraten, ich weiß nicht. Der neue Kollege Dr. Stein ist nun so weit, dass er Ihre Station übernehmen kann.«

Sie machte eine Pause und drehte nachdenklich den Stift in ihren Fingern. »Ich möchte Sie nicht von Ihrer großen Hilfsbereitschaft für diese armen Menschen abbringen«, fuhr sie fort. »Ich möchte nur nicht, dass Sie sich von Zweifeln zermürben lassen, sondern den Weg finden, der für Sie der eindeutig richtige ist. Wenn Sie nach Ihrem Urlaub zurückkommen, gibt es zwei Möglichkeiten: Entweder Sie sind ganz sicher, dass die Chirurgie und die Arbeit auf dem Schiff das Richtige für Sie sind, dann gehen Sie wieder mit neuem Mut an Ihre Zukunftspläne und werden das letzte Jahr Ihrer Ausbildung meistern. Oder aber Sie stellen fest, dass etwas anderes besser ist, was immer das auch sein mag – vielleicht doch die Handchirurgie oder eine Familie und Ihr Freund. Was meinen Sie dazu?«

Sonja zögerte, senkte den Blick und schüttelte kaum merklich den Kopf. Dann blickte sie hoch in die aufmunternde Miene von Dr. Frey und holte tief Luft. »Das kommt alles so plötzlich«, flüsterte sie. Sonja hatte das Gefühl, eine

Welle würde über ihr zusammenschlagen. Für einen Moment wusste sie nicht, wo oben und wo unten war. Sie musste nach Luft ringen. Vier Wochen ohne ihre Arbeit, die ihrem Tag Struktur gab und sie von ihren Gedankenstrudeln ablenken konnte. »Sie meinen wirklich sofort, gleich ab heute?« Was sollte sie mit dieser langen Zeit anfangen, wenn sie nicht einmal die Möglichkeit hatte, einen Plan dafür zu schmieden?

»Allerdings.« Panik stieg in Sonja auf. Der Gedanke daran, von heute auf morgen nichts Konkretes zu tun zu haben, schnürte ihr die Kehle zu. Monis Anruf fiel ihr ein. Vielleicht war das ein Wink des Schicksals, vielleicht sollte sie wirklich nach Hause fahren, einmal alles in Ruhe überdenken und auch wieder mehr auf ihre Gesundheit achten. Sie spürte den erwartungsvollen Blick von Dr. Frey auf sich.

»Also gut«, murmelte sie, »wenn Sie meinen …«

»Ich meine.« Dr. Frey lächelte freundlich. »Seien Sie gewiss, Sonja, egal, welche Entscheidung Sie treffen, ich werde sie akzeptieren. Mir ging es selbst einmal ähnlich, vor Jahren, als ich die Chefarztstelle hier angeboten bekam. Ich hatte auf einmal große Bedenken, obwohl es immer mein Ziel gewesen ist, ganz nach oben zu kommen. Ich wusste nicht, ob ich es schaffe. Damals hat mir mein Mann sehr geholfen, zu einem Entschluss zu kommen. Ich hoffe, Sie haben jemanden, mit dem Sie sprechen können. Ich habe meine Entscheidung nie bereut, allerdings auch auf Kinder verzichtet. Jeder muss eben sein ganz eigenes Leben finden, das ist das Wichtigste. Und nun wünsche ich Ihnen einen schönen Urlaub und gute Erholung, und am Ende viel neue Kraft und hoffentlich eine ganz klare Sicht auf Ihre Zukunftspläne. Und was Ihr Versäumnis Sonntagnacht betrifft, ich denke, Sie werden durch diesen Fehler wieder sorgfältiger und achtsamer bei allen Behandlungen sein. Ich habe übrigens heute Morgen in der Uniklinik angerufen. Bei dem Patienten besteht keine Lebensgefahr.«

Als Sonja ins Stationszimmer zurückkam, schaute der Kollege Stein hoch und wollte wissen: »Na, war's schlimm? Die Chefin hat sich gestern furchtbar aufgeregt über diesen Patienten mit den Hundebissen. Aber ich glaube nicht, dass er wirklich eine Tetanusinfektion hat. Was hat sie dir denn verordnet?«

»Vier Wochen Auszeit, ab sofort«, antwortete Sonja bedrückt.

»Na, das ist doch gar nicht so schlecht«, meinte Stein. »Vier Wochen ausschlafen und Zeit für sich haben. Beneidenswert. Wohin willst du denn fahren? Berge, Meer oder Palmenstrand?«

»Ich habe nicht die geringste Ahnung«, erwiderte Sonja. »Ich kann nur hoffen, dass mir etwas einfällt, sonst wird das Ganze eine Katastrophe, und ich bin nach einer Woche schon wieder hier.« Sie sah seufzend aus dem Fenster. Draußen schien die Sonne, ein paar weiße Wolken schoben sich über den Himmel Richtung Norden. Vielleicht sollte sie sich auf eine setzen und dann irgendwo abspringen, wo all das zu finden war, was sie jetzt brauchte: einen ruhigen Ort zum Nachdenken, einen Menschen, mit dem sie reden konnte, und viel Weite, um Spaziergänge machen zu können, die ihrer Seele und ihrem Körper guttun würden. Dummerweise war es nicht möglich, sich von einer Wolke an einen solchen Ort tragen zu lassen. Trotzdem nahm irgendwo in ihrem Hinterkopf ein Gedanke Form an. Sie konnte ihn noch nicht recht fassen, hatte aber das sichere Gefühl, den geeigneten Platz bereits zu kennen. Bevor sie den Gedanken präzisieren konnte, legte ihr der Kollege die Krankenakten vor. »Die müssen wir noch durchackern, bevor du gehst«, sagte er, »also an die Arbeit.«

5

Erst am Abend, als Sonja es sich zu Hause auf dem Sofa gemütlich gemacht hatte, um über alles nachzudenken, was an diesem Tag passiert war, fiel ihr wieder ein, dass es da in ihrem Hinterkopf eine Idee gegeben hatte. Mit einem Schlag hatte diese Idee einen Namen: Anne. Anne war während der Schulzeit ihre beste Freundin gewesen. Sie hatten beide die gleiche Musik gehört, für Nena geschwärmt und sich genauso angezogen wie ihr Idol. Als sie vierzehn waren, waren beide klebengeblieben, wie man damals sagte, und mussten eine »Ehrenrunde« drehen. Anne hatte damals direkt an einer lauten Bundesstraße noch hinter dem Pönitzer See gewohnt. In den Sommerferien durfte sie immer für drei Wochen zu Sonja nach Haffkrug ziehen. Die beiden Mädchen liebten das Meer. Beinahe täglich hatten sie lange Strandspaziergänge unternommen, von denen sie immer etwas mitgebracht hatten – eine besonders schöne Muschel oder einen Stein, oder ein bizarr geformtes Holzstück. In Sonjas altem Kinderzimmer in ihrem Elternhaus lagen noch heute all die Fundstücke in einem Regal.

Als die Schulzeit zu Ende war, zog Anne mit ihrer Familie nach Süddeutschland. Sie hatten sich zwar versprochen, immer Freundinnen zu bleiben, sich zu schreiben und sich mindestens einmal im Jahr zu sehen, doch im Lauf der Zeit hatten sie sich aus den Augen verloren. Bis vor drei oder vier Jahren ein Brief in Haffkrug eintraf, den Sonjas Mutter direkt an ihre Tochter nach Hamburg weiterschickte. Anne schrieb, sie habe geheiratet. Da ihr Mann von Amrum käme, habe sie sich endlich ihren Traum erfüllen und ans Meer ziehen können. Sie besaßen dort eine kleine Ferienpension. Sonja erinnerte sich, dass Anne ihr angeboten hatte, sie doch einmal zu besuchen, wenn sie Lust hätte. Sie sei jederzeit herzlich willkommen.

Sonja hatte damals kurz geantwortet und sich bedankt. Sie würde gern einmal kommen, allerdings habe sie mit der Ausbildung schrecklich viel zu tun und könnte noch keinen Termin zusagen. Sie wollte sich melden, hatte sie geschrieben. Anne hatte sich dann noch einmal zu Weihnachten gemeldet. Sonja wusste nicht einmal mehr, ob sie wenigstens einen kleinen Gruß zurückgesandt hatte. Sie schämte sich. Der Kontakt war wieder abgebrochen, und es war ihre Schuld.

Aber nun war da diese Idee: Amrum. Wie wäre es mit Amrum? Es wäre wunderbar, Anne wiederzusehen. Ob sie sich wohl verändert hatte? Sonja hatte sie als ruhiges junges Mädchen in Erinnerung, sympathisch und positiv, nicht gerade auffallend, auf keinen Fall ein anstrengendes Plappermaul. Sie hatten immer über alles reden können. Auch über den ersten Liebeskummer, den man seinen Eltern ganz bestimmt nicht auf die Nase binden wollte. Wenn sie die Funkstille der vergangenen Jahre überwinden und an ihre alte Freundschaft anknüpfen konnten, wäre Anne womöglich genau die richtige Gesprächspartnerin, die Sonja jetzt brauchte. Wie hieß Anne seit ihrer Hochzeit mit Nachnamen, wo genau wohnte sie, wo war der Brief?

Sie hatte ihn bestimmt aufgehoben, denn sie hatte sich fest vorgenommen, die Schulfreundin irgendwann zu besuchen. Wo hatte sie ihn nur gelassen?

Sonja stand auf und überlegte, und je länger sie darüber nachdachte, desto mehr gefiel ihr die Idee, nach Amrum zu fahren, in diese kleine Pension. Dort war sie am Meer, sie wohnte bei einer guten alten Freundin, war also nicht ganz allein. Sie konnte sich zurückziehen, wenn sie wollte, was bei ihrer Familie in Haffkrug nicht immer möglich war.

Sie ging zu ihrem Schreibtisch, zog voller Schwung die Schubladen auf und durchstöberte die Fächer im Regal darüber. Sonja war nicht gerade unordentlich. Im Gegenteil. Für gewöhnlich legte sie gleich alles Erledigte im richtigen Ordner ab, aber in letzter Zeit hatte sich doch einiges angehäuft und musste noch sortiert werden. Das konnte sie bei der Gelegenheit gleich erledigen. Sie heftete also den Stapel Papiere, der vor ihr lag, in die richtigen Mappen ab. Sofort wurde ihre Stimmung ein bisschen besser. Wenn man äußerlich klar Schiff macht, hatte sie mal gelesen, kommt man auch innerlich wieder ins Lot und erhält einen besseren Überblick über Probleme und Verwirrungen. Der erste Schritt zu einer Lösung. Sie entdeckte den Brief in der Schachtel mit den Adressen, die nicht so wichtig waren, die sie dort aber für alle Fälle aufhob.

Sie setzte sich aufs Sofa und las den Brief noch einmal durch. Anne Fröhlich hieß ihre alte Freundin nun. Sehr passend und irgendwie ein guter Anfang. Wie lange hatten sie sich nicht mehr gesehen? Seit dem letzten Klassentreffen. Richtig, jetzt fiel es Sonja wieder ein. Damals vor etwa fünf Jahren hatte es in Lübeck dieses Treffen gegeben. Natürlich hatten sie damals beide auch mit anderen Klassenkameraden klönen wollen. Deshalb hatten sie nicht besonders viel Zeit füreinander gehabt. Sie erinnerte sich aber, dass Anne von einem Mann erzählt hatte, und davon, dass sie sich gerade ein gemeinsames Leben aufbauten. Etwa ein Jahr danach kam dieser Brief. Er klang glücklich und zufrieden. Anne hatte nie hochfliegende Pläne gehabt, sie war damals bei dem Treffen bereits verlobt und als Buchhalterin tätig gewesen. Ein Jahr später hatte sie also geheiratet und war nach Amrum gezogen, wo ihr Mann die kleine Ferienpension in Steenodde, einem Ortsteil von Nebel, übernahm.

Wo lag Amrum überhaupt genau? Sonja setzte sich an den Computer. Sie hatte lediglich eine vage Vorstellung von einer Insel in der Nordsee. Nun las sie, dass es sich um eine nordfriesische Insel südlich von Sylt und westlich von Föhr handelte, zu Schleswig-Holstein gehörend. Eine Geestkerninsel. Was war das denn nun wieder? Geest, so konnte sie nachlesen, war aus Sandablagerungen aus der Eiszeit entstanden, die höher lagen als die Marschlandschaften, aber weniger fruchtbar waren.

Wieder etwas gelernt, dachte Sonja lächelnd.

Das alles klang ja schon mal gut. Auch dass es auf Amrum an der Westseite viele Dünen gab und einen sehr weiten Strand, gefiel ihr. Richtung Föhr lag das Watt, und man konnte bei Niedrigwasser zu dieser Insel hinüberwandern.

Sonja nahm einen Schluck von dem Rotwein, der vor ihr auf dem Couchtisch stand. Eigentlich sollte sie jetzt mit jemandem anstoßen können, auf Amrum, auf ihren Urlaub, auf diesen Brief, der so lange in der Schachtel gelegen hatte und gerade zur rechten Zeit wieder aufgetaucht war.

Hoffentlich hatte sich in den letzten vier Jahren nichts geändert. Sie hoffte von Herzen, dass es die Pension noch gab und Anne noch auf Amrum wohnte.

Sonja las sich den Brief noch einmal durch und fand tatsächlich eine Telefonnummer. Gut, sollte das Schicksal doch entscheiden. War Anne noch immer dort und hatte ein Zimmer in ihrer Pension frei, würde Sonja nach Amrum fahren. Sie griff nach dem Telefon und wählte die Nummer. Ihr Herz begann, heftig zu schlagen. Hoffentlich nahm Anne es ihr nicht übel, dass sie sich nicht früher gemeldet hatte.

»Pension am Wald, Fröhlich.« Sonja erkannte die weiche Stimme sofort. Ein warmes Gefühl durchströmte sie. Es war, als würde Anne direkt in der Nachbarschaft wohnen, und sie könnte mal eben zu ihr hinübergehen.

»Hallo, Anne, ich bin's, Sonja. Falls du dich überhaupt noch an mich erinnern kannst«, fügte sie kleinlaut hinzu.

»Sonja, das ist aber eine Überraschung.« Anne klang wirklich erfreut. Keine Spur davon, dass sie Sonja die Funkstille nachtragen würde. »Natürlich weiß ich, wer du bist. Soll das ein Witz sein? Ist allerdings wirklich schon einige Jahre her, seit wir uns gesehen haben. Wie geht's dir?«

»Nicht so besonders, ehrlich gesagt. Hab viel zu viel gearbeitet. Und du? Wie läuft die Pension?«

Sie plauderten eine ganze Weile miteinander über ihren Alltag, über Gott und die Welt.

Sonja fühlte sich gleich wohler. Da war keine Distanz zwischen ihr und ihrer alten Freundin nach so langer Zeit, in der jede ihre eigenen Wege gegangen war. Das machte ihr Mut.

»Und wann kommst du uns mal besuchen?«, wollte Anne schließlich wissen.

»Deswegen rufe ich an, um ehrlich zu sein. Ich wollte fragen, ob ich in eurer Pension ein Zimmer mieten kann. Ich habe ganz kurzfristig Urlaub genommen, um über vieles nachzudenken. Eigentlich über meine ganzen Zukunftspläne, ob sie noch zu mir passen oder vielleicht nie gepasst haben. Ach, Anne, so verwirrt wie zurzeit war ich noch nie. Ich habe doch immer ganz genau gewusst, was ich will.«

»Ja, du hast schon im Gymnasium deine festen Ziele gehabt, ich habe dich immer darum beneidet. Bei mir war alles offen. Ich wusste nie so recht, was ich mit meinem Leben anfangen soll. Als ich dann während der Lehre in der Buchhaltung Piet kennengelernt habe, hat sich ohne mein Zutun eins ins andere gefügt. Nun bin ich auf Amrum gelandet.« Sie lachte. »Ich könnte mir mein Leben nicht besser vorstellen. Aber das war wirklich Glück. Geplant hatte ich das nicht. Das war eher deine Stärke.«

»Tja, leider gehen Pläne nicht immer auf. Das heißt, ich weiß gar nicht, ob ich noch will, dass diese Pläne aufgehen. Klingt das sehr verrückt?«

»Ein bisschen schon.« Wieder lachte Anne. Dann sagte sie ruhig: »Ich bin sicher, dass du auf unserer Insel mit dir ins Reine kommen kannst. Man muss nur offen bleiben für das, was einem begegnet, der Rest findet sich dann von ganz alleine.«

Sonja seufzte. »Ich weiß nicht so recht, ich bin nicht der Typ, der abwartet, was sich ergibt. Ich möchte alles sicher und im Griff haben. Zum Beispiel meinen Urlaub. Ich würde gern nächste Woche fahren. Ließe sich das einrichten?«

»Natürlich, wir freuen uns auf dich. Im Moment haben wir nur vier Gäste, lauter nette Leute. Wer weiß, welche Überraschungen die Insel für dich bereithält.«

Jetzt musste Sonja doch lachen. Anne war schon immer eher verträumt gewesen und hatte darauf vertraut, dass im richtigen Moment das Richtige geschah. Und ganz offensichtlich hatte sie damit ihren Platz im Leben gefunden. Für Sonja war das nichts. Sie zog feste Pläne und Entschlüsse eindeutig vor, damit fühlte sie sich sicher. Und niemand sollte sie dabei ins Wanken bringen.

Sie machte mit Anne noch den genauen Tag ab, an dem sie ankommen würde, und dann verabschiedeten sich die beiden. Nun war es entschieden, sie würde fast die gesamten kommenden vier Wochen auf Amrum verbringen. Sie hoffte sehr, dass Anne recht hatte und sie dort wieder mit sich ins Reine kommen würde. Ich fühle mich wie ein Schiff, das den Kurs nicht mehr kennt, dachte sie, ich muss ihn unbedingt wiederfinden. Sonja stand auf, brachte ihr Glas in die Küche und stellte die Weinflasche in den Kühlschrank. Dann ging sie ins Bad und ließ Wasser in die Wanne laufen. Ein wenig fühlte sie sich schon wie im Urlaub, und auch irgendwie etwas ruhiger. Sie hatte wieder Pläne, wenigstens für die nächsten vier Wochen. Und sie konnte sich auf etwas freuen und fühlte sich nicht mehr ganz so hilflos ihren Zweifeln ausgeliefert wie in den letzten Wochen.

Wenn man immer über dasselbe Problem nachgrübelt und keinen Schritt weiterkommt, ist man oft wie gelähmt. Aber sobald man etwas tun kann, wieder handlungsfähig ist, geht es vorwärts. Das hatte sie einmal gelesen, und es stimmte auch.

Sie gab ein paar Tropfen Lavendelöl ins Badewasser, zog sich aus und ließ sich in die Wanne gleiten. Heute konnte sie es genießen, sie war angenehm müde und nicht so erschöpft wie in den letzten Wochen.

Eine Stunde später lag sie im Bett und löschte das Licht. Draußen vor dem Fenster leuchtete der Mond über den Dächern von Hamburg. Und bestimmt verströmt er sein mildes Licht auch gerade über Amrum, dachte Sonja und lächelte. Über diesen angenehmen Gedanken schlief sie ein.

6

Sonja hatte sich entschlossen, mit dem Zug zu fahren und ihr Auto zu Hause zu lassen. Wenn schon Urlaub, dachte sie, dann richtig. Der IC von Hamburg fuhr durch bis Dagebüll-Mole, dort konnte sie direkt auf die Fähre umsteigen.

Schon auf dem kurzen Weg vom Bahnhof bis zum Schiff spürte sie, wie der Alltag von ihr abfiel. Sie roch die feuchte, kühle Luft, über den Himmel zogen helle Wolken, durch die ab und zu ein paar Sonnenstrahlen fielen. Und dann war da das Meer zu sehen, weit bis zum Horizont, mit Wellen, die kleine Schaumkronen trugen, und Möwen schaukelten auf dem Wasser auf und ab.

Auf der Fähre befanden sich nur wenige Reisende. Sonja setzte sich aufs Oberdeck, zog ihren Mantel fest um sich, stülpte ihre selbstgehäkelte Mütze über und sah zu, wie das Land hinter ihr zurückblieb und das Schiff Kurs auf Amrum nahm.

Die Wellen wurden höher, aber die Fähre pflügte ruhig durch die bewegte See.

Sonja schaute sich um. Neben ihr auf der Bank saß ein Ehepaar, sie noch jung, schätzungsweise um die dreißig, er bestimmt über vierzig, mit zwei kleinen Jungs, die um die Bänke herumtollten und auf die Reling kletterten, was ihnen aber sofort vom Vater verboten wurde. Ruhig wurde es erst, als die Mutter etwas zum Essen auspackte.

Sonja sah der Familie eine Weile zu. Es war ganz lustig, aber den Gedanken, selbst Mutter zu sein, schob sie schnell beiseite. Jetzt noch nicht, dachte sie und hob die Brauen. Später vielleicht einmal, aber in den nächsten fünf Jahren war Familie für sie einfach noch kein Thema. Und niemand hatte das Recht, sie deswegen schief anzusehen.

Sie stand auf und ging nach vorn, wo der Wind ihr entgegenpfiff, und sie immer wieder Spritzer vom Salzwasser abbekam. Schön war das, hier zu stehen und zu spüren, wie das Schiff mit seinem kräftigen Motor gegen Wellen und Wind vorankam und auf sein Ziel zusteuerte. Ihr fiel eine Bootstour ein, die sie und Steffen vor Sardinien unternommen hatten. Die kleine Nussschale war über die Wellen gehüpft. Vorn auf dem Bug hatten zwei kleine blonde Mädchen gesessen und vor Vergnügen gejuchzt, wenn es mit Schwung in ein Wellental hinabgegangen war. Sie erinnerte sich, dass Steffen die beiden nicht aus den Augen lassen konnte. Zum einen war er bereit, den Kindern sofort zu Hilfe zu kommen, falls sie ungebremst gegen den Mast oder die Bootswand geschleudert worden wären, oder – noch schlimmer – falls sie über Bord gegangen wären. Zum anderen hatte es ihm sichtbar Freude gemacht, die Schwestern zu beobachten. Sonja musste sich eingestehen, dass er nie einen Hehl daraus gemacht hatte, wie sehr er sich eigene Kinder wünschte. Mit Mitte vierzig wurde es höchste Zeit für ihn. Das hätte ihr die ganze Zeit klar sein müssen. Doch sie wollte sich nicht länger mit der Erkenntnis beschäftigen. Jetzt war sie hier und machte Ferien. Zum Nachdenken würde sie noch mehr als genug Gelegenheiten bekommen. Die Fahrt ging an der Südwestküste der Insel Föhr vorbei und dann Richtung Südspitze von Amrum, die man schon von weitem sehen konnte.

Nach zwei Stunden erreichte die Fähre den Hafen von Wittdün. Sonja sah die Häuser des kleinen Badeortes auf einer schmalen Landzunge, die rechts vom Wattenmeer, südlich vom Halligmeer und im Westen von der offenen Nordsee umgeben war. Ganz hinten konnte sie den Leuchtturm von Amrum erkennen und den hell leuchtenden Kniepsand, auf den die bereits tiefstehende Sonne ihre letzten Strahlen schickte.

Sie schnappte sich ihren Trolli, rollte ihn hinter sich her und folgte den Menschen, die über einen Steg das Schiff verließen. Unter ihr gluckerte das Wasser zwischen Kaimauer und Schiffswand, und es roch leicht nach Dieselöl. Ein paar Fischer- und zwei Motorboote lagen in der Nähe vertäut, eine Möwe stieß steil nach unten ins Wasser, wo sie einen Fisch vermutete.

Am Fähranleger stand Anne. Obwohl sie die Haare, die sie früher immer in einem Pferdeschwanz nach hinten gebunden hatte, jetzt kurz trug, erkannte Sonja sie sofort. Ihr Herz machte einen Hüpfer. Rundlicher war Anne geworden, die Jeans spannten ein wenig über den Hüften, doch sie war so adrett wie immer mit ihrem blauen V-Pulli und der weißen Bluse darunter. Ihr freundliches offenes Gesicht war schon jetzt im Mai leicht gebräunt. Bestimmt ist sie viel an der frischen Luft, dachte Sonja. Anne winkte aufgeregt und kam ihr entgegengelaufen.

»Wunderbar«, rief sie, »ich freue mich ja so, dass du da bist.« Damit nahm sie Sonja, kaum dass die festen Boden betreten hatte, in den Arm und drückte sie an sich. Im nächsten Moment schob sie sie wieder von sich. »Lass dich mal anschauen, du bist noch immer schlank. Beneidenswert. Ich fürchte, ich habe ein paar Kilo zugelegt, seit wir uns das letzte Mal gesehen haben.« Sie zuckte mit den Schultern und strahlte. »Was soll's, Piet gefällt das, deshalb mache ich mir auch nichts draus.«

»Du siehst sehr gut aus. Ich bin so froh, dass ich es endlich wahr gemacht habe, dich zu besuchen.«

»Wir müssen noch zwanzig Minuten zu Fuß gehen bis zur Pension, aber ich habe unseren Bollerwagen dabei.« Sie umarmten sich noch einmal. Sonja genoss die freundschaftliche Begrüßung. Sie war ganz gerührt, dass Anne offenbar einfach da anknüpfte, wo sie vor zig Jahren an der Schwelle zum Erwachsenwerden aufgehört hatten. Überhaupt schien sie sich kein bisschen verändert zu haben. Anne war so warmherzig wie früher und strahlte Gelassenheit und Ruhe aus. Sie nahm den Trolli und lud ihn auf das kleine hölzerne Gefährt. Sonja legte ihre Umhängetasche dazu, so dass sie sich frei bewegen konnte.

Zusammen zogen sie den Wagen über die schmale Straße in Richtung Steenodde. Sonja schaute sich um. Dieses südliche Ende von Amrum mit Wittdün war ein typischer Inselort mit vielen kleinen und größeren Einkaufsläden und gepflegten Häusern, meist mit niederen Walmdächern aus Reet und seitlichen Giebeln. Überall blühten in den Gärten die Forsythien und Pflaumenbäume, der Flieder duftete. und bunte Tulpen leuchteten aus sattem Grün. Die ersten Rosenblüten hatten sich bereits geöffnet und rankten sich malerisch an einer Hauswand empor.

»Ich war noch nie auf einer der Nordfriesischen Inseln«, gab Sonja zu. »Die Überfahrt von Dagebüll hierher war ganz schön stürmisch. Ich bin ein Ostseekind, wie du weißt, mit Ebbe und Flut habe ich wenig Erfahrung. Es wäre schön, wenn du mir in den nächsten Tagen einiges über deine neue Heimat erzählen könntest.«

»Wittdün ist von allen Seiten vom Meer umgeben, wie du von hier aus erkennen kannst«, begann Anne, als sie auf dem Dammweg um die Bucht Richtung Steenodde gingen und sich gegen den Wind stemmten, der böig von Nordwesten wehte. »Das ist das Besondere an diesem Ort. Hier kannst du maritime Atmosphäre haben, soviel du willst. Du siehst, hier ist viel los, die Krabbenkutter fahren aufs Meer und kehren meist mit großem Fang zurück, die Jollen und Yachten im Seezeichenhafen schaukeln auf dem Wasser, und das Rettungsboot ist auch hier stationiert. Und über allem segeln unsere Möwen durch die Luft. Dazu riecht es so einmalig und unvergleichlich nach Meer, Fisch Tang und nach Dieselmotoren. Das ist besser als jedes teure Parfüm, findest du nicht?« Sie sah Sonja fröhlich von der Seite an.

Sonja nickte und atmete tief ein. »Perfekt. Schade, dass man es nicht in Flaschen abfüllen kann.« Nach einer Weile setzte sie hinzu: »Ich sehe schon, du hast dein Herz an die Nordsee und diese Insel verloren. Du hast sicher den richtigen Platz für dich gefunden, an dem du dich rundherum wohl fühlst. Und du hast Wurzeln geschlagen, stimmt das?«

»Ja, es gibt für mich nichts Schöneres, als morgens aufzuwachen, aus dem Fenster zu schauen und zu wissen, dass hinter dem Deich das Meer liegt. Weißt du noch, wie ich dich beneidet habe, dass du so nah an der Ostsee wohnst?« Sonja nickte. »Durch Piet habe ich die Nordsee kennengelernt. Das Wasser geht und kommt bei Ebbe und bei Flut, nichts kann diesen Rhythmus stören oder beeinflussen. Ich mag solche Regelmäßigkeiten, sie sind wie feste Eckpunkte im Leben, die ich einfach brauche. Und dann ist da noch der Leuchtturm, auf den man steigen kann, wenn einem ein Problem zusetzt und über den Kopf wächst. Du glaubst nicht, wie gut es tut, da oben zu stehen und über die ganze Insel blicken zu können, bis zu einem weit entfernten Horizont. Da oben lösen sich Seelenknoten oft von ganz alleine.«

»Das klingt gut«, sagte Sonja. »Ob das bei mir auch funktioniert? Ich werde gleich morgen zum Leuchtturm gehen. Auf jeden Fall besorge ich mir eine Wanderkarte und erkunde die ganze Insel. Morgens will ich an den Strand, dann irgendwo gut essen, und am Nachmittag mit dem Fahrrad überallhin fahren. So stelle ich mir die Tage hier vor.«

»Tu das!« Anne sah Sonja mit ihren großen braunen Augen an. Der Wind zerzauste ihr das kurze Haar. »Aber ich hoffe, dass du dir auch ein wenig Ruhe gönnst und ab und zu einfach im Sand liegst und die Seele baumeln lässt.«

Sonja zögerte. »Nur zum Ausruhen bin ich eigentlich nicht gekommen, sondern vor allem, um zu wandern und nachzudenken. Deshalb habe ich auch meine Familie versetzt und bin nicht nach Haffkrug gefahren. Hier wird mir keiner dauernd gute Ratschläge geben wollen und besser als ich selbst wissen, was ich tun soll.« Sie verdrehte in gespielter Verzweiflung die Augen. »Meine Eltern waren nicht besonders erfreut über meinen Seitensprung an die Nordsee.«

»Du wirst es nicht bereuen«, versprach Anne, »egal, ob

Ostsee oder Nordsee, egal, ob man auf einer kleinen Insel ist oder irgendwo auf einer aufregenden Expedition, es kann sich überall etwas ereignen, das einem einen neuen Weg zeigt. Man muss nur die Augen offen halten. Und ich werde ganz bestimmt nicht versuchen, dir gute Ratschläge zu erteilen oder dich zu irgendetwas zu drängen, das ich für richtig halte. Ich werde dafür sorgen, dass du dich in der Pension wohl fühlst, morgens ein ausgiebiges Frühstück bekommst und ein Zimmer hast, das dir gefällt.«

»Hört sich sehr gut an.« Sonja schluckte. Womit hatte sie es verdient, dass ihr die Freundin über all die Jahre die Treue gehalten hatte? »Und wo, bitte, ist nun Steenodde?«

»Sobald wir hier am Seezeichenhafen vorbei sind, siehst du dort hinten eine Mole, die ins Meer ragt.« Anne zeigte in die Ferne. »Die gehört zu Steenodde. Unser Dorf liegt direkt am Watt, klein, aber fein, mit vielen alten Friesenhäusern aus rotem Backstein und mit Reetdächern. Du wirst staunen. Außerdem haben wir auch einen kleinen eigenen Hafen für Sportboote, und auf unserer Mole wird jedes Jahr ein Fest gefeiert.«

Nach ungefähr zwanzig Minuten erreichten sie Steenodde, bogen vom Deichweg links ab und waren nach fünfzig Metern bei dem Haus angekommen, in dem Anne wohnte. Es stand direkt an einem kleinen Kiefernwald und gegenüber der Pension, die sich in einem hübschen alten und offenbar sehr liebevoll restaurierten Friesenhaus mit Reetdach befand. Ein großer Garten, der ziemlich verwildert aussah, umgab die beiden Häuser. Anscheinend hatten Anne und ihr Mann bisher keine Zeit gefunden, ihn in Schuss zu bringen. Sonja fielen zwei große Steinhaufen und ein ausgehöhlter Eichenstamm auf, der uralt zu sein schien. Dicke abgebrochene Äste lagen unter altem Laub. Auf einer großen Fläche blühten Maiglöckchen und einzelne Schlüsselblumen. Eine alte Kiefer hatte sich in langen Jahren dem Wind gebeugt. An einigen Stellen wuchs dichtes Dornengestrüpp, und an einem großen Holunderbusch zeigten sich schon weiße Blüten.

Sonja blieb stehen und sah Anne fragend an. »Gehört das alles euch? Da gibt's aber noch eine Menge Arbeit. Könnte man auf dieser großen Fläche nicht einen wunderschönen kleinen Park für die Gäste anlegen?«

Anne lachte. »Hast du Talent dafür? Bist du eine Hobbygärtnerin?«

»Na ja, früher, da habe ich immer meiner Mutter geholfen. Vielleicht erinnerst du dich noch an den großen Garten meiner Eltern. Vor allem von meiner Mutter habe ich viel gelernt. Es hat mir eigentlich immer Spaß gemacht. Aber in den letzten Jahren …«, sie seufzte. »Ich war nur noch selten in Haffkrug, und in Hamburg habe ich ja nur die Wohnung im vierten Stock. Steffen hat in der letzten Zeit immer wieder davon gesprochen, dass wir uns zusammen ein kleines Haus suchen sollten mit Garten, aber ich wüsste gar nicht, wie ich bei den anstrengenden Diensten das alles bewerkstelligen könnte. Na ja, das hat sich jetzt ja auch erledigt.« Sie hatte bitterer geklungen, als es ihre Absicht war.

»Schade«, meinte Anne. »Wer weiß, vielleicht kommst du hier in deinem Urlaub der Natur wieder näher. Was unseren Garten betrifft …« Sie machte eine Pause und warf Sonja einen Blick zu, den die nicht deuten konnte. »Ja, man könnte einen gepflegten kleinen Park daraus machen, aber du wirst in den nächsten Tagen einiges über ihn erfahren, was nicht ganz so üblich ist«, fügte sie geheimnisvoll hinzu. »Du wirst verstehen, dass er genau so wild und ungewöhnlich bleiben muss. Und nun komm, dein Zimmer liegt gleich im ersten Stock. Von da hast du einen tollen Blick übers Watt. Du kannst immer sehen, wann das Wasser kommt und geht, und die Tide beobachten. Es wird dir gefallen, obwohl du ja ein Ostseekind bist.«

Sie ging Sonja voraus, öffnete die schöne alte Eingangstür aus hellblau gestrichenem Holz, stieg eine breite Treppe hoch. Sie gelangten in einen kleinen Flur, von dem drei Türen abgingen. Dann öffnete Anne die erste links.

Sonja blieb entzückt im Türrahmen stehen. »Das ist ja ein wunderschönes großes Zimmer«, rief sie erfreut aus, »und mit einem Balkon an der Südseite.« Der Raum hatte einen hübschen Holzfußboden, das Bett war riesig. Drei Personen hätten locker darin Platz gefunden. Sonja entdeckte einen schönen alten Schrank, und sie nahm den typischen Geruch von Bienenwachs wahr, den sie so gern mochte. Sonja war mit einem Schlag sicher, dass sie sich hier wohl fühlen würde.

»Ich hoffe, es entspricht deinen Vorstellungen«, sagte Anne. »Das ist das schönste Zimmer in der Pension. Wir haben nur für acht Personen Platz, es wird also nie sehr unruhig sein.« Sie ging zu den zwei Fenstern an der rechten Seite. »Wenn du nicht in aller Frühe von der aufgehenden Sonne geweckt werden willst, musst du abends die Läden schließen«, erklärte sie. »Einfach das Fenster aufmachen, die Haken an den Fensterläden unten zurückschieben und dann zuklappen.«

»Das hab ich schon lange nicht mehr gemacht. Meine Großmutter hatte auch noch Holzläden an den Fenstern, und im Winter musste man die Doppelscheiben gegen die Kälte einsetzen. Ich merke schon, ich stoße hier immer wieder auf Dinge aus meiner Vergangenheit. Dabei muss ich mich um meine Zukunft kümmern.«

»Jetzt packst du zuerst einmal aus«, schlug Anne vor, »und dann kommst du zu uns rüber zum Abendessen und lernst meine Familie kennen.«

»Familie? Gibt es noch jemanden außer deinem Mann?«

»Es gibt noch Maleika, unsere kleine Tochter. Sie ist ein Jahr alt«, antwortete Anne und lächelte. »Die habe ich dir bis jetzt verschwiegen, sollte eine Überraschung sein.«

Sonja hatte sich aufs Bett gesetzt. »Das ist wirklich eine Überraschung«, gab sie zu. »Ich freue mich für dich. Und ich freue mich darauf, sie nachher kennenzulernen. Auf deinen Mann bin ich natürlich auch gespannt.«

»Gut, dann bis in einer halben Stunde«, erwiderte Anne und ging zur Tür, winkte noch einmal und verschwand die Treppe hinunter.

7

Sonja erhob sich vom Bett und legte ihren Rollkoffer auf die weißgestrichene Kommode unter dem Fenster. Sie öffnete den Deckel und holte sorgfältig ihre zusammengelegten Sachen heraus. Sie passten locker in die geräumigen Schubladen der Kommode. Dann hängte sie ihre Jeans in den Schrank, daneben den Anorak für schlechtes Wetter und räumte ihre Waschutensilien in die angrenzende kleine Dusche. Sie schaute sich prüfend in dem Spiegel über dem Waschbecken an. Eine Haarsträhne hatte der Wind auf der Fähre aus ihrer Frisur gelöst, sie steckte sie mit einer Haarklammer fest. Zurück im Wohnzimmer, stellte sie die Schuhe in ein Regal neben der Tür, den leeren Koffer verstaute sie unter dem Bett. Sie fuhr mit der Hand über die weiche Biberbettwäsche in einem hellen Gelbton und freute sich jetzt schon darauf, sich später darin einkuscheln zu können. Dann nahm sie die Flasche Beaujolais, die sie für Anne und ihren Mann mitgebracht hatte, und ging hinunter und über den schmalen Sandweg zum Haus der Familie Fröhlich.

Im Gegensatz zur Pension schien dieses ein Neubau zu sein, der allerdings dem Stil des Friesenhauses angepasst war. Das Haus war ebenfalls einstöckig, hatte weißgekalkte Wände und große Sprossenfenster. Das Dach war genau so tief gezogen, aber mit roten Ziegeln gedeckt und mit je einer Gaube an den beiden Seiten.

Sonja klingelte, und Anne kam die kurze Treppe herunter und öffnete ihr.

»Du kommst gerade rechtzeitig, das Abendessen ist fertig. Wir können dir gebackene Scholle anbieten und Kartoffelsalat, wenn du möchtest.«

»Klingt gut«, erwiderte Sonja erfreut. »Ich habe mich den ganzen Tag nur von belegten Broten ernährt.«

Sie ging hinter Anne die Stufen zur Wohnung hoch und wurde im Wohnzimmer von Piet empfangen.

Piet hatte einen festen Händedruck, war blond, kräftig und wirkte mindestens ebenso ruhig und gelassen wie Anne. Ein echter Nordfriese.

Während Anne in der Küche hantierte, erzählte sie Sonja, dass Piet auf der Insel im Seezeichenhafen tätig war. Das passt gut, dachte Sonja. Sie konnte ihn sich gut am Steuer eines Schiffes vorstellen, mit dem er die schwimmenden Tonnen, die die Wasserstraßen markierten, an Ort und Stelle brachte und dort verankerte.

Die kleine Maleika, ebenso blond wie der Vater, saß auf seinem Schoß und war ziemlich müde. Als sie ihre Flasche mit warmer Milch ausgetrunken hatte, wurde sie von Piet ins Bett gebracht.

Nachdem die wundervoll knusprig gebratene Scholle verspeist war, zu der sie den mitgebrachten Wein getrunken hatten, war Sonja angenehm müde. Trotzdem folgte sie Annes Einladung und setzte sich noch mit ihr aufs Sofa. Sie wollte eigentlich nicht sofort von ihren Problemen erzählen, aber Anne duldete keinen Aufschub.

»So, und was hat dich nun genau auf die Insel getrieben, Sonja? Du hast gesagt, du willst joggen, Rad fahren und nachdenken.«

Sonja zögerte. »Eigentlich weiß ich es selbst nicht so genau«, erklärte sie schließlich. »Das heißt, ich weiß nur, dass ich auf einmal nicht mehr sicher bin, ob das, was ich seit Jahren anstrebe, noch das Richtige für mich ist. Die Chirurgie ist sehr anstrengend, weißt du. Ich schlafe nicht mehr gut, bin regelrecht ausgelaugt. Und ich möchte auf keinen Fall, wenn ich mit der Ausbildung fertig bin, hier in Deutschland bleiben und alten Leuten neue Gelenke einsetzen oder Ähnliches. Ich wollte eigentlich ein paar Jahre auf eins der Mercy-Schiffe in Afrika und dort arbeiten. Aber nun bin ich voller Zweifel, ob ich das wirklich schaffe.«

»Du hast den sicheren Boden unter den Füßen verloren«, stellte Anne fest.

»Ja, und dazu noch Steffen, meinen Freund.« Sie hielt kurz inne. »Wenn ich so darüber nachdenke, wird mir klar, dass er nie so richtig konkret gesagt hat, dass er meine Pläne gut findet und mich darin unterstützen will. Ein paarmal hat er gemeint, ich solle noch einmal gründlich und vor allem ehrlich darüber nachdenken, warum ich unbedingt nach Afrika will, und ob es nicht eine andere gute Lösung für mich gebe. Und er hat in letzter Zeit immer wieder betont, dass er eine Familie haben möchte und eine eigene Praxis. Trotzdem war ich sicher, dass er dennoch für ein paar Jahre mit mir gehen würde. Alles andere, alles, was er sich wünschte, war ja nicht ausgeschlossen, sondern nur für später geplant.«

»Und was ist nun passiert?«, wollte Anne wissen.

»Vor vier Wochen hat er mir völlig unerwartet eröffnet,

dass er nicht mit nach Afrika geht, sondern in den nächsten Wochen bei einem Kollegen in Hamburg in dessen Praxis mit einsteigt. Einfach so, ohne mich zu fragen. Ohne Rücksicht auf mich und meine Pläne, unsere Pläne! Wir hatten einen heftigen Streit, und jetzt ist alles total verfahren. Ich habe ihn seither nicht mehr gesehen oder mit ihm gesprochen. Ich wünschte, ich könnte alles über den Haufen werfen, für ihn aufgeben.«

»Und nun willst du hier zur Ruhe kommen und nachdenken.«

»Ja, ich hoffe, dass ich nach vier Wochen Erholung, wenn ich wieder nach Hause fahre, Klarheit habe und meine Pläne wieder für richtig halte. Inzwischen bin ich nämlich selbst unsicher geworden. Und mit Zweifeln kann ich nicht leben, wie du weißt.« Leise fügte sie hinzu: »Und auch nicht mit einem Mann, der alles, was wir schon abgemacht hatten, einfach ignoriert.«

Anne wiegte den Kopf. »Du zweifelst, bist unsicher. Kann es denn nicht sein, dass vielleicht eine andere Richtung für dich besser wäre? In der Medizin gibt's doch so viele Möglichkeiten. Schließt du die für dich alle von vornherein aus?«

»Bisher ja, weißt du, ich komme mir vor wie auf einer Kreuzung. Alle Wege führen in verschiedene Richtungen, aber ich habe mir nun einmal diesen einen Weg geradeaus vorgenommen. Ich habe einfach keine Ahnung, was mich auf einem anderen Weg erwartet. Kann mir jemand garantieren, dass ich, wenn ich abbiege, besser dran bin?«

»Nein, Garantien gibt es keine. Wenn du es nicht versuchst, wirst du es aber auch nie wissen.«

»Und wenn es nicht klappt, bin ich genau so schlau wie vorher und habe unnötig Zeit verloren.«

Anne sah Sonja nachdenklich an. »Menschen ändern sich, und dann ändern sich auch die Ziele und Träume, die sie haben. Du bist jetzt achtundzwanzig. Vielleicht passen deine Pläne und Vorsätze inzwischen gar nicht mehr zu dir. Möglicherweise kommt auch einmal der Wunsch nach Familie auf.«

Sonja schwieg. Dann schüttelte sie den Kopf. »Ich weiß es einfach nicht«, sagte sie dann. »Und für mich ist es das Schlimmste, nicht mehr zu wissen, wohin ich steuern soll.«

Die beiden schwiegen eine ganze Weile, wie sie es schon als Teenager am Strand manchmal gemacht hatten. Sie mussten nicht sprechen, sie verstanden sich auch ohne Worte.

»Es ist spät«, begann Anne schließlich. »Ich nehme an, du bist müde. Zeit, schlafen zu gehen. Vorher möchte ich dich nur noch kurz über deine Mitbewohner informieren. Da ist zuerst ein junges Ehepaar im Dachgeschoss. Sie sind schon das dritte Mal hier und hoffen, dass es mit ihrem Kinderwunsch endlich klappt. Mit den beiden wirst du nichts zu tun haben, sie haben kein Interesse an neuen Bekanntschaften. Dann haben wir noch Patrick, unseren Landschaftsgärtner, im Zimmer neben dir. Er ist vor zwei Monaten hier angekommen und arbeitet in Wittdün oder Süddorf, oder wo er gerade gebraucht wird. Über ihn weiß ich nicht viel, nur, dass er bis Herbst hierbleiben will.«

Sonja hörte nur mit einem halben Ohr zu. Sie war tatsächlich müde und hatte, wie das Paar mit dem Kinderwunsch, kein Interesse an irgendwelchen Bekanntschaften. In vier Wochen reiste sie wieder ab und würde ohnehin niemanden wiedersehen. Sonja erwartete von Fremden keine Hilfe. Alles, was sie wollte, war ihre Ruhe.

»Der Vierte ist unser Dauergast, der alte Wilhelm«, hörte Sonja Anne fortfahren. »Er lebt seit einem Jahr in der Pension und gehört gewissermaßen schon zum Inventar.« Sie lachte. »Wilhelm ist ein alter Seefahrer, kennt die ganze Welt und hat, als er abgemustert hatte, mehrere Jahre in Irland gelebt. Dort hat er noch sein Cottage. Eines Tages ist er hierher nach Amrum gekommen, weil seine Frau gestorben ist. Er wollte hier zu einem entfernten Cousin ziehen, aber der war längst verstorben. Nun hat er sich bei uns ganz in der Pension eingemietet, und ich glaube, er fühlt sich wohl. Wilhelm ist ein lieber Kerl, allerdings ein bisschen sonderbar.«

Sonja runzelte die Stirn. Auch das noch, womöglich ein verwirrter Alter. Nun, es war nicht ihre Aufgabe, sich darum zu kümmern. Sie würde ihm aus dem Weg gehen können. »Wird er von jemandem betreut?«, fragte sie.

Anne lachte. »Nein, er ist geistig und körperlich völlig fit. Aber er glaubt an Elfen und andere Naturwesen, von denen es in Irland angeblich unzählige gibt. Er kennt viele Geschichten über sie. Lass dir von ihm einmal unseren verwilderten Garten zeigen und erzählen, was all die Steinhaufen, Zweige und Höhlen bedeuten. Das ist wirklich interessant. Wir haben ihm das Gelände überlassen, er kann sich stundenlang darin beschäftigen. Er hat mir erklärt, wenn sich Elfen hier wohl fühlen und einziehen, bringt das unserem Haus Glück, aber man muss sie respektieren und darf sie nicht schlecht behandeln. Und wer weiß, vielleicht ist sogar manch Wahres an seinen Erzählungen dran.«

»Aber, Anne, du glaubst doch nicht an Gespenster!« Sonja sah sie ungläubig an und schüttelte den Kopf.

»Es geht nicht um Gespenster, sondern um ganz alte, in Irland überlieferte Erzählungen über Elfen, Druiden und andere Wesen. Ich finde den Gedanken schön, dass vielleicht ein guter Naturgeist in dem alten hohlen Eichenstamm wohnt und ihn davor bewahrt, ganz zusammenzubrechen. Dieser Eichenstamm ist ein Lebensraum für viele Kleintiere, Käfer, Würmer, Vögel, Wildbienen, Schmetterlinge. Warum nicht auch für einen Gnom? Unter dem Holunderbusch sollen die Elfen bei Vollmond tanzen, und im Steinhaufen wohnt vielleicht bald einmal ein Cluricaun. Wilhelm hat dieses Stückchen Erde, als er hier ankam, so eingerichtet, und wir haben ihn gelassen. Wenn du nichts damit anfangen kannst, was ich gut verstehen könnte«, fügte sie unbekümmert hinzu, »dann nimm diese Erzählungen ganz einfach als wunderbare Geschichten, von denen man viel für sich selbst lernen kann.«

Sonja schüttelte lächelnd den Kopf. »Nein. Das ist nichts für mich«, entgegnete sie. »Ich halte es lieber mit Tatsachen und Dingen, die man sehen, anfassen und logisch erklären kann.«

Anne legte ihr beschwichtigend die Hand auf den Arm. »Du musst dich nicht damit befassen. Ich wollte es dir nur sagen, damit du dich nicht wunderst, wenn Wilhelm im Garten herumwerkelt oder mit jemandem redet, der gar nicht da ist. Und nun wünsche ich dir eine erste gute Nacht auf der Insel. Wenn du etwas brauchst, melde dich jederzeit bei mir.«

»Danke, Anne, das ist wirklich sehr lieb. Ich glaube, ich brauche jetzt nur mein Bett. Gute Nacht.«

Als Sonja auf dem Weg zurück in ihr Zimmer war, nahm sie sich vor, den Mitbewohnern der Pension lieber aus dem Weg zu gehen. Sie wollte sich die Insel ansehen, viel an der frischen Luft sein, sich ausschlafen, ohne ständig abgelenkt zu werden. So würde sie am besten ihr Gleichgewicht wiederfinden. Und das war es, was sie am dringendsten brauchte.

8

An den nächsten drei Tagen gelang es Sonja bestens, ihren Plan in die Tat umzusetzen. Die Sonne schien, ein kräftiger Wind blies mal von vorn, mal von hinten. Sie hatte ein Fahrrad von Anne bekommen, eines von den bequemen Inselrädern, mit hohem Lenker und großen Rädern. Es fuhr sich leicht, hatte drei Gänge, und man konnte entspannt aufrecht darauf sitzen und sich die Gegend anschauen.

Sie radelte über die schmalen Wege durch Wald, Heide und Dünen. Sie sah sich Nebel an, den nördlichsten Ort von Amrum, mit seinen schönen hohen Ulmen, kleinen Geschäften, gemütlichen Cafés und Restaurants. Sie besuchte die Kirche und die sprechenden Steine auf dem Friedhof, las die Geschichten vieler der dort Begrabenen. Auch eine alte, aber sehr gut erhaltene Mühle gab es, und ein Heimatmuseum.

Süddorf hatte wieder einen ganz anderen Charakter, es war umgeben von Heide, Feldern und Waldstücken und war eher eine ländlich bäuerliche Gegend mit vielen Einzelgehöften. Natürlich kletterte sie auch auf den Leuchtturm, den sie schon von der Fähre aus gesehen und von dem Anne erzählt hatte. Von oben hatte man einen wunderbaren Blick über die ganze Insel mit dem breiten Weststrand, den ausgedehnten Dünen, den Wäldern und dem Ostrand mit den Salzwiesen und dem Riedgürtel.

Am Abend nach einem solch ausgefüllten Tag war Sonja jedes Mal angenehm müde und schlief schnell ein. Nicht wie zu Hause, wo sie trotz aller Erschöpfung oft noch lange wach gelegen hatte. Das war ein gutes Zeichen, und sie war sich sicher, dass diese Reise auf die Insel die richtige Entscheidung war.

Anne sah sie in diesen Tagen nur kurz beim Frühstück, das jeden Tag pünktlich im kleinen, sonnigen Zimmer im Erdgeschoss bereitstand. Sie wechselten ein paar Worte, während Anne in der Küche die Eier kochte, aber sie waren noch nicht dazu gekommen, in Ruhe miteinander zu reden. Sonja vermisste es aber nicht, sie war nicht der Typ, der immer mit anderen über ihre Probleme sprechen wollte, und Anne hatte auch so genug zu tun. Sie betreute die Pension allein, erledigte die Buchungen und die gesamte Putzarbeit, eine Nachbarin nahm ihr ab und zu die kleine Maleika ab.

Mit den anderen Mitbewohnern wechselte Sonja nur ein kurzes Nicken im Vorbeigehen. Der alte Seemann saß ein paarmal unter ihrem Balkon in der Sonne, oder er baute in dem verwilderten Garten aus Steinen kleine Höhlen. Manchmal redete er mit sich selbst oder mit seinen Elfen, wie Sonja amüsiert feststellte. Wenn sie vorbeiging, schaute er sie mit seinen hellen verschmitzten Augen freundlich an, und Sonja fragte sich, ob er es mit seinen Elfengeschichten wirklich ernst meinte oder sie alle ein wenig an der Nase herumführte und sich heimlich lustig machte.

Patrick, den Landschaftsgärtner, hatte sie erst zweimal

kurz gesehen. Er ging morgens früh aus dem Haus und kam gegen Nachmittag wieder. Den Abend verbrachte er in seinem Zimmer.

In der Nacht zum vierten Tag wachte sie auf, weil einer der Fensterläden klapperte. Sie stand auf, tappte im Dunkeln zum Fenster und stellte fest, dass es draußen stürmte. Außerdem hatte es angefangen zu regnen. Sie hakte den Laden wieder fest und ging in ihr warmes Bett zurück. War das schöne Wetter schon vorbei? Sie hoffte inständig, dass dieses Tief nicht lange anhielt, denn es gab noch einiges, das sie besichtigen wollte. Gut möglich, dass das schlechte Wetter in einigen Stunden schon vorbeigezogen war.

Als sie morgens die Augen öffnete, fielen keine Sonnenstrahlen durch die Ritzen der Holzläden auf ihr Bett, dafür hörte sie ein leises Rauschen und Tropfen. Es regnete immer noch, doch der Wind hatte sich gelegt. Zum ersten Mal seit ihrer Ankunft auf Amrum war es vollkommen windstill. Also würde der Regen wohl länger anhalten.

Sonja stand mit einem Seufzer auf, duschte lange, zog sich einen warmen Pullover über die Bluse und ging hinüber in den Frühstücksraum.

Niemand war da, die zwei Tische nebenan waren bereits abgeräumt, nur das Gedeck vom Landschaftsgärtner Patrick stand noch unberührt auf seinem Tisch. Wahrscheinlich machte er bei diesem Wetter frei.

Sonja setzte sich an ihren Platz und stützte betrübt den Kopf in die Hände. Sie hatte keinen Hunger. Am besten, sie würde gleich wieder in ihr Zimmer zurückgehen. Mit einem Mal fragte sie sich, was sie eigentlich hier machte. Was hatte sie sich von diesem Aufenthalt erhofft? Es regnete, Anne hatte keine Zeit für sie, und sonst kannte sie niemanden, mit dem sie reden oder etwas unternehmen konnte. Nun gut, sie brauchte nicht ständig jemanden um sich herum. Aber immer allein zu sein war auch nicht gerade erfreulich. Reichte es aus, täglich zu joggen und Rad zu fahren, um ihr Leben wieder in den Griff zu bekommen? Vielleicht wäre sie besser zu Hause geblieben und zu einer Psychologin gegangen, die ihr professionell hätte weiterhelfen können. Auf einmal liefen ihr die Tränen über die Wangen. Sie waren ihr so plötzlich in die Augen geschossen, dass sie sie erst bemerkte, als sie bereits auf ihren Teller tropften.

Unwillig runzelte sie die Stirn. Was war nur los, warum fühlte sie sich mit einem Mal so entsetzlich traurig? Sie hatte seit Jahren nicht mehr geweint, nicht mal nach der Trennung von Steffen. Da hatte sie vor allem Wut empfunden, weil er so wenig Verständnis für ihre Pläne gehabt hatte. Sonja holte ein Taschentuch hervor und putzte sich die Nase, aber es half nicht viel, die Tränen flossen weiter. Wie konnte sie sich nur in diesem Frühstücksraum, wo jederzeit jemand auftauchen konnte, so gehen lassen? Sicher ist es das Wetter, redete sie sich ein. Doch tief in ihrem Inneren wusste sie, dass der Regen nichts mit ihrer Verzweiflung zu tun hatte.

In diesem Moment öffnete sich die Tür, und Patrick betrat den Frühstücksraum.

Sonja drehte sich weg von ihm und senkte den Kopf. Niemand sollte mitbekommen, wie elend sie sich fühlte.

Er ging zu seinem Tisch, blieb kurz stehen, und dann hörte sie, wie er auf sie zukam. Ohne ein Wort setzte er sich neben sie, reichte ihr ein Päckchen Tempotücher und sagte: »Der vierte Tag.«

Sonja hob den Kopf und sah ihn durch den Tränenschleier an. »Der vierte Tag?«, fragte sie verwirrt.

»Der dritte oder vierte Urlaubstag, da fällt man oft in ein Loch«, erklärte er mit einem leichten Lächeln. »Am Anfang, die ersten Tage, hat man so viel Neues zu entdecken, vor allem, wenn die Sonne scheint. Man kommt kaum zum Innehalten und Nachdenken. Und dann, auf einmal, gerät man in eine Stille, vor allem, wenn es regnet und man nicht vor sich selbst davonlaufen kann. Und vielleicht ist es nicht nur der vierte Tag, sondern noch etwas anderes dazu, das man schon viel länger spürt, aber nicht wahrhaben möchte.«

Sonja nahm ein neues Taschentuch und wischte sich über die Augen. »Ich weine sonst nie«, rechtfertigte sie sich, doch noch immer liefen ihr die Tränen über die Wangen. Warum hörte das nicht auf?

»Weinen ist keine Schande«, sagte Patrick. »Es ist noch gar nicht lange her, da saß ich hier am Tisch, und mir ging's genauso wie Ihnen jetzt. Wilhelm saß neben mir und hat mir ein Taschentuch nach dem andern gereicht. Mir hat das sehr gutgetan.«

Sonja blickte ihn verwundert an. Ihr hatte noch nie ein Mann eingestanden, dass er weinte, wenn er Kummer hatte, doch für diesen Patrick schien das ganz selbstverständlich zu sein. Und ausgerechnet Wilhelm, der alte verdrehte Seefahrer, hatte ihm zur Seite gestanden. Hatte Patrick das nur zu ihrer Beruhigung gesagt, oder war es wahr? Aber als sie ihn ansah – jetzt wieder mit klaren Augen –, da wusste sie, es stimmte, denn sie stellte erstaunt fest, dass sein Blick warm und verständnisvoll auf ihr ruhte. Dieser fremde Mann, der sie bisher nicht interessiert hatte, wusste, wie es ist, unglücklich zu sein, und er wusste auch, wie man Trost spenden konnte. Er saß einfach neben ihr am Tisch, und sie fühlte sich nicht mehr so allein.

Sonja schloss die Augen, erneut füllten sie sich mit Tränen. Sie konnte nichts dagegen machen. Er schwieg und reichte ihr still ein Taschentuch nach dem anderen. Nach einer Weile fasste sie sich wieder und holte tief Luft.

»Danke«, sagte sie. »Tut mir leid, Sie wollten sicher in Ruhe frühstücken, und nun habe ich Ihr ganzes Paket Taschentücher verbraucht.«

»Darüber müssen Sie sich keine Sorgen machen«, entgegnete er lächelnd. »Wilhelm hat mir damals auch einen ganzen Packen Tücher gegeben. Heute sind sie für Sie. Es ist ein Geben und Nehmen, und es ist gut, wenn es zwischen den Menschen geschieht.« Er reckte sich und stand auf.

»Haben Sie einen Schirm und Gummistiefel?«, wollte er wissen.

»Ja, warum?«

»Wir könnten nach dem Frühstück einen Spaziergang machen. Ich hab heute frei.«

Sonja überlegte kurz. Warum eigentlich nicht? Das war besser, als im Zimmer zu sitzen und zu grübeln.

»Ja, gern«, antwortete sie. »Wohin wollen wir gehen?«

»Keine Ahnung«, erwiderte er. »Wir gehen einfach los und entscheiden dann unterwegs, wohin.«

Sonja schüttelte den Kopf. Auch so einer, der einfach wartet, was geschieht, dachte sie.

Er schien ihre Gedanken erraten zu haben. »Nein, nein«, entgegnete er. »Das heißt nicht, dass man bequem und faul ist und sich sinnlos treiben lässt. Es heißt, sich auch mal darauf einzulassen, dass man zur rechten Zeit das Richtige tut, ohne vorher alles zu planen. Aber ich wollte Sie nicht mit irgendwelchen philosophischen Überlegungen belegen, sondern nur einen Spaziergang unterm Schirm mit Ihnen machen.«

Nun konnte Sonja schon wieder lächeln. »Gut, in Ordnung, und vielleicht sollten Sie Ihr Gedeck holen, damit nicht jeder einsam an seinem Tisch frühstücken muss.«

»Das hatte ich sowieso vor.« Er holte seinen Teller, die Tasse und das Besteck.

Sie sprachen nicht mehr viel miteinander, aber Sonja stellte fest, dass sie nun doch mit Genuss in das frische Brötchen biss, das sie mit Butter und von Anne selbstgemachter Erdbeermarmelade bestrichen hatte.

Als sie fertig war, stand sie auf. »Ich bin in fünf Minuten angezogen und warte dann draußen vor der Tür«, teilte sie Patrick mit. »Und ich bringe Ihnen auch eine neue Packung Taschentücher mit«, fügte sie hinzu, »damit Sie Ihre Vorräte wieder auffüllen können.«

Er lachte. »Danke, man weiß ja nie, wann man sie wieder mal braucht.«

Die Luft war feucht und frisch, als Sonja mit Regenjacke, Gummistiefeln und Schirm vor das Haus trat. Sie fand dieses Wetter auf einmal sogar angenehm. Der Regen fiel sanft aus den tiefliegenden Wolken, und es duftete nach nassem Kiefernholz.

Sie fühlte sich bedeutend besser als noch vor einer Stunde, und außerdem freute sie sich auf diesen Spaziergang und war neugierig geworden, was für ein Mensch dieser Patrick war.

Das war ihr schon öfter passiert, man sah bestimmte Menschen oft täglich, grüßte sie, wusste sonst aber nichts über sie und hatte auch kein weiteres Interesse an ihnen. Und irgendwann ergab sich ein Gespräch, und auf einmal war dieser andere nicht mehr fremd, sondern vertraut, und hatte vielleicht ähnliche Probleme wie man selbst.

Die Geschichte vom kleinen Prinzen mit dem Fuchs kam ihr in den Sinn. Der Fuchs nannte das Sich-miteinander-vertraut-Machen »zähmen«. Unter hundert gleichen Füchsen war dieser eine Fuchs, wenn er vom kleinen Prinzen gezähmt war, etwas ganz Besonderes.

War Patrick auf einmal etwas Besonderes? Sie schüttelte den Kopf. Patrick war ein netter Mann, ungefähr Anfang dreißig, mit dem sie nun einen Regenspaziergang machen würde, und nichts anderes. Sie wollte hier keinen Urlaubsflirt, ganz bestimmt nicht. Man würde sich nun vielleicht etwas freundlicher zunicken, aber das war's dann auch. Und er hatte sicher auch nicht mehr im Sinn.

Patrick kam auf sie zu und begutachtete sie anerkennend. »Sehr gut«, stellte er fest. »Wetterfest und praktisch, also, wie fangen wir an? Wald oder Wiese?«

»Wald«, antwortete Sonja sofort, »der riecht so gut im Regen.«

»Das ist ein Argument«, stimmte er zu. »Also hier entlang.« Er ging voraus, und als der schmale Weg breiter wurde, hatten sie genügend Platz, um nebeneinanderzugehen. Der Weg verlief durch den kleinen Kiefernwald hinter dem Haus. Von den Bäumen tropfte der Regen und versickerte dann im Sand. Ein Eichhörnchen huschte über einen Kiefernast und flitzte seitlich einen kleinen Pfad entlang.

»Kommen Sie«, schlug Patrick vor, »folgen wir dem Eichhörnchen, da kommt nämlich gleich ein Steingrab. Man sieht nicht mehr viel davon, es ist ziemlich überwachsen, aber es ist immerhin vier Meter hoch und hat eine Rechteckkammer mit einem Gang. Man nennt diese alten Gräber Dolmen.«

Zuerst sah Sonja nur einen Hügel, mit Gras und niederem Gebüsch bewachsen, aber dann erkannte sie einen Eingang, vor dem einige Steine lagen.

»Es heißt Ual Hööw im Amrumer Friesisch, alter Gottesdienst.«

»Amrum hat einen eigenen Dialekt?«, fragte Sonja erstaunt.

»Ja, ich habe das auch nicht gewusst, aber ich arbeite bei einigen älteren Herrschaften im Garten, und die unterhalten sich noch manchmal in dieser Sprache.«

Er kletterte über die Steine und bog ein paar Äste vom Eingang des Grabes weg. »Das ganze Ding ist über zehn Meter lang«, erklärte er. »Solche Dolmen gibt es auch in Irland, hat mir Wilhelm erzählt. Dort sind sie nicht mehr unter der Erde, sondern stehen frei auf der Wiese, wie riesige Steintische, drei Steine aufrecht und einer drüber. Ich möchte da unbedingt mal hin.«

»Wenn man bedenkt, dass die Menschen damals ohne irgendwelche Technik oder Geräte solche Steine bewegt und aufeinandergebaut haben, muss man schon staunen«, sagte Sonja. »Wissen Sie viel darüber?«

»Nur das, was man im Internet nachlesen kann«, antwortete Patrick. »Aber wenn Sie wissen möchten, wer heute in diesen Gräbern lebt und welche Wesen sich sonst noch in den Wäldern und in Erdhöhlen verstecken, dann fragen Sie den alten Wilhelm, er kennt sie alle, die magischen Orte. Er hat auch den Garten von Anne und Piet so angelegt, dass sich Elfen und Naturgeister darin wohl fühlen. Er hofft, dass sie sich eines Tages fest ansiedeln. Und er ist der Meinung, dass jede Familie einen eigenen Naturgeist braucht, so ist es in Irland, wo er lange gelebt hat.«

»Das sind bestimmt nette Geschichten, aber meinen Sie, er glaubt wirklich daran?«, wollte Sonja wissen.

»Aber ja, warum auch nicht? Die Iren leben schon immer mit ihrem unsichtbaren Völkchen, er hat mir bereits viel davon erzählt. Ich habe große Lust, mal auf diese Insel zu fahren und mich dort ein wenig umzusehen. Wilhelm besitzt noch ein kleines Cottage an der Westküste, direkt an den Klippen, und er behauptet, da liege noch ein Schatz unter einem Felsen, den ein Cluricaun dort versteckt hat.«

»Was ist ein Cluricaun?«, fragte Sonja.

»Das ist ein Gnom, der aussieht wie ein kleines, altes Männchen, ein etwas täppischer, einsam lebender Naturgeist. Er kennt die Orte vergrabener Schätze, aber er gibt diese Orte nie einem Menschen preis, außer, wenn er von einem überlistet und gefangen wird. Er raucht und trinkt gern und kann Bier aus Heide brauen. Wilhelm hat erzählt, wenn man ihn gut behandelt und ihm regelmäßig etwas zu essen hinstellt, spielt er keine boshaften Streiche mehr, sondern ist sogar bereit, Unglück für den Menschen zu verhüten.«

»Du lieber Himmel, das ist doch alles Phantasie, Einbildung. Dieser Wilhelm ist sicher nicht mehr so ganz klar im Kopf. Wie alt ist er eigentlich?«

»Anfang achtzig, aber er ist keinesfalls verwirrt oder dement, wenn Sie das meinen. Er ist einfach ein alter Mann, der viel erlebt hat. Ich mag ihn sehr, er tut keinem was zuleide. Und die Tipps, die er mir bisher gegeben hat, wenn ich neue Pflanzen eingrabe, haben mir schon viel geholfen. Er kennt sich mit allen Pflanzen und Tieren hier bestens aus. Und alles, was er anfasst, gedeiht.«

9

Inzwischen waren Patrick und Sonja aus dem Wald herausgekommen. Der Weg gabelte sich jetzt. »Links oder geradeaus?«, fragte Patrick und lächelte.

»Geradeaus«, entschied Sonja, die so allmählich Spaß an dem Spiel hatte. »Ich biege nicht gern vom Weg ab, ich bin jemand, der am liebsten geradeaus zum Ziel kommt.«

»Sehr gut, nun weiß ich wieder ein bisschen mehr von Ihnen«, sagte Patrick. »So ein Spaziergang kann sehr aufschlussreich sein.«

Er schaute zum Himmel. »Ich glaube, der Regen lässt nach. In ein paar Minuten können wir die Schirme zuklappen.«

Rechts und links des Weges befanden sich nun feuchte grüne Wiesen voller Löwenzahn, der seine Blüten in der Nässe geschlossen hielt. Niemand war unterwegs, und in der Stille hörte man nur das Tröpfeln des nachlassenden Regens und ein paar Möwenschreie.

»Was haben Sie mir noch zu bieten«, erkundigte sich Sonja bei ihrem Begleiter, »außer Steingrab und Elfengeschichten?«

»Eine ehemalige Vogelkoje«, erwiderte er prompt.

»Was ist denn das nun wieder? Und wo, bitte, kann man sie anschauen?«

»Gleich dort hinten, wo das Gestrüpp wächst«, erklärte Patrick. »Früher war da ein kleiner Teich mit mehreren Seitenarmen, die in Reusen endeten. Man hat gezähmte Wildenten hineingesetzt, deren Flügel gestutzt waren, so dass sie nicht mehr fliegen konnten. Mit ihren Rufen haben sie die anderen Wildenten angelockt, die so gefangen wurden.«

»Und dann, was haben die Leute dann mit ihnen gemacht? Beringt?«

»Hals umgedreht, zu Hause gebraten und verspeist.«

»Du lieber Himmel, ist das nun eine Legende oder wahr?«

»Ich weiß, es ist eine ziemlich brutale Tradition, Enten mit bloßen Händen zu erwürgen. Aber früher hat man es tatsächlich so gemacht. Sie können beruhigt sein, heute kauft man auch auf Amrum seine Ente im Supermarkt. Übrigens gibt es noch eine guterhaltene Vogelkoje oben bei Norddorf, wenn Sie mal eine besichtigen wollen.«

Sie waren inzwischen an der Inselstraße angelangt, die alle Orte miteinander verband, und überquerten sie.

»Jetzt kommen wir in das Dünengebiet zwischen Wittdün und dem Leuchtturm«, erzählte Patrick. »Hier gibt es einen kleinen Bereich, der nicht Naturschutzgebiet ist. Das heißt, wir können ausnahmsweise auch mal die erlaubten Wege verlassen. Und Sie können sich eine der Dünen aussuchen, von der aus wir einen guten Rundblick haben. Welche soll's denn sein?«

Sonja schaute sich um. Am Himmel zeigten sich einige helle Wolken, die besseres Wetter versprachen. Gerade richtig, um auf einen der Hügel zu steigen, die mit Heide, Krähenbeeren und Silbergras bewachsen waren.

Sie suchte sich einen aus, und sie stiegen zwischen den nassen Sträuchern hoch.

Ein Hase sprang plötzlich auf und rannte vor ihnen davon, und dann war Sonja oben, blieb aufatmend stehen und blickte sich um. Rechts unten lag ein Zeltplatz in der Senke. Um diese Jahreszeit gab es nur wenige Camper, lediglich vier Zelte konnte sie ausmachen. Im Sommer würde hier sicher reges Leben herrschen. Links konnte man über Wittdün schauen, und vor ihr, hinter weiteren Dünen und einem kleinen Kiefernwäldchen, lag der Kniepsand, eine riesige, ausgedehnte, helle Fläche, bis ganz weit hinten das Meer begann. Dort riss die Wolkendecke auf, und erste Sonnenstrahlen fielen aufs Wasser, das silbern glitzerte.

»Wunderschön«, sagte Sonja. »Was einem ein Regentag so unerwartet bringen kann. Danke, Patrick, dass Sie mich hierhergeschleppt haben.«

Er lächelte sie an. »Wissen Sie auch, was das hier für eine besondere Düne ist?«, fragte er.

»Nein«, antwortete sie erstaunt. »Gibt's hier etwas zu beobachten?«

»Dies ist die Du-Düne«, antwortete er gespielt ernst. »Zwei, die zusammen hier oben stehen, dürfen sich nicht mehr siezen, sondern müssen sich ab sofort duzen.«

Sonja blickte ihn mit schief gelegtem Kopf an. »Aha, das ist wohl auch so eine uralte Legende, die Sie von Wilhelm gehört haben.«

»Nein.« Er lachte. »Hab ich mir soeben ausgedacht. Also, ich heiße Patrick.«

Sie schüttelte den Kopf. »Patrick mit der blühenden Phantasie. Na schön, ich habe nichts dagegen, ich bin Sonja.«

Er stand ganz dicht neben ihr und drückte ihr kurz die Hand. Beide schwiegen eine Weile, dann sagte Patrick: »Ich habe mich schon lange nicht mehr so unbeschwert gefühlt wie heute auf unserem Spaziergang und wie jetzt mit dir hier oben. Und das an einem Regentag, der ziemlich trübe anfing. Aber genau das ist es, man weiß nie im Voraus, was einem begegnen kann.«

»Mir geht's ähnlich«, gab sie zu. »Ich habe in den letzten Tagen viel zu viel gemacht. Ich wollte alles sehen, was es auf der Insel zu besichtigen gibt. Ich glaube, ich muss jetzt erst mal zur Ruhe kommen. Die Stille, und vor allem die Weite, in allen Richtungen, da alles tut mir gut. Man kann hier bis zum Horizont schauen, da kommt man sich auf einmal ganz klein vor, und die Probleme wachsen einem nicht mehr über den Kopf.«

Sie überlegte, ob sie ihm von ihren Zweifeln an ihrer Zukunft erzählen sollte, ließ es dann aber sein. Jetzt nicht, vielleicht ein anderes Mal oder auch gar nicht, dachte sie. Er hat ja wohl auch seine eigenen Probleme. Jetzt gibt es nur die Dünen mit dem Geruch nach nasser Heide und der Blick auf den Kniepsand, und ganz hinten, wo schon wieder die Sonne herauskommt, aufs Meer. Und die frisch gewaschene Luft, die so klar ist nach dem Regen.

Patrick sah Sonja nachdenklich an. »Aber vergiss die Blumen am Weg nicht«, sagte er dann. »Man läuft viel zu oft an ihnen vorbei, ohne sie zu bemerken. Das habe ich von Wilhelm gelernt. Wenn du Lust hast, machen wir mal einen Blumen-am-Weg-Spaziergang.« Er reckte sich. »Wollen wir jetzt noch zum Nehrungssee runter und danach in einem Bogen wieder zurück nach Hause? Der See ist ein Vogelparadies. Man wünscht selbst, ein Vogel zu sein, so sorglos in den Tag hineinleben zu können, immer was zu fressen zu finden, und in geschütztem Gebiet zu brüten. Ich wäre gern eine Silbermöwe, fliegen und schwimmen zu können, das stelle ich mir sehr schön vor. Und was würdest du dir aussuchen?«

Sonja sah ihn ein wenig belustigt an. Er hatte offensichtlich eine romantische Seite, der Herr Landschaftsgärtner, und eine verspielte. Das gefiel ihr. »Ich weiß ja gar nicht, was zur Auswahl steht. Außer Möwen und Wildenten kenne ich hier keine Vögel mit Namen«, antwortete sie. Sie dachte kurz nach. »Vielleicht wäre ich gern einer der Zugvögel, die wissen genau, wohin sie fliegen müssen.«

»Hast du damit Schwierigkeiten?«, wollte Patrick wissen und sah sie fragend von der Seite an.

»Im Moment nicht«, erwiderte Sonja. »Jetzt fliege ich die Düne runter. Los komm, wer zuerst unten am See ist.« Und schon lief sie los.

Um den Nehrungssee, ein Süßwassersee, der »Wriak Hörn« hieß, lief ein Bohlenweg am Ufer entlang. Das Wasser schimmerte in allen Blautönen, überall ragten Gras- oder Schilfbüschel heraus. Der See lag im letzten Dünental vor dem Kniepsand, und die Vögel tummelten sich auf ihm.

Sonja staunte, was es auf Amrum alles gab. Da waren nicht nur Dünen, der Kniepsand, Wald, weite Felder, Weiden mit Pferden und Schafen, dann das Watt, die Salzwiesen und die großen Flächen mit Besenheide, sondern auch die hübschen kleinen Inselorte mit ihren Häuschen und Gassen und das Vogelschutzgebiet. Nun bekam sie auch noch einen Süßwassersee zu sehen.

»Ich hätte nie gedacht, dass eine Insel so vielfältig sein

kann«, gestand sie staunend. »Und dass man auf einem kleinen Regenspaziergang genauso viel erleben kann wie auf einer Tour rund um die Insel.«

»Das ist gut«, bemerkte Patrick augenzwinkernd, »dann kommst du ein wenig aus deinem Herumjagen heraus. Anne hat mir gesagt, dass du in der letzten Zeit zu viel gearbeitet und zu wenig gelebt hast.«

»So, hat sie das?« Sonja runzelte unwillig die Stirn, aber dann holte sie tief Luft. »Na ja, vielleicht hat sie sogar recht. Aber darüber möchte ich jetzt nicht sprechen.«

Patrick nickte. »Schau mal, dort hinten, Fasane, davon gibt's hier viele. Schöne große Tiere, findest du nicht?« Sie nickte zustimmend. »Leider können sie nicht singen. Sie krächzen fürchterlich, dass es einem die Haare zu Berge stehen lässt.« Sonja lachte, und Patrick erzählte weiter. »Es gibt auch viele Kaninchen. Überall haben sie ihre Baue.« Er sah sie von der Seite an. »Und falls du noch nicht genug hast von meinen Erklärungen, zeige ich dir noch das kriechende Straußgras, die schwarzköpfige Binse und den Sumpfbärlapp.«

»Was für hochtrabende Namen für so niedere Gewächse«, meinte Sonja lachend.

10

Gegen Mittag waren sie wieder zurück in Steenodde. Sonja fand in ihrem Zimmer einen Zettel von Anne: *Heute Nachmittag gibt's Kuchen bei mir. Du bist eingeladen. Dann haben wir endlich mal ein wenig Zeit für einen Klönschnack.*

Wunderbar, Sonja freute sich auf einen gemütlichen Kaffeeklatsch.

Sie hatte mit Patrick noch an einer Imbissbude in Wittdün Krabbenbrötchen gegessen und war nun ein bisschen müde. Sie streifte sich die Schuhe ab, schlüpfte aus den Jeans und legte sich aufs Bett. Sonnenstrahlen fielen durchs Fenster, es hatte aufgehört zu regnen. Auf einer Insel hielt schlechtes Wetter nie lange an, der Wind pustete es immer bald wieder weg.

Wie meine Stimmung, dachte Sonja belustigt, heute Morgen noch war ich ganz unten, und jetzt geht es mir schon wieder viel besser. Sie schloss die Augen und streckte sich wohlig aus. Kurz darauf schlief sie ein.

Als sie aufwachte und auf den Wecker schaute, waren fast zwei Stunden vergangen. Sie stand auf, zog sich Jeans und Schuhe wieder an und strich das Bett glatt. Anne wartete sicher bereits auf sie.

Sie lief die Treppe hinunter und hinüber ins Fröhlich-

Haus, wo es bei ihrem Eintreten herrlich nach frisch gebackenem Kuchen duftete.

»Hallo, schön, dass du da bist.« Anne führte sie in ihre geräumige Küche. In der Mitte stand ein großer Tisch mit einer geblümten Tischdecke, darum herum Rattanstühle mit Sitzkissen, die sehr bequem aussahen. Anne zog Sonja einen hervor, und die ließ sich wohlig aufseufzend darauffallen.

»Maleika schläft nebenan, so sind wir eine Weile ungestört«, sagte Anne und schnitt den Apfelkuchen an.

Die Sonne schien durch die hohen Sprossenfenster, der Kaffee duftete. Sonja genoss diese gemütliche Atmosphäre und spürte mit Befriedigung, dass sie sich hier langsam entspannen konnte.

»Na, wie gefällt's dir auf unserer Insel?«

»Es ist wunderschön. Ehrlich, Anne, Amrum ist etwas ganz Besonderes. Es gibt so viel zu sehen, aber gleichzeitig kann man seine Ruhe finden.«

»Genau das, was du brauchst, denke ich.« Sie legte ihr ein großes Stück Kuchen auf den Teller. »So ganz genau bin ich noch immer nicht im Klaren, warum du vor allem weggelaufen bist, vor deiner Klinik und deinem Steffen. Möchtest du's mir erklären?« Sie setzte sich und sah Sonja aufmerksam an.

Sonja blickte nachdenklich aus dem Fenster. »Das ist gar nicht so einfach. Ich muss selbst erst mal herausfinden, was mich so beunruhigt und warum Dinge auf einmal nicht mehr selbstverständlich sind, die es immer waren.« Sie schwieg eine Weile, dann fügte sie zögernd hinzu: »Ich habe schon seit Jahren immer dieses eine Ziel gehabt: Chirurgin zu werden und in Afrika zu arbeiten. Und nun stelle ich fest, dass die Chirurgie nicht unbedingt das Richtige für mich ist. Das heißt, ich weiß es einfach nicht mehr so genau. Von einer Sekunde auf die andere musst du dich auf einen neuen Patienten einstellen, mit dem du vielleicht nicht gerade sehr vertraut bist.« Sie sah in Annes warme braune Augen und spürte das alte Vertrauen, das innige Verständnis. »Direkt vor meinem Urlaub habe ich einen Mann behandelt, der von einem Hund gebissen wurde. Der Mann war betrunken, als er in die Notaufnahme kam. Er hat randaliert, sich gegen die Behandlung gewehrt.«

»Du meine Güte!«

»Ich hatte Bereitschaft«, erzählte Sonja weiter. »Das heißt, es war mitten in der Nacht, ich hatte gerade etwas geschlafen. Du wirst geweckt und musst sofort hundertprozentig einsatzbereit und wach sein. Tja, leider war ich von den vielen Schichtdiensten der letzten Wochen und natürlich auch durch die privaten Probleme ziemlich erschöpft. Kurzum: Der Mann hat behauptet, er sei gerade erst gegen Tetanus geimpft worden, und ich habe ihm geglaubt. Ohne es zu überprüfen, habe ich auf weitere Schutzmaßnahmen verzichtet.« Sie seufzte.

»Und, wie geht's dem Mann?«

»Die Wunden hatten sich entzündet, er hatte eine Infektion. Ich weiß lediglich, dass er außer Lebensgefahr ist. Immerhin.«

»Oje!«

Die beiden schwiegen eine Weile. Dann fuhr Sonja fort: »So viel also zu den Tücken der Chirurgie.« Sie lachte traurig. »Und wegen Afrika habe ich mich mit Steffen zerstritten, mit dem ich drei Jahre zusammen war. Ich dachte immer, er geht mit, das war mir klar. Nur hat er das anscheinend ganz anders gesehen. Er will in eine Praxis einsteigen. Weißt du, irgendwie hatte ich bisher immer noch die Hoffnung, dass er sich es doch noch mal überlegt. Ich möchte nicht auf Afrika verzichten, und ich möchte auch nicht wählen müssen, Steffen oder die Arbeit auf dem Schiff.«

»Und es gibt da keinen Kompromiss?«, wollte Anne wissen.

»Nein, wie sollte das gehen? Ich könnte für einige Wochen im Jahr dort helfen, wenn ich Urlaub habe«, überlegte sie laut. »Das würde aber bedeuten, dass ich die übrige Zeit hier arbeiten müsste. Alltags-Chirurgie sozusagen. Das schaffe ich nicht, Anne, unmöglich. Je mehr ich darüber nachdenke, desto klarer wird mir das. Nach der Zeit auf dem Schiff bräuchte ich sicher Urlaub. Dummerweise wäre die Zeit auf dem Schiff aber mein Urlaub.«

»Nein.« Anne schüttelte vehement den Kopf, dass ihre kurzen Haare wippten. »Das kannst du dir nicht antun. Da brichst du früher oder später zusammen.«

»Was soll ich tun, die Ausbildung abbrechen und Allgemeinärztin werden? Hierbleiben? Nein, ich wollte nach Afrika, will es immer noch. Das zumindest weiß ich. Kann doch sein, dass sich während der Praxis dort zeigt, welche Richtung mir besonders liegt. Vielleicht kann ich auf dem Schiff etwas finden, was mir gefällt und was ich später auch hier in Deutschland machen kann. Ich will ja gar nicht für immer bleiben. Afrika wäre lediglich eine Option für einige Jahre.«

Anne wiegte den Kopf. »Dass du dir wegen Afrika so sicher bist, ist gut. Es bedeutet aber, dass du endgültig auf Steffen verzichten musst, richtig?« Sonja nickte. »Das scheint mir ein ganz verflixter Knoten in deinem Leben zu sein. Nicht leicht zu lösen. Und je mehr du daran zerrst, desto stärker zieht er sich zusammen.«

Sonja sah sie traurig lächelnd an. »Du triffst den berühmten Nagel auf den Kopf.«

»Wie wäre es, wenn du einfach einmal den Knoten ruhen lässt und etwas ganz anderes machst? Du musst nicht immer dein Leben gestalten, du kannst dich auch einmal in den Lauf der Dinge einfügen, und wenn es nur für die vier Wochen hier auf Amrum ist.«

»Das hat Patrick auch schon so ähnlich gesagt, aber es liegt mir einfach nicht, mich sinnlos treiben zu lassen«, erwiderte Sonja.

»So meinte ich das nicht.« Anne sah sie an. »Ich meine, es gibt eine Ordnung, die wir oft nicht spüren, aber die trotzdem vorhanden ist. Eine Ordnung, die uns zeigt, wann die Zeit reif ist für bestimmte Dinge, und wann noch nicht, oder nicht mehr. Du hast bestimmt schon öfter die Situation erlebt, dass du etwas mit großer Energie erreichen wolltest, aber es ging einfach nicht. Und dann auf einmal kommt der Moment, wo es ohne Anstrengung fast wie von alleine geht, weil die Zeit dafür gekommen ist.«

Das war ein Gedanke, der Sonja bisher so noch nicht in den Sinn gekommen war. Sie runzelte die Stirn. »Das habe ich bisher noch nie so gesehen. Ich muss zugeben, diese These hat was für sich.« Sie trank einen Schluck Kaffee. »Ich werde darüber nachdenken, Anne. Dazu bin ich ja schließlich auf die Insel gekommen.«

»Du solltest weniger nachdenken und stattdessen einfach mit offenen Augen durch die Gegend gehen. Sei offen für das, was sich dir bietet«, riet Anne. »Oder beschäftige dich mit Dingen, die ganz neu für dich sind. Du könntest zum Beispiel einmal dem alten Wilhelm zuhören, wenn er von den irischen Elfen erzählt, oder dich zu mir ins Kinderzimmer setzen und Maleika zuschauen, wie sie sich über den Boden robbt. Oder begleite Patrick, wenn er seine Pflänzchen in die Erde setzt. Ein altes Sprichwort sagt: Dein Leben beginnt, wenn du einen Garten beginnst. Wer weiß, vielleicht ist etwas dran.« Anne zwinkerte fröhlich.

Wenn es nur so einfach wäre. Sonja hatte keine Ahnung, was sie mit einem alten etwas wunderlichen Mann, einem Baby oder einem sympathischen, aber anscheinend selbst in Problemen steckenden Gärtner anfangen sollte, geschweige denn, wie die ihr helfen konnten, ihren Knoten zu lösen. Doch das behielt sie besser für sich.

»Patrick habe ich heute übrigens ein bisschen kennengelernt«, erzählte sie. »Wir haben einen Regenspaziergang gemacht, einen richtig schönen, ohne Plan und Ziel. Was macht er eigentlich hier? Wo wohnt er sonst?«

Anne lehnte sich auf ihrem Stuhl zurück. »Ich weiß kaum etwas über ihn. Er ist im März hier angekommen, hat sich in der Pension eingemietet, zahlt regelmäßig, hat sich als Saisonarbeiter angemeldet und eine Adresse in Kiel angegeben, dort wohnen seine Eltern. Sonst ist mir nichts bekannt, und er redet auch nicht über sich, wenn er mal zu mir zum Kaffee kommt. Am Anfang hat er überhaupt kaum ein Wort mit uns gewechselt, war wie eine verschlossene Auster. Dann hat er sich mit Wilhelm angefreundet, und die zwei sind jetzt richtig gute Freunde.«

»Seine Augen blicken ernst, wenn er sich nicht beobachtet fühlt«, sagte Sonja nachdenklich. »Aber heute war er richtig gelöst und fröhlich auf unserem Spaziergang. Meinst du, er hat irgendetwas erlebt, das ihn belastet?« Sie würde ihn auf keinen Fall selbst danach fragen, aber sie spürte, dass es sie nach dem gemeinsamen Ausflug doch interessierte. Sie würde ihn gern näher kennenlernen. Er war durchaus anziehend und sah gut aus mit den bis in den Nacken reichenden braunen Haaren und dem sympathischen Gesicht.

»Ich weiß es wirklich nicht. Er ist ein Einzelgänger und hat sich hier nur Wilhelm angeschlossen. Das passt, findest du nicht? Wilhelm ist auch ein Sonderling, wenn auch auf andere Art. Wenn er aber einmal ins Reden kommt, gibt es kein Halten mehr.« Sie lachte. »Dann erzählt er von seinen Erlebnissen auf See, manchmal sind es haarsträubende Geschichten, und ich habe ihn in Verdacht, dass so manches Mal seine Phantasie mit ihm durchgeht. Aber was soll's, er ist ein lieber alter Mann, und er hat wirklich viel erlebt.«

»Ist er Ire?«, fragte Sonja.

»Nein, er ist hier auf Amrum geboren, lange Jahre zur See gefahren und hat sich dann in Irland an der Westküste ein kleines Cottage gekauft. Er hat sich da sehr wohl gefühlt und war im Dorf gern gesehen. Dort hat er eine Frau kennengelernt, die wohl seine große Liebe war. Sie ist vor einem Jahr gestorben, und er ist nach Amrum zurückgekommen.«

»Hat er keine Verwandten?«

Anne schüttelte den Kopf. »Ich habe dir ja gesagt, er wollte hier bei einem Bekannten wohnen. Nun ist er bei uns gelandet. Ich habe ihn gern. Er hält sein Zimmer in Ordnung, macht mir keine Arbeit. Unser Garten mag ein wenig eigenartig aussehen, aber es macht ihn glücklich.

Also lassen wir ihn. Noch ein Stückchen?« Sie deutete auf den Kuchen.

»Gern! Ich muss gestehen, ich habe noch nie so einen ausgezeichneten Apfelkuchen gegessen. Ich wünschte, ich könnte auch so backen.«

Anne lachte. »Das ist gar nicht so schwer. Und du wirst es kaum glauben, aber die Äpfel sind noch eigene Ernte vom Herbst. Wir haben unten im Keller einen kleinen kühlen Raum, in dem kann ich Kartoffeln Äpfel, Möhren und alles Mögliche lagern. Da stehen auch die Gläser mit der selbstgemachten Marmelade.«

»Auf die freue ich mich jeden Morgen.«

»Schön, dass sie dir schmeckt.« Plötzlich lachte Anne laut auf.

»Was ist so komisch?«

»Ich musste gerade an unsere Nena-Phase denken. Wir sind zum Friseur gerannt und wollten unbedingt genau den gleichen Haarschnitt haben. Hätte mir damals jemand gesagt, dass ich einmal Freude daran haben würde, Marmelade zu kochen, dann hätte ich es nicht geglaubt.«

»Ich auch nicht.« Sonja musste über die Vorstellung ebenfalls lachen.

»Und doch ist es so. Wenn ich das Regal anschaue, in dem die Gläser aufgereiht sind, macht mich das jedes Mal richtig glücklich.«

»Ich wünschte, ich wäre ein bisschen so wie du«, sagte Sonja. »Wenn ich ein wenig mehr häusliche Ambitionen hätte und dafür weniger Afrika-Flausen im Kopf, dann wäre vielleicht alles leichter. Ich würde Steffen heiraten und Apfelkuchen backen und zufrieden sein. Warum kann ich das nicht?«

»Du bist so, wie du bist, und das ist in Ordnung«, erwiderte Anne. »Und das mit dem Heiraten ... irgendwann einmal wirst du vielleicht morgens aufwachen und wirst wissen, dass die Zeit dafür gekommen ist. Und der richtige Mann.«

11

Das ausgiebige Gespräch mit Anne hatte Sonja nachdenklich gestimmt. Sie setzte sich gegen Abend noch eine Weile auf die Bank vor der Pension in die Sonne. Nach dem Regen vom Vormittag dufteten die Kiefern vom nahe gelegenen Wald besonders stark, und ein leichter Wind wehte einen süßen Hauch der blühenden Maiglöckchen zu ihr herüber.

Sie lehnte den Kopf an die warme Wand und schloss die Augen. So sitzen bleiben, dachte sie, und irgendwann einmal die Augen öffnen, und alle Probleme sind gelöst, das wäre mein größter Wunsch.

Nach einer Weile spürte sie eine Bewegung neben sich und blickte sich um. Am anderen Ende der Bank saß der alte Wilhelm und sah sie aus hellen, fröhlich zwinkernden Augen unter dichten weißen Augenbrauen an. Die unvermeidliche blaue Wollmütze saß auf seinem Kopf, im dichten Bart verschwand der untere Teil seines Gesichts. Die Hände hatte er auf seinen Stock gestützt, der oben bereits vom langen Gebrauch blank gewetzt war.

»In zwei Wochen ist Vollmond, junge Frau«, sagte er. Seine Stimme klang tief und ein wenig rau. »Und der Holunder blüht. In so einer Nacht tanzen die Elfen. Manchmal hat man Glück und kann sie sehen. Ich habe nur einmal in meinem Leben die Elfen beobachten können, aber es gibt unzählige Zeichen, dass sie da sind. Ein kleiner runder Stein, der morgens auf der Türschwelle liegt, ein Handschuh, der verlorenging und plötzlich auf dem Fensterbrett auftaucht, ein feiner Staubwirbel, der bei Windstille über den Weg tanzt. Man muss nur auf solche Zeichen achten.«

Sonja wusste nicht, ob sie den Kopf schütteln oder lachen sollte. Doch Wilhelm hatte das so ernst und eindringlich gesagt, dass sie gerührt war.

»Ich weiß nichts von Elfen«, erwiderte sie freundlich. »Nachts schlafe ich und wandere nicht draußen herum, um welche zu beobachten.«

»Das sollten Sie aber, für Sie werden sie sich sichtbar machen«, antwortete Wilhelm. »Sie tragen das Elfenzeichen.«

»Das Elfenzeichen?« Was sollte das nun wieder sein?

»Der kleine Halbmond an Ihrem Hals.« Er deutete auf die Stelle. »Nur ganz wenige Menschen haben dieses Zeichen.«

Sonja fuhr mit der Hand an ihren Hals. Er meinte das kleine Muttermal, das sie schon lange störte. Sie hatte schon mehrfach darüber nachgedacht, es irgendwann entfernen zu lassen. Noch niemand hatte es Elfenzeichen genannt.

»Meine Mutter hat es auch«, erklärte sie. »Aber von Elfen hat sie mir nie etwas erzählt.«

»Viele Menschen wissen nichts von dem stillen Volk«, gab Wilhelm zurück. »Aber in Irland leben wir mit ihm. Natürlich gibt es auch bei uns Leute, die das alles für Hirngespinste halten.« Er lachte leise in sich hinein. »Ich nicht.

Ich habe sie wirklich gesehen, und das werde ich nie vergessen.«

»Und das war bei Vollmond unter einem Holunderbusch?«, hakte Sonja nach. Die Geschichte fing an, sie zu interessieren. Außerdem saß sie hier so schön in der Sonne. Hatte Anne ihr nicht gerade geraten, sich mit Dingen zu beschäftigen, die ganz neu für sie waren? Warum sollte sie sich nicht anhören, was Wilhelm von den Elfen zu erzählen hatte?

»Nein.« Er lachte, und die Fältchen in seinem Gesicht vertieften sich. »Es war ein ganz gewöhnlicher Abend im Juni. Es dämmerte bereits, und ich war auf dem Weg zu Bekannten, in Ballinhassig, ganz im Süden von Irland. Dort gibt es eine alte Eiche, deren Stamm ausgehöhlt ist, aber sie hat noch immer starke Äste und grüne Blätter. Sie ist in der ganzen Gegend berühmt. Einmal hat ein Mann – er hieß Johann Mulligan – dort die Elfen tanzen sehen.«

Wilhelm hielt kurz inne, ließ den Blick in die Ferne schweifen und fuhr dann fort: »Als ich an der Eiche vorbeikam, versteckte ich mich hinter einem Busch. Ich habe gehofft, die Elfen würden wieder ein Fest feiern, schließlich war Sommersonnenwende.« Er klang bei der Erinnerung an damals ganz aufgeregt. »Und tatsächlich, nach einiger Zeit kamen sie heraus, zarte kleine Gestalten. Eine eigenartige Musik ertönte, als würde der Wind aus den Ästen der Eiche eine Melodie blasen. Ich verhielt mich ganz still, wollte die Elfen nicht stören. Sie schwebten leicht wie Flaumfedern durch die Luft und ließen sich dann in den Ritzen des Stammes nieder.«

»Und sie haben Sie nicht bemerkt?«, wollte Sonja wissen.

»Nein, ich bin ganz leise weggeschlichen, es war bereits dunkel. Am nächsten Morgen habe ich die Geschichte meinen Bekannten erzählt. Sie lachten und sagten, an dieser Eiche wachsen Pilze, weiße Schwämme, schon immer, und wenn der Wind weht, bewegen sie sich. Johann Mulligan hat damals vor vielen Jahren auch geschworen, er habe die Elfen gesehen, und sie hätten sich, als er näher kam, einfach in diese Schwämme verwandelt. Aber niemand kann das beweisen.«

»Und Sie sind sicher, dass es Elfen waren?«

»Ja, denn am nächsten Tag bin ich noch mal hingegangen.« Er machte eine lange Pause. Sonja dachte schon, er habe seinen Bericht beendet, doch plötzlich sprach er weiter: »Da waren keine Schwämme, aber viele zarte Fäden aus Spinnweben, die zu einem eigenartigen Netz verwoben waren, wie es eine Spinne nie machen würde.«

Sonja glaubte nicht, dass der alte Wilhelm wirklich den Elfentanz gesehen hatte, doch sie fand diese Geschichte anrührend und bezaubernd. Mit einem Mal fiel ihr ihre Großmutter ein, die vor vier Jahren gestorben war. Sie hatte schon lange Zeit nicht mehr an sie gedacht. Sie hatte ihr immer Märchen vorgelesen. Sonja erinnerte sich an ein wunderschönes Buch, das sie besessen und ihr oft gezeigt hatte. Darin waren Bilder von einer Wiese, in der lauter kleine Tiere und Zwerge und andere Naturgeister lebten. Sonja hatte sich als Kind oft gewünscht, so klein zu sein, dass sie mit allem, was da in der Wiese herumsprang und flog und Freudentänze aufführte, befreundet sein konnte. Sie hatte die Bilder nicht nur ansehen wollen, sie hatte sich von Herzen gewünscht, alles mitzuerleben, was die Großmutter ihr vorlas. Es gab in dem Buch sogar einen Zauberspruch, mit dem man sich schrumpfen konnte, doch sooft sie es auch probierte, irgendwie hatte er nicht gewirkt. Statt kleiner zu werden, war Sonja im Lauf der Zeit lediglich gewachsen.

All das fiel ihr auf einmal wieder ein, nach so vielen Jahren. Sie verspürte ein wohliges Gefühl, wie sie es während der Märchenstunden mit ihrer Großmutter immer gehabt hatte. Und sie wollte nicht, dass dieses Gefühl wieder verschwand.

»Und hier auf der Insel gibt es also auch Elfen«, stellte sie mit einem Lächeln fest. »Haben Sie deshalb im Garten diese Steinhaufen gebaut, die Maiglöckchen angepflanzt und das Gelände verwildern lassen?«

»Sicher, es ist nämlich wichtig, dass man eigene Hauselfen hat, die bei der Familie wohnen. Wenn man sie gut behandelt, kommt das Glück ins Haus. Alles wächst und gedeiht, und wenn jemand krank ist, erscheinen sie nachts und geben ihm einen Tropfen ihres Heiltranks in die Tasse, so dass der Patient bald wieder gesund ist.«

»Einen Heiltrank brauche ich nicht. Aber ich könnte jemanden brauchen, der mir hilft, eine Entscheidung zu treffen. Können Elfen das auch? Können sie mir sagen, wie mein Leben weitergehen soll?«, fragte Sonja und lächelte.

»Aber natürlich! Da sind Sie hier genau richtig, Deern«, antwortete Wilhelm. »Kiefern-Elfen helfen dabei, die eigenen wahren Ziele und Bestimmungen zu finden.« Er blickte hinüber zu dem Wäldchen, dann wandte er sich wieder Sonja zu. »Sie werden sie finden, Ihre Bestimmungen, da bin ich mir sicher.«

Sie seufzte. Wenn es nur so einfach wäre!

»Es war nett, mit Ihnen zu plaudern«, sagte sie und verabschiedete sich. Sie wollte noch einmal an den kleinen Strand an der Wattseite der Insel gehen. Heute Abend war Ebbe, und man konnte sicher viele der Wattvögel beobachten, die sich im Schlick ihr Futter suchten. Außerdem hatte Patrick gesagt, er wolle auf den Eesenhugh, das größte Hügelgrab der Insel, das ganz in der Nähe lag. Sie hatte plötzlich Lust, ihn noch einmal zu sehen. In den nächsten Tagen würde er wieder in seinen verschiedenen Gärten arbeiten und keine Zeit mehr für sie haben.

12

Patrick war weder auf dem Eesenhugh noch am Watt zu finden, aber dafür konnte Sonja wirklich einige der Wattvögel erkennen, die den Schlick nach Essbarem durchsuchten. Und vom Eesenhuch, einem kahlen Hügel, fünf Meter hoch, hatte man einen wunderbaren Blick in alle Richtungen, über Steenodde und seinen Hafen mit der Mole, über das Wäldchen, an dem ihre Pension lag, bis Süddorf und zum Leuchtturm und einen Teil von Wittdün.

Als sie an diesem Abend, der schon richtig nach Sommer roch, zurück in ihr Zimmer kam, war sie zwar enttäuscht, Patrick nicht mehr getroffen zu haben, aber sie fühlte sich zum ersten Mal nach langer Zeit wieder im Gleichgewicht, obwohl sie an diesem Tag eigentlich gar nichts Besonderes geleistet hatte. Komisch, dachte sie, ich hätte nie gedacht, dass mir das Sich-treiben-Lassen so viel Ruhe und Zufriedenheit bringen kann. Hat Anne vielleicht doch recht? Ist es tatsächlich manchmal besser, den Tag und die Wochen und das Leben nicht genau zu planen, sondern offen zu bleiben für Überraschungen und Umwege oder überhaupt ganz Neues?

Sie verstaute ihre medizinischen Zeitschriften erst mal ganz unten im Schrank und setzte sich dann in den gemütlichen Sessel am Fenster. Draußen begann es zu dämmern, ein paar Vögel sangen ein Abendlied, irgendwo im Haus klappte eine Tür, vielleicht war Patrick gekommen. Jetzt im Mai waren die Tage schon ziemlich lang, und richtig dunkel wurde es spät, noch um zehn konnte man einen hellen Schein am Himmel im Westen sehen. Und morgens ging die Sonne bereits gegen sechs auf, aber da konnte man sich im Bett noch einmal umdrehen und weiterschlafen.

Sie blieb sitzen, bis es ganz dunkel draußen war, einige Sterne blinkten am Himmel. Wann hatte sie es sich das letzte Mal zwei Stunden lang in einem Sessel gemütlich gemacht und einfach nichts getan? Weder gelesen noch Radio gehört oder den Fernseher laufen lassen?

Ja wirklich, dieser Tag war für sie irgendwie neu und anders gewesen als die Tage in den letzten Jahren, und auch erfüllt, wie nach einem guten Essen. Sie würde, wenn sie wieder einmal zu Hause im Stress war, daran denken.

Es war schließlich kurz vor Mitternacht, als sie aufstand und die kleine Nachttischlampe anknipste. Sie putzte sich die Zähne, zog sich ihren weichen Flanell-Schlafanzug an und ging noch einmal zum Fenster. Das Mondlicht schien auf den Holunderbusch im verwilderten Garten. Sie blickte eine Weile hinaus und schloss dann das Fenster und die Läden. Keine tanzenden Elfen, dachte sie amüsiert, aber der Mond war ja auch noch nicht voll gewesen. Sie schlüpfte unter die weiche, warme Daunendecke, und bevor sie noch einmal über diesen Tag nachdenken konnte, war sie bereits eingeschlafen.

Am nächsten Morgen, als Sonja gegen acht aufwachte, schien die Sonne bereits durch die Ritzen der Läden ins Zimmer, es würde also wieder ein schöner Tag werden.

Sie duschte ausgiebig, wusch sich die Haare und überlegte, ob sie heute die strenge Flechtfrisur lassen sollte. Sie band sich einen Pferdeschwanz, der locker auf ihren Rücken fiel. Dann zog sie eine bunte Bluse an und ihre geliebten Jeans und ging ins Frühstückszimmer.

Niemand war da, stellte sie ein wenig enttäuscht fest. Sie musste allein frühstücken. Wo waren die anderen alle? Patrick wahrscheinlich schon bei der Arbeit, der alte Wilhelm draußen bei seinen Elfen, und das junge Paar noch nicht wach. Auch Anne war, nachdem sie alles gerichtet hatte, wieder verschwunden.

Nach dem Frühstück würde sie eine Wattwanderung machen, von Norddorf aus Richtung Insel Föhr. Und dabei gut aufpassen, dann könnte sie am Abend Patrick ihre neuen Kenntnisse über die Wattbewohner mitteilen.

Sie holte sich ihren Anorak und ihre Umhängetasche aus dem Zimmer und lief zur Bushaltestelle. Der Bus kam pünktlich. Sonja setzte sich neben eine Frau, die einen kleinen Rucksack auf dem Schoß hielt. Vielleicht war sie auch auf dem Weg nach Norddorf. Während der Fahrt über die Insel ertappte sie sich dabei, wie sie immer wieder an einigen Stellen in der Landschaft überlegte, ob diese ein gutes Versteck für Elfen sein könnten. Dann schüttelte sie unwillig den Kopf. Ich lasse mich doch nicht von Wilhelms krausen Ideen anstecken, dachte sie ärgerlich.

In Norddorf stieg sie aus und ging Richtung Oststrand, wo der Treffpunkt für die Wattwanderer war. Auch die Frau, die neben ihr gesessen hatte, schlug diesen Weg ein und stellte sich gleich darauf Sonja vor. »Ich bin Ingrid. Sie wollen sicher auch ins Watt«, sagte sie. »Sicher das erste Mal, oder?«

»Freut mich. Sonja. Ja, ich bin schon gespannt darauf, was wir alles sehen werden.«

»Ich war schon mehrere Male dabei«, erklärte Ingrid. »Ich bin jedes Jahr einmal für zwei Wochen auf Amrum bei meiner Mutter in Wittdün. Dort bin ich aufgewachsen.«

Sie hatte ein freundliches Gesicht, in ihren Haaren zeigten sich bereits erste graue Strähnen. Ihre Mutter muss schon ziemlich betagt sein, dachte Sonja.

»Sind Sie auf Urlaub hier? Wo wohnen Sie?«, fragte Ingrid, während sie zügig neben Sonja herlief.

»In Steenodde«, antwortete Sonja. »In der Pension am Wald.«

»Ach, die kenne ich«, rief Ingrid erfreut. »Da haben Sie sicher schon den alten Seemann Wilhelm kennengelernt.«

»Ja«, erwiderte Sonja vorsichtig. »Er ist ...« Sie wusste nicht so recht, was sie über Wilhelm sagen sollte. Hielt Ingrid viel von ihm, war er ein guter Bekannter, oder betrachtete sie ihn eher als einen verdrehten Kauz? Aber sie musste ihren Satz gar nicht vollenden, Ingrid fügte bereits hinzu: »Wilhelm ist oft bei meiner Mutter. Sie sitzen dann stundenlang zusammen und reden über Irland. Meine Mutter ist nämlich dort geboren und aufgewachsen. Mit achtzehn hat sie meinen Vater kennengelernt, sie haben geheiratet und sind nach Amrum gezogen. Und als Kind bin ich in den Ferien immer bei meinen Großeltern an der Südküste von Irland gewesen. Dort ist das Klima besonders mild, sogar Palmen wachsen da ... der Golfstrom, na, Sie wissen schon.«

Sonja war froh, endlich am Treffpunkt angekommen zu sein, denn sie hatte keine große Lust, Ingrid zuzuhören. Die Teilnehmer wurden von einer jungen Frau begrüßt, die ihre Namen auf ihrer Liste abhakte und feststellte, dass sie vollzählig waren und losgehen konnten.

Die Wattwandergruppe setzte sich aus fünf Frauen und zwei Männern zusammen. Alle zogen sich die Schuhe und Strümpfe aus und krempelten die Hosenbeine hoch. Es war ein ungewohntes Gefühl, den kalten, nassen Sand unter den nackten Füßen zu spüren. Zwischen den Zehen quoll der Schlick heraus, und man musste aufpassen, dass man nicht auf eine scharfkantige Muschel trat.

Die Leiterin, die schon seit vier Jahren Wattwanderungen ausrichtete, konnte interessant und informativ alles über dieses Biotop zwischen Wasser und Land erzählen, und Sonja staunte, wie viel Leben es in dieser eigenartigen Landschaft gab.

»Sie stehen hier im größten Wattenmeer der Welt«, verkündete die junge Frau. »Also bitte etwas Ehrfurcht, auch wenn Ihnen der Modder bis über die Knöchel reicht.«

Auf ihrer Wanderung lernten sie den Halligflieder-Spitzmaus-Rüsselkäfer und den Strandwegerich-Gallrüsselkäfer, zwei Tiere, die in einer Pflanze ihre Larvenzeit verbringen, kennen. Sonja merkte sich diese beiden witzigen Namen, um sie am Abend Patrick zu erzählen.

Und sie erfuhr noch vieles mehr an diesem Tag: über Makro- und Mikroalgen, Seegras, das auch unter Wasser bei Flut wuchs, Fische, die sich bei Ebbe in die flachen Priele zurückzogen und dort überlebten, und die das Watt als Kinderstube für ihren Nachwuchs brauchten. Und die vielen Krabben, Muscheln, Garnelen, die locker mit Ebbe und Flut fertigwurden, Wattwürmer, die die typischen Spaghettihäufchen im nassen Sand hinterließen.

Die junge Frau zählte im Laufe der Wanderung einige

Arten der Millionen von Zugvögeln auf, die das Watt auf ihrem Flug nach Süden oder Norden als Rastplatz benutzten: Heringsmöwen, Brandgänse, Trauerenten, Eiderenten, Brandseeschwalben. Die Lach- und Silbermöwen brüteten in den angrenzenden Salz- und den Brackwiesen, die nur selten überschwemmt wurden. Sonja schwirrte der Kopf. Sie nahm sich vor, ein Buch über diese Welt zwischen Land und Meer zu kaufen. Wenn sie schon hier war, wollte sie auch einiges über die Nordsee lernen.

Auf dem Rückweg sahen sie in der Ferne auf einer Sandbank einige Seehunde, oder Kegelrobben, so genau konnte man das nicht erkennen. Und dann landeten sie alle wieder auf festem Boden, und die einsetzende Flut begann, die Spuren der Wattwanderer mit ihrem Wasser zu überspülen.

»Sie haben heute viele schöne Dinge über das Watt gehört«, sagte die junge Wattführerin zum Schluss. »Aber eines möchte ich Ihnen noch ans Herz legen: Das Watt ist voller Leben, voller Wunder, ein Raum für ganz besondere Tiere und Pflanzen, die Ebbe und Flut nicht nur überstehen, sondern sogar brauchen, um zu gedeihen. Aber für uns Menschen kann es lebensgefährlich werden, wenn die Flut kommt und man sich nicht auskennt. Viele Priele, die harmlos und flach bei Ebbe sind, werden dann schnell reißende Flüsse und schneiden einem den Rückweg zum Ufer ab. Also gehen Sie nie allein ins Watt, und wenn es noch so verlockend ist. Gehen Sie nur mit Leuten, die wissen, wo es gefahrlos ist. So, und nun wünsche ich Ihnen noch einen schönen Tag und einen erholsamen Aufenthalt auf unserer Insel.« Damit verabschiedete sich und ging die Böschung hoch zum Deichweg.

Sonja setzte sich ins Gras, holte ihr Handtuch aus dem Rucksack und trocknete ihre Füße ab. Sie fühlten sich kalt an, aber als sie die Socken angezogen hatte, spürte sie eine angenehme Wärme. Sie blickte noch einmal über die weite Fläche aus Sand, Schlick und Wassertümpeln. Die letzten Worte der jungen Frau hatten sie nachdenklich gemacht, sie wollte sie in Erinnerung behalten.

Ingrid hatte sich neben sie gesetzt. »Unser Bus fährt in zwanzig Minuten«, teilte sie Sonja mit. »Fahren Sie auch gleich wieder zurück?«

»Ja«, antwortete Sonja, »und ich bin ganz froh, jetzt für eine Weile bequem sitzen zu können. Ich glaube fast, ich werde morgen Muskelkater haben.«

»Das ist schon möglich«, stimmte Ingrid zu. »Ich hoffe, ich habe Sie nicht zu sehr überfahren, als ich Ihnen so von Irland vorgeschwärmt habe. Für mich ist diese Insel mit den schroffen Steilküsten an der Westseite, wo der Atlantik gegen die Felsen tost, einer der schönsten Orte. Im Landesinneren dann die sanften Wiesen, die das ganze Jahr in einem satten Grün leuchten, die Moore und die vielen kleinen und großen Seen, und überall gibt es magische Plätze und verfallene Klöster, Burgen, Forts, Kapellen, ein Land voller Geschichte und Geschichten.«

Sonja musste lachen. »Ich merke schon, Ihnen geht das Herz auf, wenn Sie von Irland erzählen. Ich war noch nie dort. Wir sind im Urlaub immer in den Süden gefahren.« Sie stand auf, und Ingrid erhob sich ebenfalls.

»Sie sollten einmal hinfahren. Lassen Sie sich von Wilhelm alles erzählen, was er weiß. Ein Urlaub in Irland ist für jeden ein wunderschönes Erlebnis. Wer weiß, vielleicht ergibt es sich einmal für Sie.«

Sonja schüttelte den Kopf. »In der nächsten Zeit kann ich gar nichts planen oder entscheiden. Ich muss erst einmal mit einigen Problemen fertigwerden, und dann ... ich weiß nicht. Aber es freut mich für Sie, dass Sie dort so viel Schönes erlebt haben.«

Sie waren an der Bushaltestelle angekommen und mussten nur kurz warten. Auf der Rückfahrt schwiegen beide. Erst als Sonja sich in Steenodde zum Aussteigen bereitmachte, sagte Ingrid: »Grüßen Sie Wilhelm bitte von mir. Meine Mutter freut sich bestimmt, wenn er mal wieder vorbeikommt.«

»Ich werde es ihm sagen«, versprach Sonja. Sie stieg aus, winkte noch einmal kurz und ging dann langsam die kurze Strecke bis zur Pension. Niemand war zu sehen, weder Wilhelm noch Anne oder das junge Ehepaar, und Patrick würde sicher erst gegen Abend kommen.

Sie ging auf ihr Zimmer und setzte sich aufs Bett. Wieder da, dachte sie, und sie spürte ein Gefühl von daheim. Das war irgendwie tröstlich.

13

Die Wanderung hatte Sonja ziemlich müde gemacht, angenehm müde. Das Gehen durch den Schlick und Waten durch die Priele war anstrengend gewesen. Patrick sah sie an diesem Tag nicht mehr. Schade, sie hätte ihm gern vom Watt erzählt. Und vom Halligflieder-Spitzmaus-Rüsselkäfer. Er hätte bestimmt seinen Spaß daran gehabt. Da sie keine Lust hatte, fernzusehen oder ihre medizinischen Zeitschriften zu lesen, ging sie an diesem Abend früh ins Bett und schlief sofort ein.

Am nächsten Morgen zogen draußen weiße Wolken schnell über einen blauen Himmel. Die Sonne versteckte sich ab und zu hinter ihnen, kam aber bald wieder hervor. Sonja sah vom Bett aus durchs Südfenster und überlegte, was sie mit diesem Tag anfangen könnte. Es war erst sieben, viel zu früh zum Aufstehen.

Sie schloss noch einmal die Augen, aber einschlafen konnte sie jetzt nicht mehr. Im Flur klappte eine Tür, jemand ging ins Frühstückszimmer, wahrscheinlich Patrick. Wenn sie jetzt gleich aufstehen würde, könnte sie mit ihm frühstücken. Nein, das wäre doch zu offensichtlich. Er sollte bloß nicht denken, dass sie ihm gewissermaßen aufgelauert und ein Treffen mit ihm eingefädelt hatte. Also blieb sie liegen.

Kurz danach klopfte jemand heftig an ihre Tür, so dass sie erschrocken hochfuhr. War etwas passiert? Sie schlüpfte schnell in ihren Bademantel und die Hausschuhe und öffnete.

Vor ihr stand Patrick. »Hab ich dich geweckt? Tut mir leid, aber ich muss unbedingt mit dir reden, Sonja. Darf ich reinkommen?«

»Natürlich.« Sie zeigte auf einen Stuhl am Tisch und setzte sich ihm gegenüber.

Er schaute sie mit leuchtenden Augen an. »Ich fahre mit Wilhelm nach Irland«, sagte er voller Begeisterung. »Wir haben es gestern Abend gemeinsam beschlossen, das heißt, es war schon Nacht. Wir haben gar nicht gemerkt, wie die Zeit verflogen ist. Wilhelm hat schon länger davon gesprochen, aber es war nie so konkret gewesen wie jetzt.« Er sah sie erwartungsvoll an.

»Freut mich für dich«, erwiderte sie zögerlich.

»Für uns.« Wieder machte er eine bedeutungsvolle Pause. »Wir wünschen uns beide, dass du mitfährst.«

»Ich? Aber ...« Sie wusste nicht, was sie erwidern sollte.

»Wilhelm wünscht es sich sehr. Er sagt, du hast das Elfenzeichen, und er nennt dich Elfenkönigin.« Patricks Augen funkelten belustigt, dann fuhr er fort: »Er meint, du gehörst zu diesem Land. Ich wünsche es mir auch, einfach weil ich dich gern dabeihätte. Ich könnte mir vorstellen, dass es dir gefällt, diese Insel kennenzulernen. Du hast doch noch drei Wochen frei, oder?«

Sonja schnappte nach Luft. »Wir kommt ihr denn auf so eine Idee?«, fragte sie kopfschüttelnd.

»Die Idee ist nicht neu, aber sie ist jetzt konkret geworden, weil ich im Moment keine dringenden Aufträge habe.

Und weil Wilhelm mir etwas gezeigt hat. Schau mal.« Er kramte in seiner Hosentasche. »Die hat er mir gestern Abend gegeben.« Er streckte ihr die Hand entgegen, auf der drei Goldstücke lagen. »Das sind alte spanische Münzen. Wilhelm hat sie vor langer Zeit in dem Kliff unterhalb seines Cottages gefunden. Er meint, der Cluricaun hätte sie ihm dahingelegt.«

»So was hat er mir auch erzählt. Du glaubst doch nicht etwa an diese Märchen, oder?«

»Nein, natürlich sind diese Münzen angeschwemmt worden. Aber darum geht's gar nicht.« Er strahlte wie ein kleiner Junge unter dem Weihnachtsbaum. »Wilhelm möchte unbedingt noch mal seine Heimat besuchen, und ich möchte diese Insel wahnsinnig gern kennenlernen. Die Münzen sind ein zusätzlicher Grund, und vielleicht finden wir noch mehr davon und werden reich.« Er lachte. »Wir gehen auf Schatzsuche! Hört sich das nicht toll an? Sag jetzt bloß nicht, du hast keine Lust mitzukommen.«

»Ihr geht also auf Schatzsuche«, meinte sie spöttisch.

»Und ich lerne alle die Gegenden kennen, von denen mir Wilhelm schon so viel erzählt hat. Wer weiß, vielleicht kriege ich sogar mal einen Cluricaun zu Gesicht oder einen anderen Naturgeist.«

»Du bist ein Träumer, Patrick.« Sonja lachte. »Aber ein netter. Ich stehe lieber mit beiden Beinen auf dem Boden. Geister und Goldmünzen sind für mich noch lange kein Grund, einfach von heute auf morgen mit euch nach Irland zu reisen.«

Patrick hatte die drei Geldstücke auf den Tisch gelegt. Sie glänzten in der Sonne. Sonja hatte noch nie so etwas gesehen, außer vielleicht im Museum. Es war ein verlockender Gedanke, am Strand nach weiteren Exemplaren zu suchen. Sie schüttelte den Kopf.

»Hast du keine Lust, das Cottage zu besuchen?« Patrick sah sie eindringlich an. »Es liegt direkt am Meer, an der Westküste von Connemara. Dort gibt es steile Klippen, und bei Flut und Sturm branden haushohe Wellen gegen die Felsen.«

Sonja stand auf und sah aus dem Fenster. Dann drehte sie sich um. »Ihr könnt gern fahren, aber ohne mich. Ich mache hier nicht einfach Urlaub, Patrick. Ich habe nicht frei genommen, um einen Schatz zu suchen oder ein Land kennenzulernen. Ich muss mir über meine Zukunft klarwerden. Dabei kann ich keine Ablenkung gebrauchen.«

»Irrtum. Genau das Gegenteil ist der Fall. Wenn du einmal etwas ganz anderes machst, als du geplant hattest, wenn du aufhörst, ständig über die gleichen Fragen zu grübeln, dann wirst du Klarheit gewinnen.« Er dachte offenbar gar nicht daran, kampflos aufzugeben. »Ich bin absolut sicher, dass du irgendwann eines Tages aufwachst und weißt, was für dich das Richtige ist. Dafür musst du nur loslassen.« Er nahm ihre Hände und schaute sie an. »Komm mit uns, Sonja! Höchstens zwei Wochen, nicht länger. Dann bleiben dir immer noch ein paar Tage zum Grübeln, wenn du das unbedingt willst.« Er schmunzelte.

Sie runzelte die Stirn und sah ihn fragend an. »Und du? Bei dir läuft doch auch nicht alles rund, oder? Meinst du, dass das durch eine Irlandreise besser wird?«

Er ließ ihre Hände los, seine Miene wurde abweisend. Auf einmal wirkte er wieder so verschlossen wie in den ersten Tagen, als Sonja ihn immer nur kurz gesehen hatte. Schließlich sagte er: »Vielleicht, ich weiß es nicht.« Er zögerte kurz, dann fuhr er fort: »Können wir nicht einfach fahren, wir drei, und einmal für kurze Zeit alles hinter uns lassen? Es sind eigentlich gar nicht so sehr die Münzen. Sie haben mir nur den letzten Schubs gegeben, mich endlich zu entschließen. Ob wir noch mehr finden oder nicht, ist zweitrangig. Es ist die Reise, die wir zusammen machen könnten. Wilhelm ist ein alter Mann. Allein wäre die Reise zu anstrengend für ihn. Kann sein, dass es die letzte Gelegenheit für ihn ist, sein Irland wiederzusehen. Keine Ahnung, warum, aber er brennt geradezu darauf, es uns zu zeigen. Du hast das Elfenzeichen, auch wenn du darüber lachst. Und ich trage den Namen des heiligen Patrick, des Nationalheiligen der Iren. Wilhelm könnte sich einfach keine besseren Begleiter vorstellen.«

»Das ist doch eine vollkommen verrückte Idee. Ich kann ja verstehen, dass der alte Mann noch mal nach Irland fahren möchte und dabei Unterstützung braucht. Aber doch nicht ausgerechnet von wildfremden Menschen.«

»Ich bin sein Freund. Und ihr habt die Möglichkeit, euch besser kennenzulernen, miteinander zu reden oder zu schweigen. Wir können Strandspaziergänge machen oder Steinkreise anschauen. Wir drei sind ein ganz besonderes Team, das spüre ich. Und es ist kein Zufall, dass wir uns hier getroffen haben.«

Sonja setzte sich wieder. Sie kam sich ein wenig komisch vor in ihrem Bademantel und mit den Pantoffeln, die Haare ungekämmt, während Patrick mit Jeans und Hemd, die noch nassen Haare glatt nach hinten gekämmt, dasaß. Er strengte sich so an, sie zu dieser Reise zu überreden, dass sie Mühe hatte, an ihrem entschiedenen Nein festzuhalten.

Sie seufzte. »Gut«, sagte sie schließlich und atmete hörbar aus, »ich bin bereit, über eure verrückte Idee nachzudenken. Aber ich möchte wenigstens noch einmal darüber schlafen. Außerdem will ich mit Anne sprechen. Wir sind alte Schulfreundinnen. Ich habe mich nicht einfach in irgendeine Pension eingemietet, sondern bin auch hier, um Anne zu besuchen. Es wäre nicht fair, ohne ein Wort zu verschwinden.« Sie musste schmunzeln. »Bist du eigentlich immer so spontan?«

»Nein, keineswegs!« Er schüttelte heftig den Kopf. »Für mich ist es auch total ungewohnt. Ich bin jemand, der seine Aktivitäten normalerweise lange vorher überlegt und genau plant. Aber manchmal zwingt einen das Leben dazu, spontan zu reagieren«, gab er zu. »Manchmal muss man eben über seinen Schatten springen.« Er sah sie an und schien plötzlich wieder etwas Zuversicht zu gewinnen. »Wenn du mit springen würdest, wäre ich nicht so allein. Das wäre schön.«

Wie sollte man diesem Mann einen Korb geben? »Kannst du mir beim Frühstück etwas mehr über dieses Cottage erzählen?« Sie lächelte ihn an. »Ich ziehe mich noch schnell an, dann komme ich rüber.«

»Gut, ich warte auf dich.« Er strahlte, als hätte sie bereits zugesagt. Patrick stand auf und ging. An der Tür drehte er sich noch einmal um. »Steht dir übrigens gut, wenn du die Haare so offen trägst. Gefällt mir. Ist viel schöner als dieser streng geflochtene Zopf.« Damit verschwand er.

Sonja zog sich schnell an, stand kurz vor dem Spiegel und überlegte. Dann band sie ihre Haare lose im Nacken zusammen, einen Hauch ihres Lieblingsduftes tupfte sie sich aufs Handgelenk und betrachtete sich danach im Spiegel. Ihre Haut hatte schon ein wenig Farbe bekommen, es stand ihr gut, und ihre Augen glänzten. Warum eigentlich? Weil Patrick sie zu so einer verrückten Reise eingeladen hatte? Weil er gesagt hatte, er hätte sie gern dabei? Sie schüttelte den Kopf. Was würde ihr noch alles auf dieser Insel hier begegnen, völlig unerwartet wie eine heftige Windbö an einem ruhigen Sommernachmittag.

Sie zog eine Grimasse und wandte sich ab. Sonja, bleib auf dem Boden, sagte sie zu sich und verließ ihr Zimmer, um frühstücken zu gehen.

Außer Patrick war noch niemand da. Der Raum war erfüllt von dem Duft nach frischgebrühtem Kaffee, nach Brot und Marmelade. Patrick schenkte ihr eine Tasse ein und reichte ihr den Korb mit den frischen Brötchen. Seine Miene war heiter wie ein Sonnentag, und er sah richtig unternehmungslustig aus. Es stand ihm gut.

»Also«, meinte Sonja, während sie sich Butter und Honig auf ihr Brötchen strich, »zuerst möchte ich wissen, was es mit dem heiligen irischen Patrick auf sich hat. Ist das auch eine Legende? Bist du womöglich nach ihm benannt?«

»Nein, das ist purer Zufall«, entgegnete Patrick. »Meine Familie hat sicher keinen Gedanken an ihn oder an Irland verschwendet, als sie einen Namen für mich gesucht haben. Aber Wilhelm ist überzeugt, dass es so was wie Schicksal ist. Genau wie bei deinem Elfenzeichen.«

»Und wer ist nun dieser Patrick?«, wollte Sonja wissen.

»Ach, das ist der oberste Schutzpatron der Iren«, erklärte Patrick. »Ich habe es auch erst von Wilhelm erfahren. Und er ist nicht mal ein waschechter Ire gewesen, sondern ein Römer.«

»Erzähl«, bat Sonja. »Du hast mich neugierig gemacht.

Jetzt will ich so viel wie möglich von deinem Namensvetter wissen. War er ein ähnlicher Typ wie du?«

»Nein, ganz bestimmt nicht», wehrte Patrick ab. »Oder sehe ich vielleicht aus wie ein Heiliger?«

»Überhaupt nicht«, gab Sonja zurück.

»Also«, begann Patrick, während er sich ein zweites noch warmes Brötchen nahm. »Patrick wurde 390 nach Christi in England geboren, das damals noch von den Römern besetzt war. Seine Eltern waren Christen, und er wurde getauft. Als er sechzehn war, überfielen irische Plünderer die reiche Familie und entführten ihn und andere Jugendliche nach Irland. Er wurde an einen keltischen Clanführer verkauft und musste Rinder hüten, irgendwo nördlich vom heutigen Belfast.«

»Ist das nun Legende oder Wahrheit?«

»Das ist wahr, aber es gibt natürlich auch viele Legenden über ihn. Zum Beispiel, dass er auf einem großen flachen Stein geboren wurde, der auf einigen anderen lag, einem Dolmen. Solche, wie es sie heute noch in Irland gibt. Der Stein wurde ein Wunderstein. Wenn jemand druntertand und eine Lüge aussprach, sprudelte Wasser auf ihn, wenn er jedoch die Wahrheit sagte, blieb er trocken.«

»Sehr praktisch«, meinte Sonja. »Schade, dass das nur eine Legende ist. Und wie ging's mit Patrick weiter?«

»Er war ein heller Bursche, wie alle Patricks.«

Sonja musste lachen.

»Er lernte schnell die irische Sprache und die Sitten, und er freundete sich mit den Druiden an, weisen Männern, die Krankheiten heilen und Orakel deuten konnten.«

»Aha, weise Männer! Und was war mit den weisen Frauen?«

Patrick grinste. »Keine Ahnung, aber vielleicht waren das die Elfen. Übrigens gab es eine sehr mutige und interessante Frau in Irland, eine Seeräuberin. Hat mir Wilhelm erzählt.«

»Na gut, aber nun weiter mit dem Heiligen.«

»Damals war er noch nicht heilig, sondern ein Sklave, ein Hütejunge. Es gelang ihm, mit einem Schiff nach Frankreich zu fliehen. Dort verbrachte er zwanzig Jahre in einem Kloster, wo er eine umfassende Ausbildung bekam. Erst dann war er ein Heiliger, eine Art Missionar. Da er unbedingt nach Irland, ins Land der Heiden zurückwollte, schiffte er sich wieder ein und segelte in den Norden der Grafschaft Down zum Strangford Lough, einem See. Dort ging er an Land. In der Gegend gab es einen König Dichu. In dessen Scheune in Saul konnte er den ersten christlichen Gottesdienst in Irland abhalten. Heute steht da eine protestantische Kirche, denn Saul liegt in Nordirland, nur zwei Kilometer von Downpatrick entfernt. Belfast liegt dreiunddreißig Kilometer weiter nördlich. Ich kann dir das mal auf der Karte zeigen, wenn du willst. Patrick ist übrigens in Downpatrick begraben. Jedes Jahr an seinem Todestag pilgern viele Iren aller Konfessionen und natürlich auch Touristen zu seinem Grab in Nordirland.«

Sonja lehnte sich auf dem Stuhl zurück und betrachtete Patrick nachdenklich. »Ach ja«, sagte sie, »diese unselige Geschichte mit den verfeindeten Iren. Katholisch und protestantisch. Ich kann das gar nicht verstehen. Sie haben doch eigentlich dieselbe Religion und denselben Gott.«

Patrick schüttelte den Kopf. »Das ist eigentlich gar kein Religionskrieg, sondern der Krieg hat historische Gründe. Dass die Parteien verschiedene Religionen haben, ist Zufall.«

»Wirklich?« Sonja runzelte die Stirn. »Ich habe mich immer gefragt, wie man sich wegen einer Religion so verfeinden kann. Und du meinst, das sei gar nicht das Problem? Was sind dann die Gründe?«

»Das erzähle ich dir unterwegs in Irland«, antwortete Patrick mit einem Augenzwinkern.

»Nein, nein, so einfach ist das nicht. Ich hab ja noch gar nicht zugesagt«, wehrte Sonja ab.

»Komm mit uns, du wirst es nicht bereuen, Sonja.« Er sah ihr fest in die Augen. »Zusammen mit Wilhelm und mir wirst du eine unvergessliche Reise erleben, das verspreche ich dir.«

So aufgekratzt und voller Begeisterung hatte sie ihn bisher noch nicht gesehen. Er war meist ernst und in sich gekehrt gewesen, aber es schien, als würde Wilhelms Elfenzauber oder der Inselzauber bereits auf ihn wirken. Ob das bei ihr auch funktionierte?

»Ich muss noch mit Anne sprechen«, erwiderte sie. Wem wollte sie hier eigentlich etwas vormachen? Irgendwo in ihrem Inneren war die Entscheidung längst gefallen. Sonja ahnte, dass sie mitfahren würde. Das war doch völlig verrückt. Na und, warum eigentlich nicht? Warum sollte sie nicht einmal in ihrem Leben etwas tun, das für sie ungewöhnlich war? Je länger sie darüber nachdachte, desto besser gefiel es ihr, etwas Ungeplantes vorzuhaben, etwas, das absolut nichts mit Chirurgie zu tun hatte. Ihr tat sich die Möglichkeit auf, eine andere Welt kennenzulernen. Und das auch noch mit zwei Menschen, die sie in ihrem normalen Alltag mit Sicherheit nicht einmal getroffen hätte.

Patrick erhob sich, er hatte noch einige Aufträge zu erledigen. »Ich würde mich wirklich freuen, wenn du mitkämst«, sagte er. »Irgendwie habe ich das Gefühl, dass wir gut miteinander auskommen und uns verstehen würden. Ich kann mir gut vorstellen, mit dir über alles reden zu können.«

Dann ging er hinaus, drehte sich in der Tür noch einmal um und warf ihr lächelnd eine Kusshand zu.

Sonja blieb nachdenklich sitzen. Sie dachte an Steffen, der einmal etwas Ähnliches zu ihr gesagt hatte. Über alles reden, ja, das hatten sie auch gekonnt, am Anfang. Aber dann hatte er ganz plötzlich den Entschluss gefasst, sich mit einer Praxis niederzulassen, ohne darüber erst einmal mit ihr zu sprechen. Das schmerzte immer noch. Es war wie ein Verrat gewesen. Sie musste schlucken. Wenn er jetzt zur Tür hereinkäme und mir erklären würde, dass er mit mir nach Afrika geht, ich würde ihm sofort um den Hals fallen, dachte sie. Und alles wäre vergessen und vergeben.

Sie stellte das Geschirr auf ein Tablett und ging damit in die kleine Küche nebenan, wo eine Geschirrspülmaschine stand. Sie ordnete die Tassen und Teller fein säuberlich ein, legte die Löffel, Messer und Gabeln in den Besteckkorb. Wie so oft stellte sich bei diesen Handgriffen sofort ein beruhigendes Gefühl ein. Sie waren einfach und klar, Sonja musste nicht lange darüber nachdenken. Eine simple Tätigkeit, deren Ergebnis man sofort sehen konnte, das mochte sie. Sie war ein Mensch, der gern aufräumte, Ordnung machte, allerdings nur, wenn sie genügend Zeit hatte. Wenn Steffen am Wochenende gekocht hatte, hatte sie hinterher die Küche wieder saubergemacht und alles sorgfältig weggeräumt. Es war keine lästige Pflicht, sondern es bereitete ihr sogar Spaß, alles an seinen Platz zu stellen. Steffen kochte gern und gut, und sie räumte gern auf. In vielen Dingen hatten sie sich so wunderbar ergänzt. Was er jetzt wohl machte? Ob er auch an sie dachte? Sonja wollte nicht länger an ihn denken. Die Vorstellung, er habe sie womöglich bereits vergessen oder zumindest erfolgreich aus seinem Kopf verbannt, tat weh. Sie beschloss, zu Anne hinüberzugehen und ihr von Patricks Reiseplänen zu erzählen. Sie brauchte jetzt jemanden, der ihr entweder zuredete, auf jeden Fall mitzufahren, oder aber ganz entschieden davon abriet.

Als sie Annes Haus betrat und den Flur entlangging, hörte sie die Freundin in der Küche mit ihrer kleinen Tochter sprechen. Sie klopfte an und streckte vorsichtig den Kopf herein. »Hallo, Anne, störe ich?«

»Aber nein, natürlich nicht.«

Sonja trat ein. Maleika saß in ihrem Hochstuhl, und vor ihr stand ein Teller mit Brei.

»Sonja«, sagte Anne erfreut, »wie schön, dass du uns besuchen kommst. Setz dich zu uns. Ich hoffe, es stört dich nicht, wenn Maleika ihren Brei mehr in ihrem Gesicht oder auf dem Lätzchen verteilt, als ihn zu essen.«

»Nein, bestimmt nicht.« Sonja nahm ihr gegenüber Platz. »Sofern sie nicht vollständig deine Aufmerksamkeit beansprucht und du trotzdem ein wenig Zeit für mich hast. Ich könnte einen guten Rat gebrauchen.«

Anne blickte sie mit ihren ruhigen, freundlichen Augen an. »Was hast du denn auf dem Herzen?«

Sonja erzählte von Patricks Vorschlag, eine Woche oder zwei mit ihm und Wilhelm nach Irland zu fahren. Als sie geendet hatte, blickte sie ihre Freundin gespannt an. Und die war längst nicht so erstaunt, wie Sonja erwartet hätte.

»Ich habe schon länger vermutet, dass Wilhelm Patrick irgendwann diese gemeinsame Reise vorschlagen würde. Er hat oft davon gesprochen, seine Grüne Insel noch einmal wiederzusehen. Alleine schafft er das aber nicht.« Sie schob einen Löffel mit Brei in Maleikas Mund. »Dass du mitfahren sollst, ist allerdings eine Überraschung.«

Das Kind schmatzte zufrieden, und Anne wischte ihm behutsam überschüssigen Brei vom Mund. Sie zuckte unbekümmert mit den Schultern. »Warum nicht? Meinen Segen hast du«, sagte sie lächelnd. Nach einer kleinen Pause fügte sie hinzu: »Kann es sein, dass dir Patrick mehr bedeutet als nur ein netter Reisebegleiter? Ich meine, er ist wirklich sehr sympathisch, vor allem seit er ein bisschen zugänglicher geworden ist. Und dir würde ein kleiner Flirt bestimmt guttun. Bringt dich auf andere Gedanken.«

»Patrick ist so ganz anders als die Kollegen auf meiner Station, überhaupt als die meisten Männer, die ich kenne. Eigentlich erinnert er mich ein wenig an Steffen«, erwiderte Sonja nachdenklich. »Er kann fröhlich sein und verspielt, wie auf unserem Spaziergang vorgestern, dann wieder wirkt er bedrückt und ernst. Er mag den alten Wilhelm sehr, auch wenn dieser etwas merkwürdige Ideen hat und die meisten Menschen über ihn nur den Kopf schütteln. Und ich habe ihn beobachtet, wie liebevoll er sich um die Pflanzen im Balkonkasten gekümmert hat. Ich weiß nicht so recht, aber ich habe den Eindruck, er fühlt irgendwie intensiver als viele Menschen. Zumindest steht er zu seinen Gefühlen und macht nicht auf starker Held oder Mann, der alles im Griff hat und keine Selbstzweifel kennt.« Sie zog die Nase kraus und seufzte. »Ganz im Gegensatz zu mir. Im Moment bin ich immer noch wie im Nebel und kenne die

Richtung nicht, in die ich gehen möchte. Trotzdem gebe ich mir alle Mühe, die starke Frau zu spielen, die immer schön einem geraden Weg folgt.« Sie machte eine nachdenkliche Pause, dann lächelte sie. »Obendrein sieht er auch noch gut aus, findest du nicht?«

Anne drückte Sonja den Arm. »Das war ja schon fast eine Liebeserklärung.« Ihre Augen blitzten amüsiert. Dann wurde sie wieder ernst. »Auf jeden Fall ist er zuverlässig, du kannst ihm vertrauen. Wilhelm kennt die Westküste von Irland wie seine Westentasche. Da kann doch gar nichts schiefgehen. Fahr mit den beiden nach Irland und genieß diese zwei Wochen, dann hast du vor allem die Chance, Patrick besser kennenzulernen. Was letzten Endes daraus wird, wird sich zeigen. Eine neue Liebe oder ein guter Freund, alles ist möglich. Ich beneide dich ein wenig, ich würde auch gern mitfahren, aber vielleicht klappt es später mal. Auf jeden Fall hast du ganz viel zu erzählen, wenn ihr wieder zurück seid.«

»Ja, das werde ich«, versprach Sonja. Sie schaute gedankenverloren zu, wie Anne ihrer kleinen Tochter den Mund abwischte, das Lätzchen abband und sie aus dem Stuhl hob. »Weißt du, was Steffen einmal zu mir gesagt hat? Er meinte, Ereignisse, die einem manchmal unverhofft begegnen, könnten das Leben bunter machen, und man erinnert sich später sehr gern daran. Man soll ihnen nicht ausweichen. Vielleicht hat er damit recht. Ich werde es wissen, wenn ich wieder aus Irland zurück bin.«

»Also ist die Entscheidung gefallen, du fährst mit«, stellte Anne fest.

»Ja, ich denke schon. Du lieber Himmel, wenn mir das jemand vor einer Woche gesagt hätte, dass ich mit diesen zwei ungewöhnlichen Männern demnächst in Irland sein werde, ich hätte ihn ausgelacht.«

Es war also entschieden. Sonja ging langsam den schmalen Weg zurück zum Gästehaus. Der weiße Belag aus Muschelschalen unter ihren Füßen knirschte bei jedem Schritt, die Morgensonne wärmte ihren Rücken.

Eine Möwe segelte im Tiefflug an ihr vorbei, setzte sich auf einen Zaunpfosten und blickte sie neugierig an. Als Sonja an ihr vorüberging, erhob sie sich empört schreiend in die Luft. Sonja öffnete die schöne alte Holztür, stieg die wenigen Stufen hinauf zu ihrem Zimmer. Sie setzte sich, schaltete ihren Laptop an und gab *Irland* in die Suchmaschine ein. Gleich darauf überlegte sie es sich anders und schaltete ihn wieder aus.

Sie wollte sich lieber auf die Erzählungen und Erklärungen von Patrick und Wilhelm freuen und ganz ohne sich vorzubereiten diese Insel kennenlernen. Für sie war das gar nicht typisch. Aber wenn man schon einmal etwas Außergewöhnliches macht, dann richtig, dachte sie.

Sie blickte aus dem Fenster. Nach einer Weile nahm sie ihren Anorak vom Haken und verließ das Zimmer. Sie würde bei diesem schönen Wetter nach Wittdün gehen, um die Bucht am Watt entlang, und dort im Hafen etwas essen. Dann wieder gemütlich zurücklaufen und nachschauen, ob Patrick irgendwo in der Nähe war. Sie war gespannt, was er sagen würde, wenn sie ihm ihren Entschluss mitteilte. Außerdem musste man ja noch das ganze Unternehmen besprechen. Wie würden sie nach Irland kommen? Vermutlich mit dem Flugzeug, denn die gesamte Strecke mit einem Auto zu bewältigen wäre für Wilhelm sicher zu anstrengend. Vor Ort würden sie bestimmt ein Fahrzeug brauchen. Auch das musste noch organisiert werden.

Der Ausflug zum Wittdüner Hafen und zurück brachte Sonja einen leichten Sonnenbrand auf der Nase ein und das angenehme Gefühl, für heute genug frische Luft getankt zu haben. Den Nachmittag wollte sie den Roman lesen, den sie in einem kleinen Buchladen gekauft hatte. Als sie die Pension am Wald betrat, sah sie einen Zettel vor der Tür ihres Zimmers liegen. Sie hob ihn auf und erkannte sofort Patricks Handschrift.

Liebe Sonja, um 17 Uhr treffen wir uns im Frühstückszimmer. Ich habe schon von Anne erfahren, dass Du mitkommst. Wir drei werden ganz bestimmt eine wunderbare Reise machen. Patrick.

Jetzt bekam sie doch ein wenig Herzklopfen. Hoffentlich wollte er nicht schon morgen los, das ging dann doch ein wenig zu schnell. Und hoffentlich würde er nicht alles allein entscheiden wollen. Sie wollte diesen Aufenthalt auf der Insel genießen und nicht Kilometer fressend die Landschaft an sich vorbeifliegen lassen.

Pünktlich um siebzehn Uhr saßen Patrick und Wilhelm im Frühstückszimmer, hatten eine Flasche Rotwein vor sich, Käse und Stangenbrot.

Patrick sprang auf, als Sonja eintrat. Er zog ihr eifrig einen Stuhl zurecht, damit sie sich setzen konnte.

»Wie schön, dass du mit uns kommst«, sagte er. Seine Augen leuchteten, man sah ihm an, dass er sich aufrichtig freute. Wilhelm nickte zustimmend. »Darauf müssen wir anstoßen. Trinkst du ein Glas mit?«

»Wein am Nachmittag?« Sie lächelte. »Warum eigentlich nicht?« Sonja war überrascht über die feierliche Stimmung der beiden. Sie ließ sich gern davon anstecken. Vor allem fing es langsam an, ihr Spaß zu machen, sich einmal völlig anders zu verhalten, als sie es üblicherweise getan hätte. Patrick warf Wilhelm einen Blick zu, der nickte einmal und gab ihm damit das Signal zu erklären, wie die beiden sich das Unternehmen vorstellten.

»Wir fliegen nach Dublin«, fing Patrick an. »Von da aus fahren wir mit einem Leihwagen bis zur Westküste. Ganz in Ruhe«, fügte er hinzu. »Wir wollen uns dafür wirklich Zeit lassen.« Das hörte Sonja gern. Sie lächelte den beiden zufrieden zu. »Wir quartieren uns in Wilhelms Cottage ein.« Er erzählte, dass das Häuschen von einer Bekannten von Wilhelm regelmäßig betreut wurde. Die Frau würde auch alles für den Besuch vorbereiten. Sie mussten also keine Sorge haben, die ersten Tage des Aufenthalts mit Putzen oder womöglich Renovierungsarbeiten zuzubringen. »Das Cottage ist unsere feste Basis. Von dort aus können wir Ausflüge machen. Das entscheiden wir aber an Ort und Stelle, ganz nach Lust und Laune und Wetter«, beendete Patrick seinen kurzen Bericht.

»Nach Irland muss man mit offenem Herzen fahren«, meinte Wilhelm, »offen für Land und Leute, Geschichten und Legenden. So lernt man diese Insel am besten kennen.«

Patrick wollte am nächsten Tag den Flug und das Mietauto buchen, schon einen Tag später sollte es losgehen. Den Zeitpunkt der Rückreise ließ er noch offen.

»Wir werden Abschied nehmen, wenn wir alle unsere Schätze gesammelt haben«, erklärte er mit leuchtenden Augen. »Wilhelm wird seine Erinnerungen aufgefrischt haben. Sonja, du hast hoffentlich ein paar schöne Tage erlebt und vielleicht ganz neue Erkenntnisse gewonnen, und ich ...« Er machte eine bedeutungsvolle Pause. »Ich werde einen Arm voll spanischer Golddublonen gefunden haben.«

»Und was machst du damit?«, wollte Sonja wissen.

»Oh, ich kaufe mir ein Haus am Meer und werde bis ans Ende meines Lebens dort Sonnenuntergänge betrachten«, erwiderte er mit ernster Miene.

»Du bist wirklich ein Träumer«, stellte Sonja lächelnd fest. »Solange du vor lauter Träumerei die Realität nicht vergisst, hab ich nichts dagegen.«

»Na, dann sind wir uns ja alle einig«, versicherte Patrick. Er machte Anstalten, sich zu erheben.

»Nicht so eilig.« Sonja schaute die beiden an. »Ehe wir uns auf den Weg machen, solltet ihr noch etwas wissen.«

Wilhelm runzelte die Stirn, Patrick ließ sich wieder auf den Stuhl fallen.

»Nur zu, schieß los!«, forderte er sie auf.

»Ich kann nicht kochen«, gestand sie den beiden. »Aber ich bin ziemlich ordentlich. Beim Aufräumen und Abwaschen bin ich kaum zu schlagen.«

Patrick lachte. »Wilhelm kann kochen und ich auch, das reicht doch, oder? Und du erledigst den ungeliebten Abwasch.« Er zuckte mit den Schultern und sah ein bisschen erleichtert aus. »Dann ist doch alles bestens. Ich bleibe dabei, wir sind ein gutes Team, es passt alles zusammen.«

Wilhelm stützte sich am Tisch ab und stand langsam auf. »Meine Maire«, sagte er mit seiner dunklen rauen Stimme, »konnte auch nicht kochen. Aber mit ihrem Fischkutter bei Wind und Wetter aufs Meer rausfahren, das machte ihr Vergnügen, und auf See hat sie mich dann herumkommandiert, da war sie der Käpitän. Na, ich war es ja gewöhnt. Ich wusste ja, dass sie zu Hause anschmiegsam wie ein Kätzchen sein konnte.« Er drückte Sonja kurz den Arm. »Wir Männer werden kochen, und Sie, junge Frau, dürfen sich mit gutem Gewissen zu Tisch setzen und meinen Geschichten lauschen. Es gibt viele Geschichten auf Irland. Ich werde sie euch alle erzählen.« Er wandte sich zur Tür, drehte sich aber noch einmal um. »Dass ich noch einmal zu meinem Cottage komme, habe ich mir immer gewünscht, und nun fahren wir alle drei hin. Ich danke euch jetzt schon, dass ihr mich begleitet.« Er schenkte ihnen ein glückliches Lächeln und einen für ihn so typischen verschmitzten Blick. Dann ging er hinaus.

Sonja stand auf, brachte die leeren Gläser in die Spülmaschine. Sie räumte den Käse in den Kühlschrank und das Brot in den Brotkasten. Nicht, dass Patrick am Ende dachte, sie sei nur faul und wollte sich mit einer Ausrede vor der Küchenarbeit drücken.

14

Am Abend saß Sonja noch eine Weile auf der Bank vor dem Haus. Sie dachte an Hamburg, an die Klinik, an Steffen. Alles schien ihr mit einem Mal ganz weit weg zu sein. Es tat gut, einfach so dazusitzen und keine Termine zu haben, nicht auf die Uhr schauen zu müssen. Ein Plakat fiel ihr ein, das sie einmal bei einer der Ergotherapeutinnen in der Klinik gesehen hatte. Darauf hatte in roter Schrift gestanden: *Still sitzend, nichts tuend, kommt der Frühling, und das Gras wächst von allein.* Ja, das Gras wuchs von allein, und auch der Frühling kam von allein, man musste nichts dazu tun, er kam absolut zuverlässig. Diese Reise war auch von allein gekommen, und sie hoffte, dass es richtig sein würde mitzufahren. Sie wünschte sich, dass die Fahrt etwas vom Frühling haben würde. Für sie bedeutete Frühling jedes Mal Neubeginn, Erwachen neuer Energie und Freude über die Natur. Das Frühjahr stand für Hoffnung. Und auch das passte doch sehr gut zu dieser Reise.

Ihr Inneres, das sich in den letzten Monaten oft so verkrampft und verbissen angefühlt hatte, löste sich. Sonja spürte Wärme und Zuversicht, ein Gefühl, das sie schon lange nicht mehr erlebt hatte.

Sie blickte zum Wald hinüber und sah eine Bewegung

im Garten. Wilhelm war dabei, einen Brombeerstrauch zu stutzen, der über den Steinhaufen wucherte. Sie hörte ihn vor sich hin murmeln. Er konnte es einfach nicht lassen. Wahrscheinlich musste er seinen Naturwesen erzählen, dass er noch einmal nach Irland kommen würde. Sonja schmunzelte.

Sie sah ihn nun mit anderen Augen als noch vor einigen Tagen. Er war kein wunderlicher alter Kauz, er war vielleicht sogar etwas wie ein Weiser. Patrick hatte erzählt, dass er in der Welt herumgekommen war und viele Länder kennengelernt hatte. Wilhelm war ein Mensch, hatte Patrick gesagt, der vieles, was ihm begegnete, nicht verstanden oder geglaubt hatte, doch er hätte deswegen nie jemanden ausgelacht. Sein Motto war: leben und leben lassen. Für ihn hatte auch das Anderssein seine Berechtigung. Sonja fand, sie könnte sich eine Scheibe von dieser Haltung abschneiden. Warum sollte man nicht an Elfen glauben? Wilhelm schadete damit keinem. Sie sah zu, wie er behutsam die Brombeerranke zurückschnitt, sich dann bückte und einen der Steine anders legte, so dass ein Eingang im Steinhaufen entstand.

Sonja wusste, dass Wilhelm überglücklich war, nun doch noch einmal auf seine Insel und in sein altes Häuschen zu kommen. Seine kleinen Augen glänzten, seit alles beschlossen war, und er wirkte irgendwie feierlich. Das war ansteckend, sie begann nun auch, sich richtig auf die Reise zu freuen.

Wilhelm bückte sich erneut und sagte etwas zu einem Ast, den er aufhob und an einer anderen Stelle wieder ablegte. Sonja verstand kein Wort. Nicht nur, weil Wilhelm leise sprach, sondern auch, weil er eine ihr fremde Sprache benutzte. Plötzlich blickte er auf, und sie winkte ihm zu. Er lachte und hob kurz seine alte Mütze an. Nach einer Weile kam er zu ihr herüber und setzte sich neben sie auf seine Lieblingsbank.

»Ich kann es noch«, erklärte er. »An der Westküste spricht man noch viel Gälisch, Irisch-Gälisch. Auf der Insel Inishmore in der Galway-Bucht findet man die alte Kultur an allen Ecken und Enden. Dort spricht man nur Irisch, eine wunderbare Sprache.«

Deshalb hatte sie keine Silbe verstanden. »Es klingt eigenartig«, meinte Sonja, »Ich kenne keine andere Sprache, mit der der Klang zu vergleichen wäre. Sicher ist es nicht leicht zu lernen, oder?«

»Ich habe zehn Jahre dazu gebraucht«, gab Wilhelm zu.

»Und wie lange haben Sie gebraucht, um stricken zu lernen?« Er sah sie überrascht an, und sie lachte. »Nein, das war ein Scherz. Aber ich wollte Sie schon lange fragen, woher Sie diese wunderschönen alten, handgestrickten Pullover haben? Das Zopfmuster ist toll! Kann man die in der Nähe Ihres Cottages kaufen?«

»Nein, nein, junge Frau, Sie hatten schon recht. Die habe ich selbst gestrickt«, antwortete Wilhelm fröhlich. »Ich hab's bei einem Schäfer in Connemara gelernt. Seine Frau hat die Schafwolle gesponnen und gefärbt, und er hat gestrickt, wenn er draußen war. Sie hatten einen kleinen Hof in den grünen Hügeln von Connemara, eine halbe Reitstunde bis zum nächsten Hof entfernt. Das Haus hatte weiße dicke Wände und ein tiefgezogenes Reetdach. Sie besaßen Hunderte von Schafen, die sich wie weiße Wölkchen über die Hügel bewegten. Ich war dort einige Monate.

Eine einsame Gegend, aber von den Bergen aus kann man sich nicht satt daran sehen. Die Täler sind weit, die Berge rund, nicht felsig, und die Farben wechseln zwischen Grün und Gelb und Braun oder auch Lila, wenn die Heide blüht. Reich kann man in Connemara nicht werden, dazu ist das Land zu rau, aber glücklich. Das kann ich Ihnen versichern, Elfenkönigin.«

Sonja hatte Wilhelm noch nie so viel auf einmal reden hören. Bei seinen Erinnerungen wurde er ganz lebhaft, und das konnte sie gut verstehen. Irland war so etwas wie seine Heimat geworden.

Connemara klang nach Schafen, kleinen struppigen Pferden und verstreut liegenden einsamen Höfen. Sie würde sich schon bald ein eigenes Bild von der Region machen können, denn um zur Westküste zu kommen, musste man diese Gegend durchqueren.

»Connemara ist eine der wildesten und kargsten Gegenden von Irland«, fuhr Wilhelm bedächtig fort. Es war seine Art, den Zuhörern Pausen zum Nachdenken zu lassen. »Die Berge mit hartem Gras im Norden und flache Moore und Heidelandschaften im Süden. Ich habe direkt an der Westküste gewohnt, in meinem kleinen Haus aus grauem Stein. Es gehört noch mir. Ich weiß noch nicht, was ich damit machen soll. Deshalb ist es so wichtig, dass ich noch einmal zurückkomme. Wir werden den Elfenberg besuchen, von dem aus man weit über den Atlantik schauen kann. Die Burren, die Dolmen, die Keltenkreuze, ich werde euch alles zeigen.« Er schwieg und schaute in die Ferne, blinzelte und seufzte tief auf. In Gedanken war er bereits in Irland, und Sonja wollte ihn nicht stören. Sie hatte Zeit, so viel wie schon lange nicht mehr. Sie konnte abwarten. Über

Dolmen wusste sie schon einiges, was Burren waren, würde sie auch noch erfahren. Es gab vieles, was sie auf dieser Reise vielleicht noch lernen konnte.

Patrick und Wilhelm waren dazu die richtigen Reisebegleiter, und wer konnte wissen, wie die Welt aussah, wenn sie wieder zurück war auf Amrum.

Sie stand leise auf, verabschiedete sich von Wilhelm und ging ins Haus und in ihr Zimmer. Der Rollkoffer lag auf ihrem Bett, einiges hatte sie schon eingepackt, nun wollte sie den Rest erledigen. Auf einmal blieb sie mitten in der Bewegung stehen. Ihr war ein Gedanke gekommen, ganz plötzlich, sie wusste nicht einmal, wieso er ihr mit einem Mal im Kopf war. Sonja lief hinaus und hinüber zu Annes Haus. Die Eingangstreppe nahm sie mit drei Schritten und betrat die Küche.

Anne saß am Tisch über einem Notizzettel. Vermutlich stellte sie die Einkaufsliste für den kommenden Tag zusammen. »Sonja«, fragte sie beunruhigt, »was ist passiert?«

»Nichts, ich muss morgen nur noch etwas einkaufen. Gibt es in Wittdün einen Laden, in dem man Aquarellfarben und Malutensilien kaufen kann?«

Anne ließ den Stift sinken. »Na klar! Willst du wieder anfangen zu malen? Soviel ich weiß, hattest du doch kein Interesse mehr daran. Als ich dich beim Klassentreffen danach gefragt habe, hast du gleich abgewinkt.«

»Irgendwie bin ich nicht mehr dazu gekommen«, erwiderte Sonja, »aber jetzt in Irland möchte ich es wieder versuchen. Ich weiß selbst nicht, warum.« Sie lächelte scheu. »Vielleicht kann ich es gar nicht mehr, vielleicht ist das jetzt nur eine romantische Erinnerung. Aber es war für mich einmal sehr wichtig. Ich habe mich viel zu lange nicht darum gekümmert. Es ist fast so, als hätte ich einen Teil von mir einfach vergessen.«

»Du hattest Talent, und ich habe nie verstanden, warum du von heute auf morgen damit aufgehört hast. Weißt du was? Ich komme mit. Wir nehmen die Fahrräder, ich muss sowieso noch einiges einkaufen.«

»Einverstanden.« Als Sonja zurück zur Pension ging, blieb ein Lächeln auf ihrem Gesicht. Es war inzwischen schon fast dunkel geworden, ein paar Sterne leuchteten am klaren Himmel, der Mond war als halber Kreis hinter dem Wald zu sehen. Ein Käuzchen rief. In der Pension waren zwei Fenster erhellt, eines davon gehörte zu Patricks Zimmer.

Sonja blieb stehen und schaute hoch. Was er wohl machte? Wahrscheinlich Pläne für die Reise. Es ist schon eigenartig, dachte sie, da bin ich hier gelandet, bei meiner guten alten Schulfreundin, zu der ich viel zu lange keinen Kontakt mehr hatte. Ich fühle mich mit ihr so vertraut, als wäre überhaupt keine Zeit vergangen. Und übermorgen fahre ich mit zwei Männern, die ich vor einer Woche noch nicht einmal gekannt habe, nach Irland. Und auch sie sind mir seltsam vertraut. Tatsächlich hatte sie keinerlei Bedenken mehr, dass ihre Entscheidung vielleicht ein Fehler sein könnte. Sie wollte auch nicht weiter darüber nachdenken, ihre Motive ergründen. Es fühlte sich richtig an, und das war etwas, das sie schon lange nicht mehr so empfunden hatte.

15

Am nächsten Morgen erschien Anne zeitig in der Pension, um das Frühstück vorzubereiten, dann schaute sie kurz zu Sonja ins Zimmer. »Können wir in einer halben Stunde fahren?«, fragte sie.

Sonja war bereits angezogen und erwiderte: »Na klar. Nimmst du Maleika mit?«

»Nein, die bleibt bei unserer Nachbarin. Ich gönne mir heute einen Ausflug nur mit dir, dann können wir uns später vielleicht noch in ein nettes Café setzen und es uns gemütlich machen. Hast du schon gepackt für morgen?«

Sonja lachte. »Ja, ich mag keine Hetze in der letzten Minute. Meist bin ich mit solchen Dingen zu früh dran, auch wenn es um Termine geht, immer komme ich zu früh.«

»Das ist kein Nachteil, wenn du deine Mitmenschen nicht warten lässt.«

»Es kommt wohl daher, dass ich selbst ungern warte.«

Sonja zog sich eine warme Jacke über das kurzärmelige Shirt. Sie öffnete noch rasch das Fenster und ließ die frische Morgenluft herein.

Als sie den Frühstücksraum betrat, sah sie, dass Patrick gerade mit dem Essen fertig war.

Er begrüßte sie freudig. »Du bist wirklich ein praktisches Mädchen«, meinte er. »Ich habe gerade gehört, dass du schon reisefertig bist. Keine Sorge, wir lassen dich nicht warten. Wilhelm stopft bereits seinen Seesack, und ich werde heute Abend meinen Rucksack packen. Und dann kann's losgehen.« Er rieb sich voller Vorfreude die Hände. »Das wird wunderbar, Wilhelm, der Druide, Sonja, die Elfenkönigin, und Patrick, der Heilige, auf Tour.«

Sonja sah ihn herausfordernd an. »Na, ob du wirklich so heilig bist, wird sich ja dann zeigen.«

Er legte den Kopf schief und lächelte. »Das kommt auch ein wenig auf dich an«, antwortete er mit blitzenden Augen. Er stand auf, ging zur Tür, drehte sich noch einmal um und warf ihr eine Kusshand zu, dann war er verschwunden. Und Sonja konnte sich den Kopf darüber zerbrechen, was er damit gemeint hatte.

Anne kam eine halbe Stunde später und holte Sonja ab. Sie gingen zusammen zum Schuppen. Sie prüfte kurz, ob noch genügend Luft in den Reifen ihres Rades war. »Alles in Ordnung«, sagte sie, »ich bin schon lange nicht mehr geradelt. Immer bin ich in Eile oder muss einen Großeinkauf machen. Ich freue mich schon richtig auf unseren kleinen Ausflug. Und ich freue mich darauf, dass du endlich wieder malen wirst. Ach, Sonja, du wirst bestimmt mit vielen wunderschönen Bildern von Irland zurückkommen. Ich habe dich immer bewundert, als wir noch zur Schule gingen und du so locker und leicht gemalt hast.«

»Es ist schon lange her«, erwiderte Sonja. »Wer weiß, ob ich es überhaupt noch kann.« Sie schoben ihre Fahrräder auf den Weg vor dem Haus. »Ich freue mich auch, dass du mitkommst, Anne.« Sie stieg auf, und gemeinsam radelten sie an der Bucht entlang Richtung Wittdün.

An diesem Morgen war es windstill, der Himmel leicht

bedeckt, und immer wieder lugte kurz die Sonne zwischen den Wolken hervor.

Sie fuhren langsam nebeneinanderher, der Weg war breit genug, und es waren nur wenige Radfahrer oder Fußgänger unterwegs.

»Weißt du, Anne«, meinte Sonja nach einer Weile, »ich überlege gerade, ob das mit dem Malen nun ein Schritt zurück ist oder einer nach vorn. Falle ich wieder in meine Jugendzeit zurück, wenn ich mein Hobby von damals ausübe, oder werde ich weiter erwachsen?«

»Ist doch egal«, sagte Anne. »Du probierst es einfach aus, und ich glaube, du wirst jetzt nach so vielen Jahren ganz anders malen als damals. Also ist es ein Schritt nach vorn. Mach dir nicht so viele Gedanken. Ist doch spannend zu sehen, wie sich der eigene Stil verändert hat. Falls du keinen Spaß mehr dran hast, ist das auch eine Erkenntnis.«

»Na, da bin ich aber gespannt, welche Erkenntnisse ich sonst noch von unserer Irlandreise mitbringe. Vielleicht finden wir ja Patricks Goldmünzen-Schatz, und er ist so viel wert, dass keiner von uns mehr Geld verdienen muss, und wir uns alle ein schönes Leben machen können.« Sie lachte.

Anne lachte auch, »Ich glaube nicht, dass das ein großer Wunsch von dir ist. Aber irgendetwas bringt ihr gewiss mit zurück, und wenn es nur eine besonders schöne Muschel ist, oder einfach die Erinnerung an ein paar glückliche Tage.«

Sie hielten kurz an und stiegen ab, um ein Pferdefuhrwerk vorbeizulassen. Anne grüßte den Kutscher fröhlich. »Das ist Hannes, er fährt die Gäste spazieren und erzählt ihnen unterwegs Geschichten von Amrum. Das kannst du auch noch machen, wenn du wieder hier bist.«

Eine Zeitlang fuhren sie schweigend weiter, dann sagte Anne unvermittelt: »Ich freue mich nicht nur für dich, dass du mit den zwei Männern mitfährst. Ich freue mich auch für Patrick. Als er vor zwei Monaten hier ankam, hat er kaum mit jemandem gesprochen. Er ist morgens zur Arbeit gegangen und abends zurückgekommen, hat sich auf sein Zimmer verzogen und nicht mehr blicken lassen. Er hat weder Briefe bekommen noch Anrufe, nichts. Ich habe mir richtig Sorgen um ihn gemacht. Und seit du da bist, ist er wieder lebendig geworden. Ich weiß nicht, was zwischen euch ist oder noch wird, aber es ist auf jeden Fall gut für Patrick.«

Sonja wusste nicht so recht, was sie darauf antworten sollte. Sie war ja selbst ein wenig überrascht, was sich da zwischen ihr und Patrick entwickelte. War da überhaupt etwas, oder war es nur Sympathie, nur eine nette Urlaubsbekanntschaft? Nein, es war mindestens ein Flirt. Wie sonst sollte seine Andeutung im Frühstücksraum zu verstehen gewesen sein, dass es auch an ihr läge, ob er ein Heiliger sei oder nicht. Glücklicherweise verfolgte Anne das Thema nicht weiter. Sie hatten inzwischen die ersten Häuser erreicht, der Verkehr nahm zu, so dass Sonja sich darauf konzentrieren musste. Im Zentrum von Wittdün trennten sie sich, um ihre Einkäufe zu erledigen.

Sonja spürte schon beim Betreten des kleinen Ladens für Bastel- und Künstlerbedarf, wie ihr Herz hüpfte. Warum nur hatte sie sich von ihrer Arbeit so lange von ihrer geliebten Malerei abhalten lassen? Sie prüfte mit routiniertem Griff die Papierqualität verschiedener Aquarellblöcke, strich voller Freude über Leinwände in verschiedenen Größen und betrachtete eine Staffelei, die sich in ihrer Wohnung gut machen würde. Es gab Acrylfarben und Kreide, Öl- und natürlich auch Aquarellfarben in großer Auswahl. Sie entschied sich für einen Metallkasten mit vierundzwanzig Farben, kaufte Pinsel, einen kleinen Skizzenblock und einen etwas größeren mit dickem Papier.

Zur Mittagszeit trafen sich Sonja und Anne wieder. Sie fanden einen runden Tisch im Vorgarten eines kleinen Cafés, wo sie sich auf bequemen Rohrstühlen mit leuchtend gelben Sitzkissen niederließen. Sie bestellten jede einen Eisbecher mit Früchten. Endlich konnte Sonja stolz ihre Schätze präsentieren. Anne hatte sich kurz entschlossen einen buntgemusterten Seidenschal gekauft, den sie sich bereits locker um den Hals geschlungen hatte.

Jede von ihnen hatte also etwas, worüber sie sich von Herzen freuen konnte. Sie saßen einträchtig zusammen, löffelten genüsslich Eis und beobachteten die Menschen, die vorübergingen. Irgendwann schob Anne das leere bauchige Glas zurück und blickte Sonja nachdenklich an. »Hoffentlich nimmst du es mir nicht übel, wenn ich dich nun ganz offen frage«, begann sie zögerlich. »Aber ich denke immer an Steffen und dich. Gibt es denn keine Chance, dass ihr euch wieder miteinander versöhnt?«

Sonja sah hoch und erwiderte knapp: »Nein!« Nach einer Weile senkte sie den Kopf und löffelte die Reste Eis aus ihrem Becher. »Weißt du«, fügte sie dann hinzu, »es ist nicht so, dass ich mich einmal dazu entschlossen habe, in Afrika als Ärztin zu arbeiten und damit basta. Ich habe mir das lange überlegt. Einerseits wollte ich es unbedingt, andererseits hatte ich aber auch Angst davor. Dazu kam, dass ich heftig Gegenwind gekriegt habe. Meine Mutter und meine Schwester wollten mich unbedingt davon abhalten, auch von anderen Freunden kam keinerlei Unterstützung, eher hatten alle Sorge, es wäre zu anstrengend für mich. Das hat mich sehr verunsichert.«

Sie lehnte sich auf ihrem Stuhl zurück und schaute einer Katze zu, die vor ihr auf einer Mauer saß und sich putzte.

»Ja, und dann habe ich Steffen kennengelernt«, fuhr sie lächelnd fort. »Er hat nicht versucht, mich von der Idee abzuhalten, und auch nicht gesagt, dass er es mir nicht zutraut, was alle anderen ja mehr oder weniger deutlich getan haben. Und als ich ihn gefragt habe, ob er mitgehen würde, hat er es nicht sofort ausgeschlossen. Ich war ja erst am Anfang der Chirurgie-Ausbildung, und wir hatten noch vier Jahre Zeit zum Planen. Ich war sicher, dass ich ihn überreden könnte, und mit ihm zusammen fühlte ich mich auch stark genug für dieses Projekt. Es klingt vielleicht eigenartig, aber ich hatte ohne ihn einfach Angst vor der eigenen Courage.«

»Aber er hat sich dann doch anders entschieden«, sagte Anne.

»Ja, er hat mich einfach im Stich gelassen. Jedenfalls habe ich es so empfunden. Für mich kam das völlig unerwartet. Er hat mit keinem Wort erwähnt, dass er schon auf der Suche nach einer eigenen Praxis war. Ich gebe ja zu, dass er mehrfach gesagt hat, wie unzufrieden er in seinem Job ist. Mir war klar, dass er sich irgendwann selbständig machen wollte. Aber irgendwie war ich auf diesem Ohr wohl taub. Bis er mich vor die vollendete Tatsache gestellt hat, dass er etwas gefunden hat, er sich nun niederlassen will und nicht mit nach Afrika geht. Natürlich hat er versucht, mich zu überreden, dass ich meine Pläne aufgebe.«

Anne nickte. »Aber du willst das nicht.«

Sonja seufzte tief auf. »Nein, ich will immer noch auf dieses Krankenhaus-Schiff. Aber jetzt so ganz allein? Das macht mir wieder Angst. Mit Steffen zusammen hätte ich den Mut gehabt, auch schwere Zeiten dort zu überstehen, aber ohne ihn ... ich möchte einfach nicht nach vier Wochen wieder nach Hause müssen, weil ich es nicht schaffe. Ich kann mir lebhaft vorstellen, wie die Reaktionen ausfallen würden: Das haben wir dir doch gleich gesagt. Wir wussten sowieso, dass das zu schwer für dich ist. Aber wenn ich es nicht versuche, wozu habe ich dann diese Ausbildung zur Chirurgin gemacht?«

Anne sah sie mitfühlend an. »Das ist wirklich alles sehr schwierig für dich im Moment. Da kann dir auch niemand raten, was du machen sollst. Deshalb finde ich es gut, wenn du nach Irland fährst. Dadurch werden deine Probleme zwar nicht gelöst, aber du bekommst etwas Abstand, und das ist bei solchen Dingen immer gut. Man sieht danach oft alles mit anderen Augen.«

Sonja lächelte, es hatte ihr gutgetan, noch einmal mit Anne darüber zu reden, sich ihr über ihre Gefühle für Steffen anzuvertrauen. »Ich werde in diesen zwei Wochen alles von mir fernhalten, was mich zum Grübeln bringt oder schlaflos macht, das habe ich mir vorgenommen. Und mit den zwei Männern wird mir das bestimmt nicht schwerfallen. Die werden sicher für genügend Ablenkung sorgen.«

»Stimmt, langweilig wird's mit den beiden ganz bestimmt nicht.«

16

Am nächsten Morgen Punkt acht stand Patricks Kombi mit offener Heckklappe vor der Pension. Er hatte am Vorabend schon alle seine Arbeitsgeräte ausgeräumt, die Fußmatten ausgeschüttelt, innen staubgesaugt und auf den Rücksitz eine Decke und zwei Kissen gelegt. Patricks Rucksack lag bereits im Kofferraum.

Wilhelm kam mit seinem Seesack aus der Tür. Sonja, die dies von ihrem Fenster aus beobachtet hatte, nahm ihren Trolli, den Regenmantel und die Handtasche und lief die Treppe hinunter.

Patrick begrüßte sie mit einem Kuss auf die Wange, dann verstaute er ihr Gepäck und drehte sich zu Anne um, die aus dem Haus kam, um sie zu verabschieden.

Sie hatte ein großes Paket mit Krabbenbrötchen und Käse, Keksen und Müsliriegeln zusammengepackt. Piet brachte noch einen Sechserpack stilles Wasser.

»Viel Spaß ihr drei«, sagte er.

»Gute Reise, und kommt gesund und munter wieder.« Anne hatte feuchte Augen und vor Aufregung rote Wangen. Man hätte meinen können, sie ginge selbst mit auf die Reise.

Sonja drückte sie an sich. »Danke«, flüsterte sie.

»Wofür?«

»Für alles. Dafür, dass ich herkommen durfte, dass du mir zugehört hast. Und dafür, dass du mir diese Reise nicht ausgeredet hast«, fügte sie mit einem Augenzwinkern hinzu.

Nach viel Hallo einschließlich ausführlicher Abfrage, ob die drei auch wirklich alles hatten, was sie brauchten, stiegen Patrick, Wilhelm und Sonja ein. Wilhelm wollte hinten sitzen, das fand er am bequemsten. Sonja saß also vorn neben Patrick. Sie schaute aus dem Fenster und winkte, solange sie Anne, die Maleika auf dem Arm hielt, und Piet noch sehen konnte, dann schloss sie das Fenster und lehnte sich aufatmend zurück.

Jetzt gibt es kein Zurück mehr, dachte sie, gut so. Ihr Zimmer in der Pension durfte sie behalten, bis sie wieder zurück war. Dann blieben ihr vermutlich noch ungefähr zehn Tage, die sie auf Amrum verbringen würde. Was danach kam, stand in den Sternen. Aber es beunruhigte sie nicht. Irgendwann würde sie genau wissen, was sie tun wollte.

Patrick war vielleicht manchmal ein Träumer, aber er hatte alles sehr gut organisiert. Sie fuhren auf die Fähre, die sie aufs Festland brachte. Husum, die Heimat Theodor Storms, der Holländerort Friedrichstadt und Heide mit dem Wasserturm und dem größten Marktplatz seiner Art lagen auf ihrem Weg. Sonja wäre am liebsten überall ausgestiegen, um Erkundungsspaziergänge zu unternehmen. Obwohl ihr dieses Land vor den Toren Hamburgs vertraut war, fühlte sie sich mit einem Mal wie eine Urlauberin, für die es unendlich viel zu entdecken gab. Mit Steffen hatte sie Ausflüge in das Umland gemacht. Sie nahm sich vor, das notfalls auch allein zu tun, wenn sie irgendwann wieder im Alltag angekommen war.

Nach zweieinhalb Stunden steuerte Patrick den Parkplatz des Hamburger Flughafens an.

»So, die erste Etappe wäre geschafft«, verkündete er gut gelaunt.

Wilhelm quälte sich aus dem Auto. »Mann, gut, dass wir nicht die ganze Strecke nach Irland in der Kiste verbringen müssen«, brummte er.

Sonja schwieg. Sie war schneller zurück in der Hansestadt als geplant, wenn auch nur für wenige Stunden. Es war ein eigenartiges Gefühl, in Steffens Nähe zu sein, sich aber nicht bei ihm zu melden. Stattdessen würde sie die Stadt gleich wieder verlassen, noch dazu mit zwei fremden Männern. Was er wohl davon halten würde? Der Gedanke zauberte ihr ein Lächeln auf die Lippen.

Sie gaben das Gepäck auf, brachten die Kontrollen hinter sich und gingen schließlich an Bord der Maschine. Wilhelm murmelte etwas davon, dass Wasser zwar keine Balken habe, aber immer noch mehr Halt biete als Luft. Außerdem sei es eine Zumutung, wie eng die Sitzreihen wären. Doch er fügte sich in sein Schicksal. Sonja hatte den Verdacht, dass es für ihn gewissermaßen ein Ritual vor jedem Flug war kundzutun, was ihm am Fliegen nicht passte.

Als sie über Hamburg durch die dicke Wolkendecke stießen und die Stadt unter ihnen verschwand, war die Vorstellung für sie seltsam, dass da unten die Klinik an der Alster lag, in der sie so unendlich viel geschuftet hatte. Und irgendwo dort in dem Gewirr von Straßen und Häusern saß Steffen in seiner neuen Praxis. Das war alles weit weg. Sie seufzte. Jetzt wollte Sonja nicht unglücklich oder zornig und enttäuscht zurückschauen, sondern nach vorn. Patrick warf ihr einen Seitenblick zu, doch sie ging nicht darauf ein. Sie hatte keine Lust, über ihre Gefühle zu sprechen.

Wilhelm sagte die ganze Zeit über kaum ein Wort. Schweigend aß er eines von den belegten Broten, die Anne ihnen mitgegeben hatte. Auch Sonja und Patrick verzichteten auf das abgepackte Essen, das die Stewardessen verteilten, und zogen die dicken Scheiben des guten Amrumer Brotes mit Krabben oder Nordseekäse vor.

Erst als sie das Meer überquert hatten, das Flugzeug über Dublin eine Schleife flog und die Insel grün wie im Prospekt unter ihnen lag, nur von ein paar kleinen weißen Wolken bedeckt, reckte Wilhelm sich in seinem Sitz, um herausschauen zu können. »Dia duit«, flüsterte er ergriffen. Und als Sonja ihn fragend ansah, erklärte er: »Das heißt ›Gott mit dir‹. Das ist der irische Gruß. Man antwortet darauf: ›Dia agus Muire duit.‹ Das bedeutet: ›Gott und Maria mit dir.‹«

»Dia duit«, wiederholte Sonja und blickte auf die Stadt hinunter, der sie entgegenschwebten und die von oben wie eine Spielzeuglandschaft aussah.

»Fünfhunderttausend Einwohner«, las Patrick aus seinem Reiseführer vor. »Mildes Seeklima, im Winter meist ohne Frost, im Sommer kühl, halb so viel Regen wie im Westen der Insel; im Mai und Juni die meisten Sonnentage und Temperaturen zwischen sieben und fünfzehn Grad; Sonne im Durchschnitt sechs Stunden am Tag.« Er klappte das Buch zu. »Na, das ist doch wirklich erfreulich.«

»Halb so viel Regen wie im Westen der Insel«, wiederholte Sonja skeptisch. »Wir wollen aber nach Westen, wenn ich das richtig verstanden habe. Hoffentlich regnet es nicht die ganzen zwei Wochen.«

»In Irland regnet es nie lange am Stück. Meist kommt der Guss kurz und heftig, und dann scheint wieder die Sonne«, sagte Wilhelm. »Das ist die Liffey«, er deutete nach unten auf den Fluss, der mitten durch die Stadt floss. »Baile Atha Cliath heißt Dublin auf Irisch, Stadt der Hürdenfurt. Die Wikinger nannten ihre erste Siedlung da unten am Meer Duibhlinn, schwarzer Teich. Ich war nur einmal kurz in Dublin, das ist was für Touristen. Wir sind keine Touristen, wir fahren gleich weiter nach Connemara!« Er war ganz aufgeregt und lebhaft geworden, und seine Augen leuchteten.

»Was sind wir denn dann?«, wollte Patrick wissen.

»Besucher des Elfenlandes«, war die Antwort, und Patrick drückte zustimmend seinen Arm.

Am Flughafen stand das Mietauto bereit, das Patrick bestellt hatte. Sonja bekam nicht viel von Dublin zu sehen. Der Flughafen lag ein wenig außerhalb nördlich des Zentrums, eine Umgehungsstraße führte sie nach Südwesten.

Auf den ersten Kilometern musste Patrick sich an den Linksverkehr gewöhnen. Sonja versuchte, ihm zu helfen, so gut sie konnte. Erst als sie den Abzweig nach Westen erreichten und sich beiderseits grüne Hügel erhoben, hatte sie Zeit, sich umzuschauen.

»Wilhelm schläft«, stellte sie fest, nachdem sie kurz nach hinten geguckt hatte. »Das war wohl alles ein wenig viel für ihn.«

»Ja, es war ein langer Tag. Er ist es nicht gewohnt, stundenlang zu sitzen.«

Sie nickte. Ihr ging es nicht viel anders. Das Übersetzen mit der Fähre, die Autofahrt nach Hamburg, dann der Flug mit Umstieg in Frankfurt, das alles hatte seine Zeit gebraucht und Kraft gekostet. Es war bereits früher Abend gewesen, als sie das Flughafengelände von Dublin hinter sich gelassen hatten.

»Wir fahren heute nur nach Mount Temple. Das sind etwa anderthalb Stunden«, sagte Patrick leise. »Dort habe ich uns Zimmer gemietet.«

»Das hast du sehr gut gemacht.« Sie schenkte ihm ein zufriedenes Lächeln, wofür er ihr kurz den Oberschenkel tätschelte.

Der Ort war bekannt für seinen Golfplatz und die weiße Corpus-Christi-Kirche mit ihrem viereckigen Turm. Viel mehr gab es nicht zu sehen. Die Pension war sehr klein, aber liebevoll eingerichtet und sehr sauber. Einen Pub gab es auch, in dem sie etwas zu essen bekamen.

»Ich kann euch Räucherlachs empfehlen«, meinte Wilhelm, der noch immer müde aussah, doch seine Augen blickten ausgesprochen munter. »Irland ist berühmt für die gute Qualität. Ich werde Shepherd's Pie nehmen.« Er gab ein Geräusch von sich, das so viel Wohlbehagen ausdrückte wie das Schnurren einer Katze. »Das ist ein Hackauflauf mit einer Kruste aus überbackenem Kartoffelbrei.«

»Klingt gut«, sagten Sonja und Patrick wie aus einem Mund. Sie lachten und bestellten dann dreimal Shepherd's Pie.

»Am liebsten würde ich heute schon im Cottage schlafen, in meinem eigenen Bett.« Wilhelm sah sie fröhlich an. »Aber ich gebe zu, dass eine Zwischenübernachtung eine feine Sache ist. Und wenn wir dem Shannon schon so nah sind, können wir morgen vielleicht einen kleinen Abstecher machen. Was meint ihr?«

»Von mir aus gern«, stimmte Patrick zu. »Ich hab Zeit.«

»Ja, warum nicht?« Genau das hatte Sonja sich gewünscht, dass sie sich Zeit nehmen und viel von dem Land sehen würden. »Ich habe gelesen, dass man auf dem Shannon mit Hausbooten fahren kann.«

»O ja.« Wilhelm nickte. »Es ist der längste Fluss des Landes und der Britischen Inseln«, berichtete er stolz. »Wenn du darauf unterwegs bist, kommst du immer wieder durch Seen und musst auch Stromschnellen meistern. Ich weiß nicht, ob das was für so 'n Hausboot ist. Auf jeden Fall bringt der Shannon dich nach Süden und direkt in den Atlantik.« Nach einer kurzen Pause fügte er hinzu: »Ich bin mal auf einem der alten Motorboote ein ganzes Stück mitgefahren. Das war wirklich einmalig, die Flussauen und die vielen Windungen. Aber auf hoher See habe ich mich noch immer am wohlsten gefühlt. Doch das ist nun auch schon lange her.«

Das Essen wurde serviert. Es duftete würzig. Sie ließen es sich schmecken.

»Wie kam es eigentlich, dass Sie in Irland gelandet sind?«, wollte Sonja zwischendurch wissen. »Sind Sie mit dem Schiff nach Dublin gekommen?«

Er schüttelte den Kopf. »Nee, ich bin überhaupt nicht in Dublin gewesen. Am Anfang, meine ich. In der ganzen Welt war ich unterwegs, na ja, fast. Das war 'ne aufregende Zeit, aber auch anstrengend.« Er trank einen Schluck Bier. »Als junger Mann dachte ich immer, ich fahre ein paar Jahre zur See, verdiene gutes Geld, sehe fremde Länder, und dann komme ich zurück und gründe eine Familie.« Er seufzte und aß den Rest von seinem Hackfleisch. Dann schob er den Teller von sich.

»Klingt nach einem guten Plan«, meinte Sonja. »Ist der denn nicht aufgegangen?«

»Nee, ich hab wohl den richtigen Zeitpunkt verpasst. Zuerst habe ich als Schiffsmechaniker gearbeitet. Dann wurde so ein Berufsverband gegründet, weil das damals ja alles noch nicht so geregelt war. Da warst du Matrose und fertig. Irgendwann sollte es dann einheitliche Prüfungen geben und so was alles. Da hieß es, ich könnte doch nautischer Offiziersassistent werden, wenn ich noch 'ne Ausbildung mache und Erfahrungen auf dem Schiff habe. Na, die hatte ich ja. Also habe ich's gemacht. Hast ja mehr verdient und hattest was zu sagen.« Er schmunzelte. »So ist mir die Zeit 'n büschen weggelaufen. Ich habe sogar über das Kapitänspatent nachgedacht.« Er sah Sonja an. »Über Kinder habe ich auch nachgedacht, bloß kriegt man vom Denken keine.« Er lachte.

»Das wäre ja noch schöner.« Sonja trank ihr Bier aus.

»Stimmt schon.« Wilhelm nickte, dann wurde er ernst. »Trotzdem habe ich manchmal gedacht, es wäre nicht verkehrt gewesen, wenn eine der niedlichen Seemannsbräute, die ich in den Häfen so hatte, ein Kind von mir bekommen hätte. Dann wäre ich vielleicht geblieben oder hätte sie mit nach Hause genommen, wer weiß. Irgendwann ist es eben zu spät für eine eigene Familie.«

Sonja musste schlucken. Steffen war schon über vierzig. Er hatte sich genau diese Gedanken gemacht. Und sie hatte ihm bisher kein Verständnis entgegengebracht. Sie hatte noch Zeit für eigene Kinder, aber war es nicht unfair, nur an die eigene Situation zu denken? Mit einem Mal tat es ihr leid, dass sie nicht wenigstens ein bisschen auf Steffen zugegangen war. Andererseits gab es in ihrer Lage vielleicht keinen Kompromiss. Wenn sie erst ein Kind hätte, dann wäre es für Afrika zu spät. Insofern war es wohl das Beste, dass sie sich getrennt hatten. Sie sah zu Patrick hinüber, der in Gedanken versunken war. Sie hätte ihn gern gefragt, wie er darüber dachte, doch Wilhelm erzählte weiter.

»Eines Tages bin ich mit einem großen Containerschiff im Hafen von Galway gelandet. Das liegt an der Westküste. Wenn wir auf der Route weiterfahren, die wir von Dublin gekommen sind, landen wir in Galway. Zwei Wochen lagen wir dort vor Anker. Da dachte ich, das ist ein Zeichen. Hier sollst du bleiben. Ich habe also abgemustert und bin in Irland geblieben.«

»Das Zeichen war ziemlich weiblich«, bemerkte Patrick schmunzelnd. »Hast du mir nicht erzählt, dass du gleich am zweiten Tag Maire kennengelernt hast?«

»Sie hatte gerade ihren nagelneuen Fischkutter in Galway abgeholt. Als ich sie gesehen habe, wusste ich gleich, dass das die richtige Frau für mich ist. Mit ihr zusammen wollte ich meinen Lebensabend verbringen.« Er seufzte tief und hielt kurz inne. »Wir haben uns das kleine Cottage an der Westküste gekauft, es ausgebaut, und darin über zehn Jahre zusammengelebt. Ich wünschte, wir hätten mehr Zeit miteinander gehabt, aber ich will nicht undankbar sein. Es waren die besten Jahre meines Lebens.«

Als sie wieder in ihrer Pension ankamen, wünschte Wilhelm den beiden eine gute Nacht und ging sofort auf sein Zimmer.

»Nach der langen Autofahrt brauche ich noch etwas frische Luft«, erklärte Sonja. »Ich werde noch einen kleinen Spaziergang machen, dann gehe ich auch ins Bett.«

»Hast du etwas dagegen, wenn ich dich begleite?« Sonja riss die Augen auf. »Nur auf deinem Spaziergang natürlich«, stellte Patrick richtig, »nicht auf dem Weg in dein Bett.«

»Wenn das so ist, gern.« Sie lachte.

Die beiden schlenderten die schmale Straße entlang zur Corpus-Christi-Kirche. Sie hob sich gegen den Nachthimmel ab, daneben lag eine von grauen verwitterten Steinen eingefasste Weide.

»Er hat bestimmt viel erlebt auf seinen Reisen«, begann Sonja. »Wilhelm, meine ich. Ich könnte mir denken, dass er dadurch eine Art Weisheit erlangt hat, jedenfalls kommt er mir so in sich ruhend vor. Er hat, obwohl seine Maire gestorben ist, nicht mit seinem Schicksal gehadert und ist kein verbitterter alter Mann geworden. Ich glaube, sein Leben ist erfüllt gewesen. Meinst du nicht auch?«

»Ja, ich denke schon.« Patrick sah sie an. »Wenn man ihm etwas erzählt oder Kummer hat, hört er zu. Er hört richtig zu, und man hat das Gefühl, dass alles, was man ihm sagt, bei ihm gut aufgehoben ist.«

Sonja nickte und schwieg eine Weile, dann sagte sie: »Ich kann gut verstehen, dass du ihn magst. Anne hat erwähnt, dass er dir auch viel über Pflanzen erzählt. Ich konnte gar nicht glauben, dass sogar ein ausgebildeter Gärtner noch etwas bei ihm lernen kann.«

Patrick lachte. »O, doch. Das, was er mich gelehrt hat, ist etwas anderes, als das, was ich in meiner Ausbildung gelernt habe. Wilhelm redet mit den Pflanzen, mit Bäumen und Büschen, kennt ihre Ausstrahlung und ihre Wirkung. Es gibt zum Beispiel Bäume, die heilende Energien aussenden. Die Linde etwa weckt den Sinn für die Schönheit des Lebens, und die Tannen fördern das innere Wachstum.«

»Und die Kiefern helfen dabei, seine wahren Ziele zu finden, ich weiß.« Er sah sie erstaunt an. »Das hat er einmal zu mir gesagt, gleich am Anfang. Ich weiß nicht mal, warum er ahnte, dass ich meine wahren Ziele gerade verloren habe.«

»Ja, so ist er, ein Druide. So nenne ich ihn manchmal insgeheim. Vielleicht ist er auch einfach nur ein alter Mann mit einem Gespür fürs Leben, für Menschen und ihre Schwierigkeiten und Gefühle. Dieses Gespür hat er sich ganz bestimmt in einem langen, abwechslungsreichen Leben erworben. Wie du vorhin ganz richtig sagtest, er wird viel erlebt haben während seiner Reisen.«

»Und jetzt ist er mit so einem kleinen Stückchen Garten auf Amrum zufrieden?«, meinte Sonja nachdenklich. »Glaubst du nicht, dass er sein abenteuerliches Leben vermisst?«

»Nein«, erwiderte Patrick, »er hat mir mal erzählt, dass in seinem Garten alles zu finden ist, was das Leben ausmacht. Samen fallen auf die Erde, einige keimen und wachsen, andere schaffen es nicht. Jungpflanzen kämpfen sich durchs Unterholz, gesunde, starke Bäume und Büsche blühen, tragen Früchte und geben Schutz, und alte morsche Stämme zerfallen und bieten so vielen kleinen Tieren und Pflanzen Lebensraum. Der Kreislauf des gesamten Lebens. Manchmal sitzt er stundenlang auf einem Baumstumpf und sieht einfach zu, was um ihn herum passiert. Das scheint ihm nie langweilig zu werden.«

Sie machten sich auf den Rückweg, wünschten einander eine gute Nacht und gingen endlich auch zu Bett.

»Heute geht's nach Hause«, erklärte Wilhelm strahlend, als sie sich zum Frühstück in einem kleinen gemütlichen Raum trafen.

Sonja wählte Porridge mit Früchten, die Männer entschieden sich für Eier mit Speck.

Bei sonnigem Wetter und blauem Himmel machten sie sich auf den Weg. Wie sie es besprochen hatten, fuhren sie zunächst durch eine flache Gegend auf den Shannon zu. Als sie den Fluss erreicht hatten, öffnete Sonja das Fenster und atmete die frische, kühle Luft ein. Sie fühlte sich großartig. Es gab keine Zwänge, sie musste nicht funktionieren, nicht einmal Entscheidungen treffen. Sie brauchte sich den Männern nur anzuschließen und konnte sich von der Schönheit des Landes überraschen lassen. Nach Athlone, der größten Stadt am Shannon, fuhren sie nicht, obwohl es dort ein Schloss gab, dessen Ursprünge in das beginnende dreizehnte Jahrhundert zurückreichten.

»Viel zu viele Autos und Menschen«, hatte Wilhelm behauptet.

Patrick steuerte den Wagen also in nördliche Richtung. Auf dem Parkplatz eines großen Hotels in Hodson Bay hielten sie an. »Viel zu modern«, brummte Wilhelm. Gleich darauf strahlten seine Augen wieder voller Begeisterung, denn sie gingen den Weg zum Wasser hinunter.

»Das ist der Lough Ree, einer der Hauptseen im Shannon«, ließ er die beiden wissen. »Ist er nicht wunderschön?«

Das war er wirklich. Das Wasser glitzerte dunkelgrün in der Sonne, am Ufer raschelte braunes Schilf. Hier und da waren kleine Boote unterwegs. Sie gingen ein paar Schritte und ließen die friedliche Atmosphäre auf sich wirken.

»Wir könnten bis an das Ende dieser Landzunge laufen

und dann in dem Hotel eine Kleinigkeit zu Mittag essen«, schlug Patrick vor.

»Auf keinen Fall.« Wilhelm sah ihn an, als hätte er vorgeschlagen, den Rest des Irland-Urlaubs in diesem Hotel zu verbringen, statt in das Cottage zu fahren. »Was meinst du, was die in so einem Touristen-Klotz für Preise haben? Und das Essen hat bestimmt auch nichts mit guter irischer Küche zu tun. Wir finden auf dem Weg bestimmt was Besseres.«

»Zur Not haben wir außerdem noch Proviant von Anne«, wandte Sonja ein. »Es sind noch Kekse da und Äpfel. Wir sollten weiterfahren.«

»Überredet«, erwiderte Patrick und sah dabei ausgesprochen vergnügt aus.

Die Landschaft, durch die sie nun fuhren, war ziemlich flach, es gab nur einige wenige Erhebungen. Überall sah man grüne Wiesen, die von Hecken und Büschen umschlossen waren. Diese vielen Grüntöne und der tiefblaue Himmel darüber waren einzigartig schön. In der Ferne hatte sich eine dunkle Wolke gebildet, von der ein grauer Schleier bis auf die Erde reichte.

»Dort hinten regnet es«, sagte Sonja. »Ein sicheres Zeichen, dass wir in den Westen kommen, stimmt's?«

Sie fuhren ein Stück auf der Autobahn nach Westen, um nicht zu viel Zeit zu verlieren.

Am frühen Nachmittag beschlossen sie, eine Pause zu machen. Sie verließen die Autobahn und nahmen eine Straße, die rasch schmal wurde. Rechts und links wuchsen niedrige Hecken, dann fuhren sie durch einen kleinen Ort. Die nächste Abzweigung nach links war nur noch ein befestigter Feldweg, der von hohem Gebüsch gesäumt wurde.

An einem kleinen See hielt Patrick an. In einiger Entfernung konnte man einen Hof erkennen, Schafe und Kühe weideten auf den Wiesen, einige fraßen sich langsam vorwärts, andere lagen gemütlich im Gras und käuten wieder. Ein ruhiger entspannender Anblick.

Sonja stieg aus. »Einen wunderschönen Platz hast du uns da für unsere Pause ausgesucht. War das Absicht oder Zufall?«

»Also, ich könnte ja behaupten, ich hätte vorher die Karte studiert, um dich zu beeindrucken«, entgegnete Patrick lächelnd. »Aber um ehrlich zu sein, ich hatte keine Ahnung, wo wir landen würden. Bin selbst erstaunt.«

»Auf jeden Fall habe ich Hunger«, stellte Sonja fest, holte eine Decke aus dem Auto und breitete sie auf dem Gras neben dem Weg aus. Wohlig aufseufzend ließ sie sich darauf sinken.

Wilhelm, der einen größeren grauen Stein entdeckt hatte, setzte sich darauf und schaute sich um. »Das ist die sanfte Seite von Irland«, sagte er. »Auch sehr schön, aber mir sind die rauen Küsten mit den Klippen und der Brandung lieber. Wie bei meinem Cottage. Und bei Maire war es auch so. Sie war eine Frau wie Sturm, Wind und Wellen.« Er schaute in die Ferne – ein alter Seemann, mit Cordhose, selbstgestricktem Pullover und Wollmütze auf den langen weißen Haaren.

»Du hast erwähnt, Maire hat in Galway einen Fischkutter abgeholt. Hab ich das richtig verstanden?«, fragte Patrick.

»Allerdings.« Wilhelm nickte.

»Möchtest du uns ein wenig von ihr erzählen? Was hat sie gemacht?«

»Sie war Fischerin mit Leib und Seele. Hat das von ihrem Vater gelernt. Sie hatte keine Brüder, deshalb dachte sich ihr alter Herr wohl nichts dabei, ihr alles beizubringen, was er über das Fischen wusste. Für Maire war das ganz normal, aber sie war die einzige Frau weit und breit, die rausgefahren ist. In Galway holte sie damals ihren ersten eigenen kleinen Kutter ab.« Er lachte, wobei seine Augen zu schmalen Schlitzen wurden. »Je mehr das Schiff geschwankt hat, desto fröhlicher wurde sie. So war sie, die Maire, meine Frau. Auch wenn wir nicht verheiratet waren, das wollte sie nicht.«

Er versank in Gedanken, und nach einer Weile sagte er: »Eines Tages ist sie vom Arzt gekommen und hat gesagt: Wilhelm, nun heißt es Abschied nehmen.« Seine Augen wurden feucht. Sonja wusste nicht, was sie sagen sollte. Ehe sie passende Worte gefunden hatte, sprach er schon weiter. »Sie hatte Bauchspeicheldrüsenkrebs. Zum Glück musste sie nicht lange leiden. Ich habe sie an ihrer Lieblingsstelle begraben lassen, hoch oben auf den Klippen, wo man weit über den Atlantik schauen kann und das Meer gegen die Felsen brandet.«

Wem das Herz voll ist, dem geht der Mund über, so heißt es in einem Sprichwort, dachte Sonja. Wilhelms Herz war hier in Irland sicher übervoll von Erlebnissen und Ereignissen, sie konnte das gut nachfühlen.

Sie ging zu ihm und strich ihm über den Arm. »Es tut mir so leid, dass Ihnen nicht mehr Zeit mit ihr geblieben ist. Aber wenigstens haben Sie viele schöne Erinnerungen.«

Er sah sie mit freundlichen Augen an. »Ja, das habe ich, die kann mir niemand nehmen.«

17

Sonja ging zurück zur Decke und ließ sich neben Patrick fallen. Der holte aus den unergründlichen Tiefen seines Rucksacks Wasser, Kekse und Müsliriegel hervor. Er breitete alles auf der Decke aus, brachte Wilhelm seinen Anteil zu seinem steinernen Sitz und ließ sich dann neben Sonja nieder.

»Schade, dass wir nicht auch wiederkäuen können wie die Vierbeiner dort hinten«, bemerkte er nach einer Weile. »Die Brote von Anne und auch das Abendessen gestern waren so gut, die könnte man glatt zweimal essen.«

Sonja nickte und blickte ihn lachend an. »Was wärst du denn gern, ein Schafbock oder ein Ochse?«

Er packte sie an den Schultern und zog sie nach hinten, so dass sie schließlich auf der Decke lag und in den Himmel schaute. »Gewonnen«, sagte er, »wer zuerst auf dem Rücken liegt, hat verloren. Das kommt davon, wenn man einem braven Gärtner freche Fragen stellt.«

Sonja machte sich los und richtete sich wieder auf. »Brave Gärtner benehmen sich aber viel rücksichtsvoller als du. Man wirft nicht so einfach eine waschechte Frau Doktor um!«

Patrick blickte sie an und lächelte. »Du siehst gar nicht mehr wie eine überforderte Ärztin aus, sondern wie eine ganz normale junge Frau mit leicht gebräunter Haut und Sommersprossen. Und deine Haare sind auch nicht mehr so streng nach hinten geflochten, der Wind kann mit ihnen spielen. Das gefällt mir.«

Sonja wurde ein wenig verlegen, dann hob sie den Kopf. »Und du«, erwiderte sie mit glänzenden Augen, »bist nicht mehr der verschlossene, wortkarge Landschaftsgärtner, sondern ein ganz netter Junge.«

Patrick musste lachen. »Das mit dem netten Jungen könnte von meiner Patentante stammen, das sagt sie auch immer. Aber warte nur ab, bis du mich richtig kennenlernst, dann wirst du vielleicht merken, dass ich viel mehr bin als nur nett. Ich kann nämlich unwiderstehlich sein.«

Sonja gab ihm nur einen amüsanten Blick zurück, stand auf und sah sich um. »Was ist das dort hinten, auf dem Hügel?«, fragte sie Patrick.

Er erhob sich und blickte in die Richtung, in die sie zeigte. »Sieht aus wie eine alte Ruine«, meinte er.

»Das ist eine Klosterruine«, erklärte Wilhelm. »Davon gibt's unzählige in Irland.«

»Wollen wir sie besichtigen?«, schlug Sonja mit leuchtenden Augen vor. »Von dem Hügel hat man bestimmt einen herrlichen Blick. Die Schafe werden uns wohl nichts tun, oder?«

Nein, die Schafe kümmerten sich nicht um die drei, als sie über das kurze grüne Gras den Hügel hochstiegen.

»Lustig sehen die aus«, stellte Sonja fest, »weißer Körper und schwarze Gesichter. Diese Art habe ich in Deutschland noch nie gesehen.«

»Das sind schottische Blackface sheep«, erklärte Wilhelm. »In Deutschland gibt's auch welche, allerdings nur wenige bei Züchtern, die diese Rasse besonders mögen. Auf den Britischen Inseln machen sie den größten Teil aller reinrassigen Schafe aus.«

»Drollig.« Sonja betrachtete die Tiere begeistert.

»Drollig?« Wilhelm schmunzelte. »So ’n ausgewachsener Bock kann hundert Kilo auf die Waage bringen. Findest du das immer noch drollig?«

Sie hatten die Ruine erreicht, nur noch ein paar alte graue Steinmauern waren zu besichtigen. Auf der Wiese dahinter standen alte Grabsteine, Kreuze mit einem Ring, einige waren schief, eines lag umgekippt im Gras.

»Ein ehemaliger Friedhof«, stellte Patrick fest, »mit den typischen Keltenkreuzen. Mitten auf einer Schafsweide.«

Er strich mit der Hand über eines dieser Kreuze. »Weißt du, was es bedeutet?« Sie schüttelte den Kopf. »Das hat etwas mit dem heiligen Patrick zu tun. Er hat den Iren das Christentum gebracht, aber ihnen den keltischen Glauben trotzdem gelassen. Das Keltenkreuz verbindet das Kreuz des christlichen Glaubens mit der keltischen Sonnenscheibe.«

»Mir scheint, dieser Patrick war wirklich ein besonderer Mensch«, sagte Sonja.

»Das sind die Patricks alle«, erwiderte er.

Darauf bekam er einen Puff in die Rippen und revanchierte sich damit, ihr die Hände festzuhalten und sie an sich zu ziehen.

Wilhelm, der schon weitergegangen war, rief herüber: »Ihr seid wie zwei Kinder. Müsst ihr euch dauernd kabbeln?«

»Kabbeln wir uns?«, wollte Patrick von Sonja wissen und hielt sie in den Armen.

»Ja, aber schön«, antwortete Sonja und lehnte sich an ihn. Mit Steffen war es am Anfang auch so gewesen. Sie hatten spielerisch um den besten Platz auf dem Sofa gekämpft und im Winter spontan eine Schneeballschlacht angezettelt. Es war eine unbeschwerte Zeit gewesen. Jetzt fühlte sich Sonja wieder so sorglos. Und sie genoss es.

»Schau mal, was Wilhelm dort entdeckt hat«, sagte Patrick nach einer Weile und zeigte auf eine Ecke im Gemäuer, in der kreisförmig ein Haufen loser Steine lag.

Wilhelm stand davor und murmelte etwas vor sich hin. Dann bückte er sich und hob eine Vogelfeder auf, die in der Erde gesteckt hatte. »Eine Elfenburg«, sagte er, als beide näher kamen. »Lasst uns weitergehen, wir wollen sie nicht stören, denn Elfen können sehr nachtragend sein. Sie werden zornig, wenn man ihnen zu nahe kommt oder ihren Bau zerstört, und bringen dann Unglück über einen. Ich kannte einen Bauern, der hatte eine Elfenburg mitten in seinen Feldern. Er hat immer sorgfältig drum herum gepflügt, wollte die magische Wohnstätte der Naturgeister nicht stören. Und das hat ihm Glück gebracht, das Vieh ist gediehen und die Ernte reichlich ausgefallen.«

Er drehte sich um, und Patrick und Sonja folgten ihm. »Wer weiß, vielleicht tanzen die Elfen heute Nacht hier in ihrer Burg. Wir werden dann schon in meiner kleinen Burg sein.«

»In Irland gibt es noch viele Menschen, die an Elfen und andere Naturgeister glauben«, sagte Patrick, wieder ernst, während sie zurückgingen. »Da ist unser Wilhelm nur einer von vielen, und es gibt unzählige magische Orte. Das sind oft versteckte Quellen oder solche kreisförmigen Steinhaufen, meist dicht überwachsen. Die heiligen Orte stammen zum Teil noch von den Einwohnern, die vor den Kelten da waren. Die Kelten kamen von der Donau, und da sie bereits Waffen aus Eisen besaßen, konnten sie die Ureinwohner leicht vertreiben, an den Rand der Insel, oder in Höhlen und unwegsames Gelände. In ihren Legenden und Geschichten kamen diese Urvölker dann nur noch als Kobolde, Zwerge oder Elfen vor, ausgestattet mit magischen Kräften. Und«, er machte eine nachdenkliche Pause, »viele Iren kennen heute noch den einen oder anderen magischen Ort und pilgern dann dorthin, wenn sie Hilfe oder Antworten auf Fragen brauchen. Oft hängen da dann Rosenkränze, Blumen oder besonders schöne Muscheln oder Steine, die sie mitgebracht haben.«

»Du weißt schon so viel über dieses Land«, stellte Sonja bewundernd fest. »Hast du das alles nachgelesen?«

»Seit ich Wilhelm getroffen habe, wollte ich unbedingt diese Insel kennenlernen. Und jetzt, wo ich diese Chance habe, wünschte ich, ich könnte jedes Jahr einige Wochen hier verbringen.«

»Sehr bescheiden«, neckte Sonja ihn.

Er ging nicht auf ihren ironischen Ton ein. »Es gibt so vieles, was mich fasziniert. Ich möchte am liebsten alles auf einmal entdecken. Aber nun freue ich mich erst mal auf das Cottage und die Küste.« Nach einer kurzen Pause sah er sie von der Seite an. »Und du? Noch nicht bereut, dass du mitgefahren bist?«

»Nein, ich staune selbst, aber ich bin froh, dass ihr mich überredet habt. Und weißt du«, sie reckte sich und holte tief Luft, »alles andere ist so weit weg, die Klinik, die Zweifel. Im Moment komme ich mir vor wie in einer anderen Welt. Es fühlt sich gut an.«

Patrick nahm ihre Hand in seine und drückte sie. »Mir geht's ähnlich«, gab er zu. »Und vielleicht werden wir hier beide ein wenig zur Ruhe kommen und dann auf einmal wissen, wie es weitergehen soll.«

Sonja nickte nur. Ja, das wünschte sie sich auch. Sie überlegte, ob sie Patrick jetzt fragen sollte, welche Probleme er mit sich herumtrug, denn sie war inzwischen sicher, dass ihn etwas sehr bedrückte. Aber sie schwieg dann doch. Jetzt war nicht der richtige Moment, und sie hatten noch viel Zeit vor sich.

18

Als sie wenig später wieder im Wagen saßen, fielen Wilhelm erneut die Augen zu. Eine gute Gelegenheit, nun doch etwas über Patrick zu erfahren, dachte Sonja.

»Es war schön, dass Wilhelm gestern Abend und vorhin so viel von sich erzählt hat«, sagte sie leise. Patrick nickte zustimmend. »Und nun bist du dran. Was hast du bisher gemacht, und wohin gehst du, wenn der Herbst kommt?«

Er zögerte für den Bruchteil einer Sekunde, als würde er überlegen, ob er sich ihr offenbaren sollte. »Von mir gibt's nichts, was man erzählen könnte«, antwortete er dann leichthin. Bevor sie nachhaken konnte, sagte er: »Von den paar Keksen bin ich wirklich nicht satt geworden. Haben wir noch etwas zu essen an Bord?«

Sonja sah ihn von der Seite her an, er hatte wieder seine verschlossene Miene aufgesetzt. Warum wohl? Offensichtlich gab es einiges, über das er nicht sprechen wollte. Sie würde ihn nicht dazu drängen. Irgendwann einmal kam vielleicht die Zeit, und er würde ihr von allein über sich erzählen. »Wir haben noch Äpfel, möchtest du? Ich schäle dir einen.«

Er wandte kurz den Kopf zu ihr und lächelte. »Wunderbar, Frau Doktor.«

Sie holte aus der Proviantasche ein Messer und einen Apfel und begann, ihn spiralförmig zu schälen. Dann teilte sie ihn in Viertel, schnitt das Kerngehäuse heraus und steckte Patrick ein Stück nach dem anderen vorsichtig in den Mund, was er sichtlich genoss. »Wie wär's mit ein wenig Musik? Vielleicht findest du etwas Irisches im Radio, so zur Einstimmung«, schlug er kauend vor.

»Wird sofort erledigt«, antwortete Sonja. Sie tippte mehrmals auf eine Taste, die für die Wahl des Senders zuständig war. Nach einer Weile ertönte eine Geige, dazu mehrere Flöten und ein Akkordeon. Es hörte sich sehr schön an, beinahe ein wenig mystisch. Als eine hohe weibliche Stimme einsetzte, glaubte Sonja fast, eine Elfe singen zu hören. Sie ließ sich zufrieden in ihren Sitz sinken und die Landschaft an sich vorbeiziehen. Nach einer ganzen Weile sagte sie: »Ich fühle mich bei dir im Auto richtig wohl, du fährst nicht zu schnell und sehr besonnen, genau wie Steffen.«

Erschrocken hielt sie die Hand vor den Mund. Steffen, wie kam sie jetzt gerade darauf, Steffen zu erwähnen?

»Du hast ihn offenbar doch noch nicht so ganz aus deinem Herzen verbannt.« Patrick sah sie forschend an.

»Doch«, erwiderte sie, »es ist vorbei, endgültig. Keine Ahnung, warum ich das gesagt habe. Jedenfalls will ich ihn nicht mehr wiedersehen.«

»Bist du sicher, dass du es dir nicht doch noch einmal anders überlegen wirst?«

»Ja, ganz sicher«, gab sie zurück. Sie ärgerte sich. Über sich selbst, weil sie von Steffen angefangen hatte, und über Patrick, der nichts von sich preisgeben, aber möglichst viel von ihr wissen wollte.

»Dann bist du also wieder zu haben?«, fragte er und schaute sie dabei vielsagend von der Seite an.

»Das kommt ganz drauf an.«

»Worauf?«

»Lieber Patrick, schau auf die Straße, und sei nicht so neugierig.« Ich weiß es doch selbst nicht, dachte sie. Und wenn sie ehrlich zu sich selbst war, war sie überhaupt nicht sicher, ob sie Steffen wiedersehen oder so schnell wie möglich vergessen wollte. Die Rauferei mit Patrick hatte sich gut angefühlt. Auch der Moment, als er sie länger im Arm gehalten hatte. Sie empfand mehr für ihn, als sie nach so kurzer Zeit gedacht hätte. Einordnen konnte sie diese Gefühle jedoch noch nicht.

Ein Weile fuhren sie noch durch flaches grünes Land. Schließlich verließen sie das County Galway und kamen ins County Mayo. Die Straße wurde schmaler, und eine ganz neue Landschaft eröffnete sich ihnen. Links und rechts von der Straße lagen zwei großen Seen. Dahinter waren hohe Berge mit runden Kuppen zu erkennen, die in der Abendsonne grün oder gelbbraun leuchteten. Sonja war froh, nicht am Steuer sitzen zu müssen, sondern sich alles in Ruhe anschauen zu können.

»Der Lough Mask«, erklärte Wilhelm von hinten mit feierlicher Stimme, »und der Lough Corrib.«

»Du bist ja wach?« Patrick blickte in den Rückspiegel.

»Die ganze Zeit«, behauptete Wilhelm empört. »Als ob ich schlafen würde, wenn wir durch dieses gesegnete Land fahren. Ihr Ahnungslosen würdet doch alles verpassen.«

»Da hast du recht.« Sonja war unbewusst zum Du übergegangen. »Erzähl uns etwas über die Seen.«

»Der Mask ist voller Forellen, und der Corrib ist der größte See Irlands. Ach, da gibt es Hechte, soo groß.« Er zeigte mit seinen Armen eine Größe an, die Sonja ein Lachen entlockte.

»Die fließen beide ineinander und dann in der Bucht von Galway in den Atlantik«, erklärte er.

»So viele kleine Inseln sind da in dem See«, rief Sonja entzückt. »Und auf einer, schau mal, Patrick, eine Ruine! Eine Insel, gerade mal so groß wie Annes Garten, aber mit einer eigenen Ruine drauf.« Sie schüttelte erstaunt den Kopf. »So etwas sollte man haben.«

»Und was würdest du da machen?«, wollte Patrick wissen.

»Keine Ahnung.«, Sie zuckte mit den Schultern. »Vielleicht würde ich mich zurückziehen und nachdenken. Und niemand könnte mich dort stören.«

»Solche Träume hat man immer«, murmelte Patrick, »dass man wegläuft und dann Lösungen findet. Aber es sind nun mal Träume.«

Sie sah ihn irritiert an. Was hatte er damit gemeint? Sie fragte nicht nach, und er behielt es wieder einmal für sich.

Die Straße führte nun durch eine hügelige Landschaft, und die Berge wurden höher. Immer wieder tauchten vereinzelt Gehöfte in den weiten Tälern zwischen den Bergen auf, mit weißgekalkten Hauswänden und grauen Schieferdächern. Und überall an den grünen Hängen weideten Schafe. Ihr Fell leuchtete hell in der Abendsonne. Auf den kargen Höhen wuchs gelbliches Gras oder niedriges braunes Heidegestrüpp.

»Es gibt in Irland mehr Schafe als Menschen«, sagte Patrick. »Ich glaube, es sind acht Millionen.«

»Ich brauche hier gar keinen Reiseführer«, stellte Sonja fest. »Du und Wilhelm, ihr beide seid besser als jede Beschreibung, die ich in einem einschlägigen Buch nachlesen könnte.«

Er nickte. »Nachdem mir Wilhelm immer wieder von Irland erzählt hat, habe ich abends oft Landkarten studiert und Berichte gelesen. Stimmt's, mein Freund, du hast mich angesteckt mit deiner Begeisterung.« Wieder sah er in den Rückspiegel. Die Blicke der Männer trafen sich, beide nickten zufrieden und lächelten.

Wilhelm tippte Sonja von hinten auf die Schulter. »Connemara«, sagte er, »wir sind bald da.«

Und in dem Wort Connemara klang bei ihm seine ganze Liebe für dieses Land mit.

Sie fuhren schweigend weiter, jeder in seine Gedanken vertieft und die einzigartige Landschaft bewundernd. Nach einer halben Stunde führte die Straße aus dem Tal heraus auf einen der Hügel. Dann auf einmal, nach einer Kuppe, weit unten und bis zum Horizont, endlos, gewaltig und blau wie der Abendhimmel lag es da, das Meer, der Atlantik mit seinen Wellen, die sich an den Klippen brachen und die Insel umtosten. Es war ein Anblick, der einem unwillkürlich Ehrfurcht einflößte.

Patrick fuhr ganz langsam, Wilhelm hatte tief Atem geholt, und Sonja flüsterte: »Mein Gott, ist das schön!«

Erst nach einer Weile bat Patrick: »Du musst mir nun den Weg zeigen, Wilhelm, diese Straße sieht aus, als würde sie direkt ins Meer führen.«

Wilhelm lächelte. »Tullycross kommt gleich. Das ist ein kleines Dorf. Von da ist es noch ungefähr ein Kilometer bis zu einem Parkplatz an der Straße. Und von dort geht ein

Fußweg zu meinem Cottage, es ist ganz einfach.« Während sie die Straße an den Klippen entlang weiterfuhren, versank die Sonne langsam am Horizont. Aber noch war es hell, jetzt im Mai kam hier die Dunkelheit erst kurz vor Mitternacht.

Der Parkplatz erwies sich als kleine Rasenfläche, die gerade mal einem Auto Platz bot. Dahinter fiel die Küste schräg nach unten ab bis zum Meer. Patrick parkte das Auto, stieg aus und reckte sich. Sonja war schneller gewesen und lief schon auf die Stelle zu, wo ein schmaler Fußweg nach unten führte.

»Wo ist hier ein Cottage?«, rief sie Wilhelm zu. »Ich sehe keins.«

»Immer mit der Ruhe«, antwortete er. »Wir müssen noch ein Stück hier runter, aber es ist nicht sehr steil. Für meine alten Knie zum Glück noch gut zu machen.« Er holte seinen Seesack aus dem Wagen und hängte ihn sich über die Schulter. Auch Patrick nahm seinen Rucksack und half Sonja, ihren Koffer auszuladen. Dann schloss er den Wagen ab, und sie gingen los.

»Wenn du mit deinem Trolli hier auf dem schmalen Weg nicht klarkommst, tauschen wir«, schlug er vor. »Ich nehme ihn dann, und du bekommst meinen Rucksack.«

Sie sah ihn dankbar an. »Das ist wohl nicht das geeignete Gepäckstück für diese Gegend«, erwiderte sie seufzend.

Wilhelm ging voran. Immer wieder blieb er stehen, blickte auf das Meer hinaus und dann wieder zu den beiden. Über sein Gesicht lief ein Strahlen.

Der Weg war gesäumt von Büschen und großen Steinen und so schmal, dass man nur hintereinandergehen konnte.

Unten hörte man die Wellen an die Felsen branden, und über ihnen segelten einige Möwen und stießen hohe Schreie aus. Auf einmal, nach einer Biegung hinter einem mächtigen Felsen, sahen sie das Cottage. Es war ein kleines Haus mit weißen Wänden und einem grauen Reetdach, das auf einer ebenen, von einem Holzzaun eingefassten Grasfläche stand. Hinter dem Haus ragte eine zerklüftete Felswand steil empor. Darin waren kleine Höhlen und Spalten zu erkennen, in denen niedriges Gebüsch und dicke Grasbüschel wuchsen. Auf der Westseite waren im Reetdach zwei Gauben mit blanken Fenstern zu sehen, die jetzt die letzten Sonnenstrahlen einfingen.

Das Cottage war keineswegs halb zerfallen, wie Sonja befürchtet hatte, die Wände sahen frisch gestrichen aus, die Rahmen der Sprossenfenster und die Haustür leuchteten grün, und das Schilf auf dem Dach war unversehrt. Die Wiese hatte jemand frisch gemäht, die Heckenrosen am Zaun angebunden.

Wilhelm ging bedächtig zur Haustür, holte unter einem Stein einen Schlüssel hervor und schloss auf. Dann drehte er sich um. »Willkommen im Cottage«, sagte er feierlich. Seine Lippen zitterten leicht, seine Augen waren feucht.

Sonja trat nach ihm ein und schaute sich gespannt um. Hinter der Haustür befand sich ein kleiner Flur mit einem Regal, in dem Filzpantoffeln lagen. Auf der linken Seite führte eine enge Holztreppe nach oben. Eine Tür stand offen, und Sonja bekam mit, dass dort das Wohnzimmer war. Sie blieb entzückt im Eingang stehen. Der Raum war von den Strahlen der untergehenden Sonne in ein goldenes Licht getaucht, das Holz an der Decke und den Wänden leuchtete warm. Über dem Sofa und zwei Sesseln lagen hellgrüne Decken und auf dem Boden ein bunter Teppich. Auf dem Tisch stand eine Vase mit rosafarben blühenden Heckenrosenzweigen. Es roch nach Bohnerwachs.

Wilhelm hatte inzwischen den Seesack abgestellt, seine Schuhe ausgezogen und war in ein Paar Filzpantoffeln geschlüpft. Er verteilte Pantoffeln an die beiden. Sonja musste lächeln und zog die bequemen Hausschuhe an.

Wilhelm strich liebevoll über die Kommode neben der Tür. Dann ging er zu den beiden breiten Fenstern mit Blick aufs Meer und öffnete sie weit. Eine Brise kühle Luft wehte herein, und er atmete tief ein.

Patrick und Sonja traten zu ihm. »Es ist wunderschön«, sagte Sonja. »Hier könnte ich wochenlang bleiben, ohne dass mir etwas fehlen würde.«

»Ja«, stimmte Patrick zu, »es ist noch schöner, als ich es mir vorgestellt hatte.«

Nach einer Weile drehte sich Wilhelm zu den beiden um. »Kommt mit, hier ist die Küche«, erklärte er stolz. Eine Tür führte vom Wohnzimmer in einen kleinen, aber gemütlichen Raum mit einer Kochecke und einem runden Tisch, um den vier Stühle standen. In den Regalen stapelten sich Tassen, Teller und Schüsseln, und über dem Herd hingen Kochtöpfe der Größe nach geordnet.

»Strom gibt es auch«, stellte Patrick fröhlich fest.

»Hab ich selbst gelegt«, antwortete Wilhelm. »Und der Boiler über der Spüle heizt auch das Wasser für die beiden Schlafzimmer oben. Man muss allerdings ein bisschen sparsam sein. Er kann es nicht so schnell wieder aufheizen, wenn es verbraucht ist.«

»Und woher kommt das Wasser?«, wollte Patrick wissen.

»Aus einer eigenen kleinen Quelle. Auch die Leitungen habe ich selbst verlegt.«

Sonja entdeckte eine schmale Tür. »Und wohin geht's da?«

»Das ist unsere kleine Schatzkiste.« Er zeigte ihnen einen kleinen Anbau hinter der Küche, in dem eine Wanne auf vier Füßen thronte. An einer Wand stand ein Badeofen, den man mit Torf befeuern konnte.

»Auf so ein Bad freue ich mich jetzt schon«, sagte Sonja begeistert.

»Du musst den Ofen eine Stunde vorher anheizen«, erklärte Wilhelm, und seine kleinen Augen lachten. Als sie unten alles gesehen hatten, stiegen sie hinter ihm die Treppe hoch. Oben unter dem Dach befanden sich die beiden Schlafzimmer. Sonja warf sich sofort auf das breite gemütliche Bett im Zimmer, dessen Fenster nach Süden zeigte. »Ich kann vom Bett aus den Himmel und das Meer sehen«, rief sie. Sie war aufgeregt und freute sich wie ein kleines Kind. »Am liebsten würde ich sofort schlafen gehen, nur um den Himmel ansehen zu können. Und ich freue mich schon auf morgen, wenn ich aufwache.« Sie lachte.

Patrick und Wilhelm waren inzwischen in das zweite Zimmer gegangen, dessen Giebelfenster ebenfalls zum Meer hinausging. Sonja kam hinter ihnen her. Der Holzboden schien gerade erst gebohnert worden zu sein. Alles strahlte eine Frische und Sauberkeit aus.

»War es schon immer so ordentlich hier?«, wollte sie von Wilhelm wissen.

Er nickte.

»Und wer von euch beiden hat dafür gesorgt, du oder deine Maire?«, hakte sie nach.

Er lachte. »Maire hatte das Kommando im Haus, genau wie auf ihrem Schiff. Sie konnte sehr böse werden, wenn ich mit schmutzigen Schuhen hereinkam oder einfach meine Jacke irgendwohin warf.« Er seufzte. »Aber wenn man wie ich jahrelang auf kleinstem Raum auf verschiedenen Schiffen gelebt hat, gewöhnt man sich Ordnung sowieso ganz automatisch an. Da muss alles immer genau an seinem Platz sein, anders geht das nicht. Maire hatte also nicht allzu oft Grund, mit mir zu schimpfen.« Wieder hatte er dieses verschmitzte Funkeln in den Augen. »Wenn ich nicht da bin, kommt eine Frau aus dem Dorf regelmäßig her, fegt aus und lüftet. Sie hat alles so schön für uns vorbereitet. Sie ist eine Cousine von Maire.«

»Das gefällt dir, stimmt's?« Patrick zwinkerte Sonja zu.

»Na klar«, erwiderte sie. »Ich habe eben gern klar Schiff, wie man so sagt.«

Nachdem sie sich ein wenig in ihren Zimmern eingerichtet hatten, trafen sich alle drei in der Küche. Wilhelm brühte eine Kanne Tee auf. Sie aßen die belegten Brote, die Maires Cousine ebenfalls für sie vorbereitet hatte, und stiegen dann wieder nach oben.

Als Sonja müde und glücklich in ihrem Bett lag, konnte sie den Sternenhimmel vor dem Fenster sehen und das Meer unten rauschen hören. Am liebsten wäre sie die ganze Nacht wach geblieben, hätte das Funkeln der Sterne beobachtet und dem Meer zugehört. Doch ehe sie es sich versah, war sie eingeschlafen.

19

Am nächsten Morgen erwachte Sonja von den Schreien der Möwen und vom Klappern der Fensterläden. Es war schon hell, aber ziemlich kühl im Zimmer, und sie wollte die wohlige Wärme des Bettes noch nicht gleich verlassen. Doch schließlich siegte ihre Neugier, sie stand auf und ging zum Fenster. Das Haus lag noch im Schatten der hohen Felswand, aber weit draußen auf dem Meer glitzerten die ersten Sonnenstrahlen, und der Himmel wurde immer heller. Einige Wolken zogen schnell vorüber, und ein Windstoß fegte um die Ecke.

Den flachen Strand konnte man von ihrem Fenster aus nicht sehen, trotzdem konnte Sonja feststellen, dass Ebbe war. Das Wasser hatte sich zurückgezogen, und die große Fläche davor lag feucht und voller Steine da. In einigen größeren Wasserlachen spiegelte sich der Himmel, Wattvögel liefen hin und her und holten sich aus dem Schlick ihre Leckerbissen.

Sonja schloss das Fenster wieder und kroch ins Bett zurück. Ein Blick auf die Uhr zeigte ihr, dass es erst halb sechs war, also noch viel Zeit, bevor man ans Aufstehen denken musste.

Nebenan war noch alles still.

Sie schlummerte noch einmal ein, bis sie davon geweckt

wurde, dass Wilhelm mit schweren Schritten die Treppe hinunterging, dann klapperte es in der Küche, und kurz darauf duftete es nach Kaffee.

Sie stand auf, wusch sich am Becken, putzte sich die Zähne und zog den warmen blauen Pulli an. Dann überlegte sie, was sie mit ihren Haaren machen sollte. Bei diesem Wind war es wohl am besten, sie fest am Hinterkopf zu flechten und dann zu einem Knoten zusammenzustecken. Sie machte ihr Bett, sah sich um und war zufrieden. Das Zimmer sah bewohnt aus und gemütlich.

Als sie in den Flur trat, kam Patrick gerade aus seinem Zimmer, reckte sich und gähnte.

Er trug nur eine Pyjamahose, und sah mit seinem muskulösen, gebräunten Oberkörper umwerfend gut aus, außerdem roch er unwiderstehlich nach Seife und Rasierwasser.

»Guten Morgen, Elfenkönigin«, begrüßte er sie. »Hast du gut geschlafen?« Er zog sie an sich und küsste sie auf die Wange. Sie spürte seine Haut, die noch warm war, und seine Muskeln. In ihrem Bauch begann es zu kribbeln. Es fühlte sich gut an, doch sie wusste nicht, wie sie mit dieser intimen Situation umgehen sollte.

Sonja wurde ein wenig rot, aber er lachte nur und strich ihr übers Haar.

»Der heilige Patrick ist bestimmt nie so freizügig herumgelaufen, wenn Damen in der Nähe waren«, revanchierte sie sich.

»Wer weiß«, entgegnete er. »Stört es dich?«

»Nein, eigentlich nicht«, gab sie zurück und lief die Treppe hinunter.

Unten in der Küche bereitete Wilhelm das Frühstück vor.

»Brötchen sollten wir haben, und irische Butter und irische Milch«, brummelte er und sah Sonja herausfordernd an.

»Soll ich ins Dorf gehen und was holen?«, bot sie an.

Er zwinkerte, und Lachfältchen entstanden in den Augenwinkeln.

»Das wäre schön, deine Beine sind noch jünger als meine und laufen den Weg schneller hoch. Gleich das erste Haus ist eine Bäckerei, da kriegst du alles. Eier, Schinken, und eine Flasche Tullamore Dew Whiskey, mild, malzig, zitronig, der schmeckt auch den Damen gut.«

»Das muss ich mir aufschreiben«, erklärte sie. »Wie heißt dieser Whiskey noch mal?«

»Du musst nur sagen für Wilhelm, dann wissen die Bescheid. Im Übrigen weiß man im ganzen Dorf schon, dass ich wieder hier bin.«

Er nahm eine feste Segeltuchtasche vom Haken neben der Tür und reichte sie Sonja.

»Gut, wird alles besorgt«, antwortete sie. Sie zog im Flur ihre festen Schuhe an und streifte sich den Anorak über. Als sie vor die Tür trat, blies ihr ein kräftiger Wind entgegen. Sie stieg ein paar Meter den schmalen Fußweg hoch und drehte sich dann um. Das Meer war inzwischen wieder auf dem Vormarsch. Die Wellen trugen dicke Schaumkronen, man hörte sie rauschen und gegen die Felsen branden.

Oben auf der Höhe war der Wind noch stärker, aber Sonja genoss es, so durchgepustet zu werden.

Fünfzehn Minuten später stand sie im Laden und kaufte das ihr Aufgetragene ein. Zwei ältere Frauen fragten sie sofort nach Wilhelm aus, ob es ihm gutgehe und wie lange er bleiben würde.

Kurz darauf betrat eine jüngere Frau den Laden. Sie strahlte, als sie Sonja sah.

»Aha, Wilhelms Begleitung«, meinte sie. »Ich bin die Tochter von Ryan. Wilhelm hat bestimmt von uns erzählt. Meine Mutter wohnt hier im Dorf, sie schaut immer nach dem Cottage, wenn Wilhelm nicht da ist. Und ich habe schon öfter, wenn meine Kinder Ferien haben, im Cottage wohnen dürfen. Das sind für sie immer die schönsten Urlaube. Wir selbst wohnen nämlich nicht am Meer. Und nun sind wir natürlich neugierig, wen Wilhelm mitgebracht hat. Er hat meiner Mutter am Telefon nur erzählt, dass er mit einem Bekannten aus Amrum und einer jungen Frau kommt.« Die junge Frau hatte geredet wie der sprichwörtliche Wasserfall. Natürlich sprach sie Englisch. Und Sonja musste sich konzentrieren, um jede Einzelheit mitzubekommen. Sie war sehr froh, dass sie ihre Englischkenntnisse nach der Schule immer wieder aufpoliert hatte. So konnte sie auch mühelos antworten.

»Ach, dann hat Ihre Mutter alles so schön hergerichtet und die Blumen hingestellt«, sagte Sonja erfreut. »Das war eine richtige Überraschung. Richten Sie ihr ganz viele Grüße aus. Und wir, also Patrick und ich, würden sie gern kennenlernen.«

»Dieser alte Seemann«, sagte sie, während sie ihre Einkäufe einpackte, »er ist uns allen ans Herz gewachsen, auch wenn er immer seine kuriosen Geschichten von den Elfen erzählt. Aber wer weiß, vielleicht gibt es sie doch.« Sie lachte, und als sie den Laden verließ, winkte sie Sonja fröhlich zu. Auch Sonja hatte inzwischen alles, was sie mitbringen sollte, in ihrem Beutel verstaut. Sie verabschiedete sich von der Ladenbesitzerin und spazierte gemütlich zurück.

Beim Abstieg zum Cottage blieb Sonja immer wieder stehen. Der Ausblick war einmalig, die steilen Klippen rechts und links, das aufgewühlte Meer. Und darüber ein Himmel, über den dicke Wolken zogen, und Möwen, die sich vom Wind tragen ließen.

In der Felswand hinter dem Haus beobachtete sie einige Papageientaucher, die vor ihren Höhlen saßen oder auf Grasbüscheln hoch im steilen Fels herumstiegen. Sie sahen lustig aus mit den breiten roten Schnäbeln und den roten Beinen, ein wenig plump wie tölpelhafte Clowns mit Flügeln. Sie kannte diese Vögel nur von Fotos. Nun saßen sie nicht weit von ihr in der freien Natur, und sie konnte sie einfach so beobachten.

Sonja betrat den kleinen Flur, zog ihre Schuhe aus und schlüpfte in die Filzpantoffeln. Als sie Patricks Schuhe in der Ecke liegen sah, bückte sie sich und stellte sie nebeneinander an ihren Platz. Zögernd blieb sie stehen. Warum hatte sie das gemacht? Warum ließ sie Patricks Schuhe nicht einfach liegen? Es störte niemanden. Patrick war nun einmal ein anderer Mensch als sie, mit anderen Vorlieben und Gewohnheiten. Warum sollte er unbedingt genau so sein wie sie? Es war doch viel interessanter, wenn Menschen verschieden waren. So wie Wilhelm, ihm durfte man die Elfengeschichten nicht ausreden, er war glücklich damit.

Sonja schüttelte über sich selbst den Kopf, dann holte sie die Schuhe wieder aus dem Regal und legte sie in die Ecke zurück. Vielleicht sollte ich ein wenig öfter über meinen Schatten springen, leben und leben lassen, Wilhelms Devise, dachte sie. Von ihm konnte sie das lernen. Und auch von Patrick. Warum sollten andere immer genau dasselbe wollen wie sie?

Sie reckte sich und ging nachdenklich Richtung Küche. Dort saßen bereits die beiden Männer und tranken Kaffee.

Sonja stellte ihre Einkäufe aufs Büfett und räumte sie nacheinander aus.

Während Patrick Eier mit Schinken briet, sagte er: «Ich gehe nachher zum Strand runter. Kommst du mit? Es gibt da eine kleine, flache Bucht mit Sand, stimmt's, Wilhelm?«

Wilhelm nickte. »Wenn die Flut kommt, kann man da baden, aber jetzt ist es noch zu kalt. Außerdem sieht's nach Regen aus. Dieser kräftige Wind bringt dunkle Wolken.«

»Wir werden schon rechtzeitig wieder zurück sein«, erwiderte Patrick. »Was gibt's zum Mittagessen?«

Wilhelm lachte. »Ich will mal nachsehen, was noch in der Küche an Vorräten da ist. Die Tochter von Ryan war erst vor vier Wochen hier, die lassen immer einiges an Lebensmitteln zurück. Also könnt ihr nachher gleich los, ohne noch mal einkaufen zu gehen.«

»Die junge Frau habe ich heute Morgen schon kennengelernt«, erklärte Sonja. »Ryan will in den nächsten Tagen mal am Nachmittag zum Kaffee kommen.«

»In Ordnung, ich habe sowieso noch einiges mit ihr zu besprechen«, bemerkte Wilhelm.

20

Wenig später machten sich Sonja und Patrick auf den Weg nach unten. Der Pfad war genau so schmal wie der zur Straße nach oben, aber nicht ganz so steil. Er wand sich durch Heidekraut und niederes Gestrüpp, zwischen großen Steinbrocken hindurch, und endete unten tatsächlich in einer flachen Bucht mit breitem Sandstrand. Patrick stieß einen fröhlichen Schrei aus, drehte sich mit ausgebreiteten Armen einmal um sich selbst, zog Schuhe und Strümpfe aus und lief Richtung Meer. Die Flut war noch nicht ganz bis zum Ufer gekommen, aber einige flache Tümpel waren voller Wasser. Links wurde die Bucht von steilen, senkrecht abfallenden Felsen begrenzt, die ganz oben direkt in das flache sanfte Grün der Wiesen übergingen. Sonja war wieder fasziniert von diesen Gegensätzen, der schroffen Küste und des friedlichen Landes.

Patrick saß bereits auf einem großen Felsblock und ließ die Füße ins Wasser baumeln. »Komm«, rief er, »setz dich zu mir.«

Der Stein war schmal, und Sonja musste nah an ihn heranrücken. Sie spürte seinen warmen, festen Körper und musste sofort wieder an die Begegnung heute Morgen auf dem Flur denken, als sie seinen nackten Oberkörper gespürt hatte. Dieses Mal war es etwas anderes. Sie war nicht unsicher, sondern empfand seine Nähe als vertraut und richtig.

Der Wind blies ihnen Wassertropfen ins Gesicht, weiter hinten rauschte die Brandung.

»Weißt du, wenn man hier dieses Toben von Wind und Wellen erlebt«, sagte Patrick nach einer Weile, »und manchmal hat man ja auch selbst innerlich so ein Toben, dann tut einem das richtig gut, man kann dagegen anschreien, mit Steinen werfen und auf den Boden stampfen. Und auf einmal wird man ruhig und findet seinen Frieden wieder.«

Sonja sah ihn von der Seite an. Sein Gesicht war ernst, seine Augen blickten nachdenklich.

»Ja«, sagte sie nach einer Weile, »das stimmt. Aber im Moment fühle ich mich einfach glücklich. Ich könnte das ganze Meer umarmen und den Wind und die kleinen Inseln dort draußen.«

»Und ich wäre gern ein Albatros, würde durch die Luft segeln und mich nach oben tragen lassen. Von dort sieht alles klein aus wie Spielzeug. Eigentlich müssten die Iren ganz friedliche Leute sein, in diesem schönen Land, aber es gab hier viel Krieg und Gewalt. In Nordirland gibt es immer noch so viel Hass zwischen Katholiken und Protestanten. Obwohl das in Wirklichkeit gar kein Religionskrieg ist.«

»Das hast du schon einmal gesagt«, bemerkte Sonja. »Woher kommt dann diese nicht enden wollende Gewalt?«

Patrick hob eine kleine weiße Muschel auf und drehte sie in der Hand. »Das ist eine lange Geschichte. Willst du sie hören?«

»Jetzt ist genau der richtige Ort und der richtige Zeitpunkt dafür. Ich könnte mir keine bessere Untermalung für deine Geschichte vorstellen, als wenn die Wellen mit solcher Wucht an die Felsen schlagen und der Wind einen beinahe vom Stein weht. Also schieß los.«

»Vor über vierhundert Jahren, genau 1588 …« Sie sah ihn mit großen Augen an. »Das weiß ich so genau, weil ich am 15. 8. geboren bin.« Er grinste breit. Dann fuhr er fort: »Da haben die Engländer in einem Krieg die spanische Armada besiegt, und ein irischer Graf in Nordirland hat den Spaniern Schutz in seinem Hafen gewährt. Darauf haben die Engländer acht Jahre lang gegen diesen Grafen und seine Mannen gekämpft und sie schließlich unterworfen. Sie wurden vom damaligen englischen König enteignet, der aus Schottland stammte und Land suchte für seine Untertanen, weil das Klima sich dort verändert hatte und sie sich nicht mehr vom eigenen Boden ernähren konnten.«

»Also kamen die Schotten nach Nordirland und haben sich da angesiedelt, stimmt's?« Sie schüttelte den Kopf. »Es ist doch immer dasselbe, Menschen auf gutem Land werden vertrieben, wenn andere auf ihrem Hunger leiden, anstatt sich zusammenzutun. Sicher hätte es auch für alle miteinander gereicht.«

Patrick hob eine weitere Muschel auf. Sie war ziemlich groß, eine rein weiße Halbschale, und er begann, sie zu polieren.

»Vielleicht«, sagte er, »aber erkläre das mal den Leuten. Auf jeden Fall waren die Schotten Protestanten und sprachen Englisch, und die Iren waren katholisch und sprachen Irisch-Gälisch. Sie haben sich natürlich mit Überfällen und Brandstiftungen gegen die schottischen Farmer gewährt.

Schließlich mussten die Iren nach Süden weichen oder auswandern. Die Schotten bauten Fabriken und wurden reich, und die restlichen Iren im Norden wurden unterdrückt, waren meist Müllmänner oder Arbeiter. Heute noch leben diese zwei Gruppen vollständig getrennt, mit eigenen Schulen, Kneipen in eigenen Stadtteilen, eigenen Sportstätten, einfach alles ist getrennt. Wilhelm hat mir mal erzählt, dass er an einem zwölften Juli in Belfast war. Da marschieren die protestantischen Oranierorden durch die nordirischen Innenstädte zum Gedenken an den Sieg über die Katholiken. Die meisten Iren reisen an diesem Tag in den Süden oder bleiben in ihren Häusern und stellen die Autos in die Garagen. Und wie beim Fußball reisen Hooligans für beide Gruppen an, aus Schottland und aus der Irischen Republik, und heizen die Stimmung noch an. Nun gut, inzwischen gibt es ernsthafte Friedensbemühungen. Wer weiß, vielleicht werden wir es noch erleben, dass sich Katholiken und Protestanten eines Tages um den Hals fallen.«

»Woher weißt du das alles?«, fragte Sonja.

»Wilhelm kann so viel und interessant erzählen. Und man merkt, wie sehr er die Insel liebt. Vor allem erzählt er einem nicht die alltäglichen Dinge, die in jedem Reiseführer stehen, sondern alles aus seiner Sicht. Na ja, und ein paar Bücher habe ich mir natürlich auch besorgt. An den Abenden auf Amrum hatte ich ja Zeit zum Lesen, und ich habe nicht immer über ...« Er hielt inne und wirkte erschrocken, so als hätte er um ein Haar etwas gesagt, das er dann doch lieber für sich behalten wollte. Schließlich fuhr er fort: »Es hat mich angenehm abgelenkt, das ist manchmal auch wichtig.«

Er blickte Sonja an, seine Augen funkelten. »Und dann

kamst du, Elfenkönigin, und wir hatten die Idee, dich mit auf die Insel zu nehmen. Da hat alles gepasst.«

Er hatte inzwischen die Muschel gereinigt, innen schimmerte sie in allen Farben, außen war sie weiß. Er legte sie Sonja in die Hand. »Ich schenke sie dir, sie soll dich immer an diesen Strand und an das Meer erinnern. Und natürlich an mich.«

Sonja strich über die glatte Innenseite der Muschel, es fühlte sich an wie Seide. Ja, sie würde diese Muschel bewahren, und egal, was sie noch alles mit Patrick und Wilhelm erleben würde, diese Muschel würde ihr immer viel bedeuten.

Patrick sah aufs Meer hinaus und stand plötzlich auf. »Du lieber Himmel, Wilhelm hat recht. Da hinten hängt ein dicker Schleier Regen, und er kommt direkt auf uns zu. Lass uns schnell gehen, bevor uns noch ein ordentlicher Schauer erwischt.« Er zog Sonja hoch und rannte mit ihr zurück zum Weg, der nach oben führte. Sie griffen sich noch schnell ihre Schuhe und Strümpfe, zogen sie aber nicht an. Obwohl sie sich beeilt hatten, war es bereits zu spät. Die ersten dicken Tropfen fielen, und kurz darauf prasselte der Regen auf beide nieder. Glücklicherweise war es nicht sehr kalt.

Das Cottage war schon in Sicht, doch Patrick bleib auf einmal stehen und drehte sich um. Er lachte, nahm Sonja in den Arm und zog sie an sich, dann küsste er sie auf die Stirn, die Wangen und den Mund, lange und zärtlich. Sie wusste nicht, wie ihr geschah. Zunächst war da ein Widerstand in ihr. Das war nicht richtig. Die Beziehung mit Steffen war noch nicht ganz abgeschlossen. Aber andererseits fühlte sie sich sehr zu Patrick hingezogen. Sein Humor war einfach wunderbar, seine verspielte jungenhafte Art. Außerdem hatte er weiche Lippen und küsste ziemlich gut. Was sollte falsch daran sein?

»Ich bin so froh, dass du da bist«, sagte er. »Ich habe schon länger vorgehabt, dich zu küssen, allerdings nicht im Regen. Aber ich muss feststellen, da ist es besonders schön. Ich habe noch nie so eine durchnässte Frau geküsst.«

Sonja musste lachen. Warum sollte sie es nicht einfach genießen? Sie lehnte sich an ihn, legte die Arme um ihn und erwiderte voller Leidenschaft seine Küsse. »Ein durchnässter Mann ist auch nicht zu verachten«, murmelte sie zwischen den Küssen.

Der Regen wurde immer heftiger. Sie sahen einander innig an, fingen dann gleichzeitig an zu lachen und liefen schließlich Arm in Arm weiter. Jetzt waren sie schon so durchweicht, dass es auf mehr auch nicht mehr ankam, also ließen sie sich Zeit. Als sie endlich das Häuschen betraten, waren sie so nass, dass sich augenblicklich kleine Pfützen um sie herum bildeten.

Wilhelm kam ihnen entgegen. »Das habe ich mir doch gleich gedacht«, sagte er. »Kommt mit ins Badezimmer, der Ofen ist schon angeheizt.«

Patrick ließ Sonja den Vortritt und ging gleich nach oben in sein Zimmer. Sonja lief barfuß ins Bad, wo es nach Torffeuer roch und herrlich warm war.

Neben der Badewanne standen zwei Stühle, auf einem lagen ein Stapel Handtücher und ein Bademantel, auf dem anderen Shampoo, ein Fläschchen Rosenöl und eine lilafarbene Lavendelseife. Sie legte die Muschel daneben, die sie von Patrick bekommen hatte, und freute sich über das schöne, idyllische Stillleben. Sonja steckte den Stöpsel in die Wanne und drehte die Wasserhähne auf, dann zog sie sich die nassen Sachen aus und hängte sie über die Leine, die durch das Zimmer gespannt war

Sie gab einige Tropfen Rosenöl ins Wasser, und sofort erfüllte ein wunderbarer blumiger Duft den Raum.

Mit einem wohligen Seufzer ließ sie sich in die Wanne gleiten und lehnte sich zurück.

Draußen tobte inzwischen ein heftiger Wind, und der Regen prasselte gegen das Fenster.

Als sie sich die Haare gewaschen hatte, streckte sie sich noch einmal aus und lehnte den Kopf an den Wannenrand. Sie nahm die weiße Muschel und dachte an Patrick. Was war das zwischen Patrick und ihr? Auf jeden Fall war er ein attraktiver, einfühlsamer Mann und sehr anziehend. Dass auch er sie anziehend fand, stand außer Frage. Was er allerdings für sie empfand, konnte sie nicht einschätzen. Wie auch? Er behielt immer etwas für sich, offenbarte sich ihr nicht über das, was ihn bedrückte. Wenn sie es sich recht überlegte, konnte sie nicht einmal sagen, was sie für ihn empfand.

Sonja ließ langsam die Hände durch das warme Wasser gleiten, so dass sich kleine sanfte Wellen bildeten. Rosenduft stieg ihr in die Nase. Liebe? Ich weiß es nicht, dachte sie, aber es ist wunderschön. Was hatte er am Strand gesagt? Manchmal muss man für den Augenblick leben, und alles, was vorher war und nachher kommen wird, ist unwichtig.

Im Moment lebte sie wirklich für den Augenblick. Sie lag im warmen, duftenden Wasser, in einem bezaubernden kleinen Haus am Meer, nebenan saßen zwei Männer, wie sie unterschiedlicher nicht sein konnten, aber beide waren äußerst liebenswert, und sie genoss ihre Anwesenheit.

Das Wasser wurde kühler. Sonja stieg aus der Wanne, trocknete sich ab und schlüpfte in den Bademantel. Sie säuberte die Wanne und ließ für Patrick frisches Wasser ein. Die Muschel nahm sie mit sich.

Nebenan saßen die beiden Männer, Patrick bereits im Bademantel, in der Küche und tranken Whiskey.

»Du bist dran«, sagte sie und setzte sich neben ihn.

»Du duftest verlockend«, meinte er und schnupperte an ihren Haaren.

Sie lachte. »Geh schon, sonst läuft die Wanne noch über.«

21

Gegen Abend hörte der Regen auf, und der Wind legte sich. Wilhelm kündigte für den nächsten Tag gutes Wetter an.

Sie saßen auf der Bank vor dem Haus. Die Luft duftete frisch und salzig, und alles glänzte vor Nässe. Die Flut ließ tief unten am Fuße der Klippen die Wellen über die Felsen rauschen. Da, wo sie am Mittag noch gesessen hatten, stand nun das Wasser.

Wilhelm hatte seine Pfeife angezündet, um ihn herum roch es nach seinem aromatischen Tabak. »Morgen gibt's was Besonderes zu essen«, verkündete er, »etwas, das ihr bestimmt noch nie gegessen habt.«

»Und was soll das sein?«, fragte Patrick.

»Überraschung«, brummte Wilhelm und zwinkerte ihnen zu.

»Was machen wir morgen?«, wandte Patrick sich an Sonja. »Du wolltest doch mal irische Dolmen, Burren und Ganggräber sehen. Wilhelm, gibt's die hier in der Gegend?«

»Da müsst ihr auf den Elfenberg«, antwortete er.

»Und wo liegt der?« wollte Patrick wissen.

»Dort hat vor langer Zeit das stille Volk gewohnt«, sagte Wilhelm bedächtig. »Oben auf der Höhe ist er flach, und es wächst saftiges grünes Gras. Am Rand liegen einige Steinhügel und Dolmen als Versteck. Niemand hat sie gestört, sie konnten ihre Feste feiern und in den Nächten tanzen. Sie konnten morgens den Tau trinken, der auf dem Gras lag, und Nektar aus den Blumen. Sie spielten mit den Schmetterlingen und machten Musik. Nachts bei Vollmond konnte man von dort oben weit über die Berge bis zum Shannon blicken, der silbern im Mondschein glänzte.«

Er machte eine nachdenkliche Pause, Sonja und Patrick hörten schweigend zu. Wenn er von seinen Elfen erzählte, vergaß er meist alles um sich herum.

»Eines Tages«, fuhr Wilhelm fort, »hat ein Hirte seine Herde Kühe dort hinaufgetrieben, die sich da satt fressen sollten, weil seine Weiden unten nicht genug Futter trugen. Die Elfen hat das sehr erbost, die Tiere traten das Gras nieder, machten Lärm und brüllten. So hat sich die Elfenkönigin entschlossen, sie zu vertreiben. Sie hat sich in den Nächten in alle möglichen Ungeheuer verwandelt, in einen Drachen, in einen bissigen Affen, in einen Ochsen, der Feuer ausspie. Da haben die Kühe Angst bekommen und sind hin- und hergerannt, anstatt zu schlafen. Einige sind verunglückt, haben sich ein Bein gebrochen oder sind in einen Sumpf gestürzt. Der Hirte hat sich gewundert, dass sie immer mehr abgemagert sind, und hat eines Nachts Wache gehalten.« Er machte eine Pause. Nur das Rauschen des Windes und der Wellen und hier und da mal der Schrei eines Seevogels waren zu hören. Sonja und Patrick hingen gebannt an Wilhelms Lippen. »Da hat er das Ungeheuer gesehen, und ihm standen die Haare zu Berge.«

Wilhelm hielt erneut inne und sog an seiner Pfeife. Er schaute übers Meer, wahrscheinlich sah er im Geist die

Elfenkönigin, wie sie sich verwandelte und die Tiere erschreckte. Dann erzählte er weiter: »Der Hirte hat fast seine ganze Herde verloren. Aber dann begegnete ihm ein junger Mann, der von der Geschichte gehört und keine Angst vor den Elfen hatte. Er stieg auf den Berg, und als die Nacht kam, verwandelte sich die Elfenkönigin in ein weißes Kalb mit Flügeln und feurigen Augen. Der Junge aber setzte sich auf ihren Rücken und ließ sich selbst dann nicht abschütteln, wenn das Kalb mit Windeseile durch die Luft fuhr, bockte und sprang. Der Elfenkönigin hat gefallen, dass er so mutig war. Sie hat ihm versprochen, solange er die Herden auf ihrem Berg hüte, würden sie die Kühe nicht mehr stören, aber er müsse auch ihre Wohnungen respektieren. Außerdem solle er in der Nacht nicht auf den Berg kommen, und kein anderer Mensch solle ihn betreten. Von da an gediehen die Herden wieder, der Besitzer wurde reich und der junge Mann auch. Als er gestorben ist, hat niemand mehr sich getraut, seine Herden dort oben weiden zu lassen. Und niemand weiß, ob die Elfen noch auf dem Elfenberg wohnen.«

Eine Weile schwiegen die drei, die Geschichte klang in ihnen nach. Patrick fand als Erster die Sprache wieder. An Sonja gewandt sagte er: »Also auf zum Elfenberg, vielleicht finden wir raus, ob dort noch jemand vom stillen Volk wohnt. Wie kommt man da hin, Wilhelm?«

Wilhelm wiegte den Kopf, er nahm seine Pfeife und klopfte sie auf einem Stein zu seinen Füßen aus. »Früher haben die Menschen es noch gewusst, wo sie wohnen, die Elfen und Feen und Cluricaune, und die Banshi, die nur bei Familien von edlem Stamm lebt und sich nur zeigt, wenn sie den Tod eines Stammesmitglieds ankündigt. Auch über die Phuka, die als schwarzes Pferd erscheint oder als Fledermaus, wusste man vor vielen Jahren noch Bescheid. Sie hat oft Menschen in Abgründe gejagt, bis zum Mond oder ins Meer. Aber sie hat sie auch wieder zurückgebracht. Es gibt noch viele Phukahöhlen, da, wo sie Felsen zum Einsturz gebracht hat. Und dann gab es noch das Land der Jugend, das in einem See unter Wasser liegt. An windstillen Tagen kann man die Häuser und Felder am Grund des Wassers sehen. Die Zeit steht dort still«, sagte er leise. »Und manchmal tanzten die Elfen auf dem Wasser zu ihrer sonderbaren magischen Musik.« Wilhelm stand schwerfällig auf und seufzte tief. »Aber viele vom stillen Volk sind fort, vertrieben, und nur noch wenige Menschen kennen die alten Geschichten und die Orte, wo sie einmal gelebt haben. Doch vielleicht findet irgendwann einmal wieder jemand den Elfenberg.« Damit ging er zurück ins Haus.

Patrick blickte Sonja an und schüttelte den Kopf. »Also keine Fahrt zum Elfenberg«, meinte er bedauernd. »Ich hätte ihn so gern einmal besucht.«

»Du glaubst doch nicht daran, so schön diese Geschichten auch sind, oder?«

»Ich weiß nicht«, antwortete er nachdenklich. »Warum auch nicht? Es gibt viele Dinge auf unserer Erde, die geschehen und die man nicht erklären kann. Außerdem sagte ich dir ja schon, dass diese Geschichten von der Vertreibung der Naturgeister einen historischen Hintergrund haben. Man sagt, dass die Sagen über die Elfen und ihr Verschwinden aus der Zeit stammen, als die alten einheimischen Völker durch neue Ankömmlinge und Eroberer unterdrückt und vertrieben wurden. Man erzählt sich, dass sie lange Zeit in Höhlen versteckt leben mussten, die in unwegsamen

Gebieten lagen. In den Überlieferungen sind sie dann zu Naturgeistern geworden.«

»Dann ist der Ursprung dieser Sagen eigentlich ein trauriger«, meinte Sonja und runzelte die Stirn.

»Ja, ich mag diese Erzählungen trotzdem«, erwiderte Patrick. »Es gibt sie übrigens nicht nur in Irland, sondern auch in Island, Norwegen und Dänemark. Woher sie nun wirklich stammen, weiß wahrscheinlich niemand genau. So wie die Märchen sind sie einfach überliefert worden.«

Sie schwiegen beide eine Weile, dann stand Patrick auf. »Ich glaube, ich werde morgen ein wenig in den Klippen unten herumsteigen und nach Golddublonen suchen. Vielleicht finde ich auch eine Spur vom Cluricaun. Einen ganzen Tag lang am Meer verbringen, ein bisschen auf Schatzsuche gehen und mit Glück etwas Strandgut finden, darauf freue ich mich. Kommst du mit?«

Sonja schüttelte den Kopf. »Nein, ich möchte lieber den Fußweg über den Klippen ein Stück entlanggehen, und mir das Meer von oben anschauen. Ich brauche einen zügigen Marsch an der frischen Luft, und am Abend erzähle ich dir, was ich alles gesehen habe. Und du erzählst mir von deinen Entdeckungen, einverstanden?«

»Na klar«, stimmte Patrick zu. »Mal sehen, wer am meisten erlebt hat!«

22

Wilhelms Wettervorhersage stimmte, denn am nächsten Morgen schien die Sonne, und nur ein paar einzelne Wolken zogen über den blauen Himmel. Sonja war am Abend zuvor früh ins Bett gegangen, noch ehe es richtig dunkel gewesen war. Sie hatte das Fenster weit geöffnet, durch das sie vom Bett aus den Himmel und das Meer sehen konnte, und hatte noch eine Weile wach gelegen, bis die Dämmerung in die Nacht überging und die Sterne am Himmel leuchteten.

Das hatte sie als Kind so geliebt, dieses ruhige Liegen und in die Nacht Hinübergleiten, aber sie hatte es schon lange vergessen gehabt, erst hier an diesem Abend war es ihr wieder eingefallen.

Nun war sie von Vogelgezwitsche, Möwenschreien und der Helligkeit geweckt worden.

Sie schlug die Decke zurück und ging zum Fenster. Der Holzboden unter ihren bloßen Füßen fühlte sich warm an, von draußen kam kühle, frische Meeresluft herein. Sonja fühlte sich wach und ausgeschlafen, der Wecker zeigte sechs Uhr. Nebenan bei den Männern war noch alles still.

Sie putzte sich die Zähne, wusch sich und zog sich an – Jeans, eine Bluse, darüber den warmen Pullover und dicke, gestrickte Socken. Sie nahm ihre Malutensilien aus der

Nachttischschublade, schlich leise die Treppe hinunter und ging in die Küche. Dort überlegte sie kurz, was sie als Erstes tun sollte. Sie entschied sich, zu frühstücken und anschließend ihre Wanderung entlang der Küste zu beginnen.

Sie holte drei Teller aus dem Regal, stellte Wilhelms große Henkeltasse mit seinem Namen an seinen Platz und Patrick eine mit einer aufgemalten Kuh. Dann machte sie Kaffee, nahm sechs Eier aus dem Kühlschrank, schlug sie mit Milch und Salz schaumig und stellte die Schüssel neben die Pfanne auf den Herd. So konnten sich die Männer ihr Rührei schnell selbst zubereiten.

Während sie noch Butter, Marmelade und Schinken auf den Tisch stellte und Brot aufschnitt, summte sie vor sich hin. Sie hielt lächelnd kurz inne und wunderte sich über sich selbst. So kannte sie sich gar nicht. Zu Hause musste das Frühstücken immer schnell gehen. Als sie noch mit Steffen zusammen gewesen war, war er meist als Erster aufgestanden, und sie hatte sich an den fertig gedeckten Tisch setzen können. Steffen kochte gern, während sie das selten oder nie machte. Dafür war sie diejenige, die gern aufräumte. Sie liebte Ordnung, eine Küche musste sauber und übersichtlich sein.

Jetzt machten ihr das Tischdecken und das Vorbereiten des Frühstücks richtig Spaß. Lag das an Patrick? Sie stellte sich vor, wie er ein wenig enttäuscht wäre, wenn er herunterkam und sie nicht da war. Und dann wieder würde er sich freuen, dass sie an ihn gedacht und das Frühstück für die beiden vorbereitet hatte.

Schließlich nahm sie sich zwei Brötchen vom Vortag, schnitt sie auf und strich dick Butter darauf. Eines packte sie in eine Stofftasche, die sie an einem Haken fand, das andere aß sie gleich und trank eine Tasse kalte Milch dazu. Milch von glücklichen Kühen, die das ganze Jahr auf der Weide sind, dachte sie gut gelaunt. In Irland gab es kaum einmal Minusgrade im Winter, und das Gras wuchs das ganze Jahr frisch und grün auf den Weiden.

Im Flur zog sie sich die festen Schnürschuhe an, verstaute noch ihre Aquarellfarben und den Block in der Tasche und eine Flasche mit Wasser, bevor sie leise das Haus verließ. Draußen blieb sie stehen und atmete tief die kühle, feuchte Luft ein. Ein Sonnenstrahl fiel auf eine blühende wilde Rose an der Ecke. Einem Impuls folgend, brach Sonja einen Zweig ab, ging noch einmal in die Küche und legte ihn neben den Teller von Patrick. Eine rosafarbene Rose für ihn, war das nicht zu deutlich? Egal, er konnte ruhig wissen, dass sie ihn sehr mochte. Sie schrieb schnell noch einen Gruß für die beiden. So, nun konnte sie losgehen.

Der Weg nach oben lag noch im Schatten und war feucht und ein wenig rutschig, aber auf der Höhe strahlte bereits die Sonne, und der schmale Fußpfad an den Klippen entlang schien bereits trocken zu sein.

Die Aussicht war jedes Mal wieder neu und einzigartig. Das Meer hatte sich halb zurückgezogen, es lag ruhig und blau wie der Himmel unter ihr. Bald, wenn Ebbe war, würde es nur noch ganz hinten zu sehen sein. Ein Fischkutter in der Ferne pflügte durchs Wasser, zwei kleine Segelboote waren unterwegs, die ersten Möwen ließen sich vom Aufwind an den Klippen in die Höhe tragen, stürzten sich dann kopfüber hinunter ins Wasser und kamen meist mit einem Fisch im Schnabel wieder hoch. Der Weg führte immer mal wieder ein wenig vom Abbruch weg, durch Wiesen und durch Heidekraut, und wenn man nach links schaute, konnte man über einige flache Hügel hinweg kilometerweit über grünes Land mit Kühen und Schafen blicken. Es war still um Sonja herum, die Brandung hörte man hier oben kaum, und es gab auch keine Straße in der Nähe oder Häuser.

Nach einer Weile wurde die Küste zum Meer hin flacher. Der Pfad führte sie auf eine Landzunge. Auf einmal stand Sonja vor einer Ruine, die sie von weitem gar nicht gesehen hatte. Es waren nur noch wenige niedrige Mauern von dem ehemaligen Gebäude übrig. Flache graue Steine waren einst sorgfältig übereinandergebaut worden, jetzt wuchsen überall kleine Büsche und Heidekraut zwischen den Steinritzen.

Ob das einmal ein Fort gewesen war, von dem aus man weit übers Meer nach dem Feind hatte schauen können? Oder eine Kapelle? Oder einfach ein Haus mit einem Stall? Sie hätte es gern gewusst, konnte aus den vereinzelten Mauerresten jedoch keine Schlüsse ziehen. Egal, es war ein guter Ort, um eine Pause zu machen.

Sonja setzte sich auf eine der niedrigen Mauern und holte ihr Brötchen und die Wasserflasche heraus. Die Sonne hatte die Steine bereits erwärmt, und ein leichter Wind wehte vom Wasser her.

Es war still um sie herum, man hörte in der Ferne ein Schaf blöken, die Blätter eines kleinen Baumes raschelten. Eine kleine grüne Eidechse kam aus einer Mauerritze heraus und setzte sich in einiger Entfernung von Sonja in die Sonne, huschte aber nach einer Bewegung von ihr schnell wieder davon. Ein Marienkäfer krabbelte an Sonjas Bein hoch. Sie hielt ihm ihre Hand hin, und er lief auf ihren Handrücken, dann langsam den Zeigefinger hoch und verweilte auf der Spitze. Nach ein paar Minuten öffnete er die Flügel und flog in Richtung Meer davon.

»Pass auf, wohin du fliegst!«, rief ihm Sonja hinterher. Als hätte er es gehört, drehte er bei und flog wieder Richtung Land zurück.

Sonja bemerkte, dass sie richtig froh war, wieder einmal etwas ganz Kleines in der Nähe beobachten zu können. Irlands Weite konnte einem wirklich den Atem rauben. Man durfte über das endlose Wasser und den Himmel nicht vergessen, die kleinen Wunder zu bemerken. Patrick hatte damals während ihres Regenspaziergangs zu ihr gesagt, dass sie die Blumen am Wege nicht vergessen sollte. Er hatte recht, sie wollte das nicht wieder vergessen. Im Gegenteil, sie würde die Kleinigkeiten wie Blumen am Weg sogar festhalten.

Das hier wäre der richtige Platz für ein Aquarellbild, dachte sie und holte ihre Malutensilien heraus. Sie füllte etwas Wasser in die Schale des Farbkastens, den sie auf Amrum erstanden hatte. Außerdem sortierte sie die verschiedenen Pinsel nach ihrer Stärke. So wild entschlossen sie eben noch war, so ratlos war sie im nächsten Augenblick. Einige Zeit saß sie einfach nur still da. Ihr wollte nicht so recht einfallen, wo und wie sie beginnen sollte. Dann machte sie vorsichtig den ersten Pinselstrich, dunkelblau für das Meer. Sie spülte den Pinsel aus und setzte mit der restlichen Farbe einen zweiten Strich, hellblau für den Himmel. Im Vordergrund deutete sie die Mauer an. Sonja seufzte, ihr gefiel nicht, was sie da gemacht hatte. Nun gut, noch war es nur eine sehr grobe Skizze. Sie tupfte etwas

Grün zwischen das Grau der Mauer. Was tat sie da eigentlich? Kinder malten Bilder, aber Erwachsene? Hatte sie nicht etwas Besseres zu tun? Und überhaupt, für wen wollte sie die Bilder malen? Für sich selbst als Erinnerung? Das war nicht nötig, sie würde alle die schönen Eindrücke auch so nicht vergessen. Während sie darüber nachdachte, hatte sie ganz automatisch ein paar graue Wolken auf den Himmel gesetzt und mit wenigen Farbklecksen die Blüten einer grünen Wiese entstehen lassen. Sie hielt inne und betrachtete ihr Werk. Es war noch etwas ungelenk, fand sie. Was hatte Anne gesagt? Sie hatte sie immer darum beneidet, mit welcher Leichtigkeit sie stets ihre Bilder auf das Papier getupft hatte. Das war lange her. Ihr fehlte die Übung. Sonja legte die Pinsel wieder beiseite. Sie erinnerte sich, dass sie schon als junges Mädchen in der richtigen Stimmung zum Malen hatte sein müssen. Anscheinend war das noch immer so. Vielleicht klappte es ein anderes Mal besser. Heute würde sie nichts mehr zustande bringen. Macht nichts, dachte sie, es gibt keinen Zwang, ein Ergebnis zu präsentieren. Plötzlich musste sie lächeln. Sie wusste wieder, für wen sie immer Bilder gemalt hatte: für sich selbst. Nicht, um sich an etwas zu erinnern, wie es bei einem Foto der Fall war, auch nicht, um ihr Mädchenzimmer damit zu schmücken. Sie hatte wegen des Malens selbst gemalt, wegen der Freude, die es ihr gemacht hatte, ganz in sich versunken Farben aufs Papier zu bringen. So würde es wieder sein, wenn die Zeit dafür reif war.

Als sie alles wieder eingepackt hatte, hörte sie hinter sich ein Geräusch, es quietschte und klapperte. Sie drehte sich um und sah jemanden auf einem Fahrrad den Weg entlangkommen.

Es war eine Frau, die nun Sonja erblickt hatte und auf sie zusteuerte. Als sie die Ruine erreicht hatte, stieg sie ab, lehnte das Rad an eine Mauer und winkte ihr zu. »Hallo«, rief sie, »Sie sind bestimmt die junge Frau, die mit Wilhelm gekommen ist. Ich bin Ryan. Er hat Ihnen sicher von mir erzählt.« Ihr Englisch hatte einen besonderen Klang, der verriet, dass diese Sprache für sie nicht die alltägliche war. Wahrscheinlich unterhielt sie sich meist auf Irisch-Gälisch, vermutete Sonja, so wie viele ältere Einwohner. Ihr freundliches Gesicht mit den vielen Fältchen strahlte. Sie trug einen wadenlangen Tweedrock und eine grüne Strickjacke mit Zopfmuster, das graue Haar hatte sie straff am Hinterkopf zu einem Knoten gebunden. Das also war Ryan, die sich um das Cottage kümmerte, wenn Wilhelm nicht da war, und deren Tochter Sonja bereits im Laden kennengelernt hatte. Nun kam sie mit energischen Schritten auf Sonja zu.

»Ja, Sie haben recht, war wohl nicht schwer, das zu erraten«, bestätigte Sonja lächelnd.

Ryan setzte sich neben sie auf die Mauer. »Wir sind alle richtig glücklich, dass Wilhelm noch einmal kommen konnte und dass er Sie und seinen Freund Patrick mitgebracht hat. Allein hätte er die Reise nicht mehr geschafft.«

»Sie kennen ihn gut?«, wollte Sonja wissen.

»Aber ja, er war viele Jahre hier zusammen mit seiner Frau Maire. Sie war meine Cousine und auch eine meiner besten Freundinnen.«

»Er war sehr glücklich mit ihr, oder?«, fragte Sonja.

»Ja, die zwei passten wunderbar zusammen. Maire fühlte sich am wohlsten mit ihrem Fischkutter auf dem Meer, und er, der alte Seemann, war immer dabei. Sie haben gemeinsam das Cottage ausgebaut und Wasser- und Stromleitungen gelegt, und ab und zu sind sie auch zusammen einige Tage durch Irland gereist. Aber am liebsten waren sie hier an der Küste. Wir hatten schon fast vergessen, dass Wilhelm gar kein echter Ire ist.« Ihre Augen hatten einen warmen Glanz, wenn sie lächelte. »Maire hat immer behauptet, sie stamme von unserer Seeräuberin Grainne O'Malley ab. Wenn man sie so gesehen hat mit der vom Wetter gegerbten Haut, wenn sie bei starkem Wind am Steuer ihres Kutters stand, da konnte man das schon glauben. Je höher dic Wellen waren, desto lauter hat sie gelacht.«

»Von dieser Piratin habe ich schon gehört, sie ist fast so berühmt hier wie der heilige Patrick, oder?«

»Ja, aber das war nicht immer so. Lange Zeit haben die Leute hier nicht viel von ihr gewusst, bis einige Frauen angefangen haben, sich für ihr Leben zu interessieren. Nun sind wir richtig stolz auf sie. Sie ist für uns wie für euch der Störtebeker.«

»Sie hat also wirklich gelebt, und die Geschichten, die man sich über sie erzählt sind wahr?«

Ryan sah aufs Meer hinaus und deutete nach Norden. »Vom Cottage aus sieht man die Insel Clare Island«, erklärte sie. »Dort wurde sie 1530 als Tochter eines Clanoberhauptes geboren. Die Männer dieses Clans waren viel auf dem Meer unterwegs. Terra marique potens, war ihr Slogan. Das bedeutet: zu Land und zu Wasser. Längst nicht alle Iren und nur wenige Clans waren Seefahrer.«

»Wenn sie auf einer Insel aufgewachsen ist, war es ja wohl unvermeidlich, dass sie viel aufs Meer hinausfuhr.« Sonja legte den Kopf schief. »Hat sie wirklich Schiffe gekapert?«

Ryan nickte. »Sie war mutig und schlau. Sie lebte in Bunowen Castle, einem Fort an der Galway-Bucht, und hat von da aus die spanischen Schiffe, die Tauschwaren für die Iren an Bord hatten, überfallen. Eines Tages hatten die Galway-Händler die Nase voll von ihrer eigenen Landsmännin. Sie baten die Engländer um Unterstützung, um gegen sie vorzugehen. Glücklicherweise haben die Leute ihres Clans ihr geholfen. Sie ist dann wieder zurück auf ihre Insel gezogen, weil sie dort besser geschützt war. Später hat sie geheiratet und bekam Kinder, eine beeindruckende Frau.«

»Also sind die Geschichten über sie alle irgendwo festgehalten.»

»Ich denke schon, immerhin waren es einige Historikerinnen, die in den Archiven nachgeforscht haben.«

»Um den heiligen Patrick ranken sich ja auch viele Geschichten. Die meisten können aber nur Legenden sein, hab ich recht?«

Ryan lachte. »Ja, ein Heiliger, der vor über tausend Jahren gelebt hat, um den muss es schon ein paar Wunder gegeben haben. Aber die Grainne, nein, das ist alles verbürgt und nachvollziehbar. Sie wurde zweimal von den Engländern ins Gefängnis geworfen. Beim zweiten Mal haben Clanmitglieder ihres Mannes sie freigekauft.« Wieder lachte Ryan. »Ihre letzte große Tat war übrigens ganz typisch für sie. Sie ist mit dreiundsechzig nach England gesegelt und hat es fertiggebracht, eine Audienz bei der Königin Elisabeth der I. zu bekommen. Die beiden waren sich irgendwie sympathisch, auf jeden Fall erhielt sie von der Königin einen Schutzbrief, der besagte, dass sie nicht mehr von den Engländern angegriffen werden durfte. Das galt vor allem für Bingham, der sie immer verfolgt hatte. Außerdem mussten ihre zwei Söhne freigelassen werden. Obendrein musste Bingham ihr ein regelmäßiges Gehalt zahlen.« Es war nicht zu übersehen, wie viel Freude Ryan diese Geschichte machte. »Er hat zähneknirschend gehorcht. Zwei Jahre später begannen dann die großen irischen Aufstände gegen die englische Besatzung, zuerst mit Erfolg, später aber wurden sie niedergeschlagen. Grainne hat dabei nicht mehr mitgemischt. Sie ist 1603 gestorben, im selben Jahr starb die Königin, und die Iren unter Hugh O'Neill kapitulierten.«

»Was für eine Frau!«, stellte Sonja beeindruckt fest.

»Ja, nun habe ich so viel von ihr erzählt, dabei wollte ich Sie eigentlich nur kurz begrüßen. Wir sind eben auf unsere Geschichte stolz, zumindest wir Alten, und es ist gut, wenn man die Vergangenheit seines Landes nicht vergisst.«

»Ich danke Ihnen für die Erzählungen über die Seeräuberin«, sagte Sonja. »Ich kann mir richtig gut vorstellen, wie sie an einer ähnlichen Stelle wie hier gesessen und nach spanischen Schiffen Ausschau gehalten hat, um sie zu kapern. Beinahe könnte man sich wünschen, dabei gewesen zu sein.«

Ryan nickte. »Das habe ich mir auch schon oft gewünscht. Hätten Sie Maire gekannt, dann hätten Sie erlebt, dass sie das Temperament und den Mut einer Piratin hatte. Wer weiß, vielleicht war sie wirklich eine Nachfahrin unserer großen Grainne.«

Sie stand auf, klopfte ihren Rock sauber, reichte Sonja mit festem Druck die Hand und ging zu ihrem Rad. »Ich fahre jetzt ins Dorf und komme dann zum Cottage. Wilhelm will heute ein besonderes Essen machen und hat mich dazu eingeladen. Wir sehen uns am Mittag also wieder, oder?«

»Ich werde mich auch bald auf den Rückweg machen«, erklärte Sonja. »Ja, wir sehen uns wieder.«

Ryan drehte die Pedale ihres Fahrrades in die richtige Stellung. »Bis später«, rief sie, als sie ein wenig mühsam aufstieg. »Ich freue mich, Sie kennengelernt zu haben.« Dann fuhr sie langsam davon und verschwand in der Ferne zwischen den Büschen, durch die sich der Weg schlängelte.

Sonja blieb noch eine Weile sitzen. Was sie über die Seeräuberin gehört hatte, beschäftigte sie. Sie musste unbedingt Patrick davon erzählen. Immerhin ging es um spanische Schiffe, die gekapert wurden. Stammten daher die Golddublonen, die Wilhelm gefunden hatte? Möglich wäre es. Vielleicht hatte Patrick Glück und fand noch einige mehr. Auf jeden Fall kam es ihr nicht mehr so unmöglich vor.

Schließlich reckte sie sich, stand auf, packte ihre Wasserflasche ein und hängte sich die Tasche über die Schulter. Sie bekam so langsam Hunger, es war auch schon später Vormittag, und sie musste noch den ganzen Weg zurück. Auf sie wartete ein Mittagessen von Wilhelm, etwas Besonderes, wie er und gerade auch Ryan betont hatten. Man konnte wirklich gespannt sein, was er da gebrutzelt hatte.

Also machte sie sich auf den Weg zurück zum Cottage, voller Vorfreude auf das gemeinsame Essen. Und auf Patrick.

23

Ryans Fahrrad lehnte bereits an der Hauswand, als Sonja am Cottage eintraf. Sie öffnete die Tür und hörte aus der Küche Lachen und Töpfegeklapper. Es roch appetitlich nach irgendetwas Gebackenem. Schnell lief sie die Treppe hoch, hängte ihre Tasche an einen Stuhl in ihrem Zimmer, wusch sich die Hände und ging wieder nach unten. In der Küche wurde sie mit großem Hallo empfangen. Patrick nahm sie in den Arm und drehte sich einmal mit ihr im Kreis.

»Hilfe, nicht so stürmisch!« Sie lachte. »Hallo, alle miteinander.«

Patrick geleitete sie an ihren Platz. »Gerade rechtzeitig«, sagte er erfreut, »das Essen ist fertig, und Ryan hat uns erzählt, dass sie dich getroffen hat. Dann kennt ihr euch ja schon.«

»Ja, wir haben uns schon bekannt gemacht.«

Ryan nickte ihr freundlich zu, nahm die Schürze ab und stellte dann einen heißen Topf auf den Tisch. Wilhelm setzte sich neben sie und erklärte: »Erster Gang: Meeresalgen-Eintopf.«

»Ach, du liebe Zeit«, rutschte es Sonja heraus.

»Wir waren fleißig«, erklärte Patrick stolz. »Wir haben heute Morgen Unmengen Algen gesammelt. In der Gezeitenzone kann man sie zwischen den Steinen finden. Du glaubst nicht, was da alles lebt und wie viele Algen es gibt. Ich habe mal wieder eine Menge von Wilhelm gelernt.«

Nachdem Wilhelm allen aufgetan hatte und Sonja vorsichtig den ersten Löffel voll probiert hatte, musste sie zugeben, dass der Eintopf sehr gut schmeckte. Außer den Algen waren noch Möhren, Zwiebeln und Kartoffeln darin. Als zweiter Gang folgten gebackene, salzige Scones, ebenfalls mit kleingeschnittenen Algen verfeinert, dazu Algensalat.

»Das sind Grünalgen«, erläuterte Patrick, »die hast du bestimmt schon gesehen. Wir haben noch Spaghetti-Algen gefunden, die sehen wie braune Spaghetti aus, und auch dunkelroten und braunen Blasentang.«

»Man kann sogar Chips daraus machen«, fügte Ryan hinzu, »und abends vor dem Fernseher knuspern. Die sind einfach köstlich und auch noch sehr gesund, mit Vitaminen und Mineralien und was weiß ich noch allem.«

»In Ordnung«, versicherte Sonja, »ich bin ja schon überzeugt, dass man Algen essen kann und sie auch noch gut schmecken. Ich gebe zu, ich konnte es mir nicht so recht vorstellen.«

Dann holte Wilhelm den Hauptgang aus dem Backofen – Barsch, frisch gefangen. Während er die Platte herumreichte, erzählte er, dass er den Fisch am Vormittag im Dorf bei einem Freund geholt hatte.

»Wilhelm, du verwöhnst uns. Der Barsch ist einfach köstlich«, schwärmte Sonja.

»Das stimmt«, bestätigte Patrick. »Du hast nicht übertrieben, als du ein ganz besonderes Essen angekündigt hast. Vielen Dank für die Mühe, alter Freund.«

»Ach was«, grummelte Wilhelm und machte eine wegwerfende Handbewegung, als sei es nicht der Rede wert. Doch seine Augen leuchteten zufrieden. Das Lob hatte ihn gefreut. Schließlich gab es zum Nachtisch noch süße Scones mit Sahne und Marmelade, der perfekte Abschluss eines durch und durch irischen Essens.

Sie saßen eine ganze Weile satt und zufrieden am Tisch und unterhielten sich über das, was man unbedingt in Connemara unternehmen und sehen sollte, über das Leben in dem kleinen irischen Dorf, in dem Wilhelm jetzt nur noch selten zu Gast war, und darüber, wie sie sich auf Amrum kennengelernt hatten.

Irgendwann stand Ryan auf und stellte die Teller zusammen. »Wilhelm darf jetzt seine Mittagspause machen«, verkündete sie, »und ihr beiden könntet einen Korb voll Torf aus dem Schuppen reinholen für heute Abend, wenn es kühl wird. Morgen wird es voraussichtlich regnen, aber das geht hier auch immer wieder schnell vorbei.«

Patrick und Sonja machten sich auf zum Schuppen.

»Es gibt immer noch Leute hier, die in die Moore gehen zum Torfstechen«, sagte er, »aber es soll demnächst ganz verboten werden. So langsam wird der Schutz der Moore für wichtiger gehalten als das Brennmaterial. Und außerdem werden wieder Bäume angepflanzt. Kannst du dir vorstellen, dass hier auf der Insel früher alles mit Bäumen bewachsen war?«

»Ehrlich gesagt, fällt mir das schwer. Ich weiß, dass sich die Vegetation sehr verändert hat, aber mir gefällt die Landschaft so wie sie heute ist fast besser.«

»Ich will dir in den nächsten Tagen ja auch noch die

Burren und die Dolmen zeigen. Das wird ein Tag, der ganz uns gehört. Wir werden nach Galway fahren und dann zum Burren gehen, nur du und ich. Einverstanden?«

Sonja sah ihn lächelnd an. »Ja, warum nicht.« Sie stand im dämmrigen Schuppen dicht neben ihm, und als sie seine freudigen Augen sah, strich sie ihm eine Strähne seines Haares aus dem Gesicht. Sie sahen sich lange an. Patrick wurde ernst, legte seine Hände an ihre Wangen und zog sie an sich. Ein Schauer lief durch ihren Körper. Dieser Mann übte eine Anziehungskraft auf sie aus, die sie immer wieder überraschte. Er küsste sie zart auf die Stirn, auf die Nase und schließlich auf den Mund.

»Du tust mir gut, Elfenkönigin«, murmelte er an ihren Lippen. »Jeden Morgen, wenn ich aufwache, denke ich daran, dass du da bist, du wirklich mit uns nach Irland gefahren bist und das alles kein Traum ist.«

Sonja legte ihm die Arme um den Hals und erwiderte seine Küsse. Sie spürte Wärme in ihrem Leib und ein Kribbeln, das ihr ausgesprochen gut gefiel. Keck erkundete ihre Zungenspitze seinen weichen Mund. Wohin führte das? Sie wollte mehr von ihm, das spürte sie in diesem Augenblick ganz deutlich. Aber was? Plötzlich bekam sie Angst vor ihrer eigenen Courage. Sie lachte leise.

»Eigentlich sollten wir das an einem romantischeren Ort machen«, sagte sie, »nicht in einem dunklen Schuppen voller Torf.« Sie hatte noch immer die Arme um seinen Hals geschlungen, rückte aber ein wenig von ihm ab und schaute ihn an. »Zum Beispiel bei Sonnenuntergang auf einer Klippe hoch über dem Meer.«

»Aha, du hast es dir also auch schon gewünscht und sogar über den perfekten Ort nachgedacht«, gab Patrick zurück und hielt sie fest in seinen Armen. »Da bin ich aber beruhigt, dann können nachher keine Klagen kommen.«

Sie lachte und befreite sich aus seiner Umarmung. »Nein«, sagte sie und sah ihn voller Zärtlichkeit an, »keine Klagen. Aber wir sind zum Torfholen hier, schon vergessen?«

Er seufzte in gespielter Verzweiflung, dann machten sie sich beide daran, den Korb zu füllen. Sonja genoss den Flirt aus ganzem Herzen, doch sie wusste auch, dass es ein Spiel mit dem Feuer war. Wie weit war sie bereit zu gehen? Sie konnte es nicht sagen, sie wusste nur, dass sie die Finger nicht von Patrick lassen wollte. Und was das anging, waren sie offenbar einer Meinung.

24

An diesem Abend gingen Patrick und Sonja noch einmal zum Meer hinunter, um sich den Sonnenuntergang anzusehen.

»Lass uns die Romantik nachholen«, hatte Patrick gesagt. »Der Torfschuppen hat dir ja anscheinend nicht gefallen. Außerdem weiß man nie, ob es nicht die nächsten Tage abends regnet. Dann würde die Romantik am Ende noch im wahrsten Sinne ins Wasser fallen.« Damit hatte Patrick Sonja mit sich gezogen, ehe sie hatte protestieren können. Nun saßen sie auf einem großen Felsblock, die Füße im Wasser, von kleinen Wellen umspült. Die Flut kam langsam herein.

»Wilhelm hat mir heute nicht nur Algen gezeigt, sondern auch alles, was hier in der Gezeitenzone lebt«, begann er. »Wie viele Lebewesen es gibt, die damit klarkommen müssen, dass das Wasser mal da ist und dann wieder verschwindet. Schau!« Er zeigte auf einen kleinen stacheligen Ball, der an einem Fels klebte. »Ein Seeigel. Das sind faszinierende Geschöpfe. Wusstest du, dass es fast tausend verschiedene Arten gibt?« Sie schüttelte den Kopf. »So ist es aber. Bestimmt weißt du auch nicht, dass Seeigel echte Feinschmecker sind. Sie ernähren sich überwiegend von Algen.« Er lachte, und sie knuffte ihm liebevoll in die Seite.

»Seeanemonen gibt es und Schnecken«, erzählte er weiter, »Krebse und natürlich Seesterne. Dann sind da noch die vielen Vogelarten. Heute haben uns zum Beispiel Austernfischer besucht, die im Schlick herumgewatet sind und sich ein ausgiebiges Mittagessen geholt haben.«

Sonja sah in sein fröhliches Gesicht, das so ganz anders war als in den ersten Tagen auf Amrum. Hier wirkte er wie ein großer Junge, der gar nicht genug bekommen konnte von Wilhelms Geschichten, der auf Entdeckungsreisen gehen und am liebsten alles auf einmal sehen und erleben wollte. Er schien vollkommen sorglos zu sein. Was ihn noch vor wenigen Tagen wohl so bedrückt hatte? Ob er ihr es irgendwann einmal erzählen würde? Aber vielleicht war sein Problem, wenn er überhaupt eines hatte, auch einfach schon gelöst, und sie machte sich grundlos Gedanken über ihn. Eine Weile blickten sie schweigend zum Horizont.

»Wie lange willst du noch auf Amrum bleiben?«, fragte sie schließlich. »Was hast du im Herbst vor, wenn die Leute keinen Gärtner mehr brauchen?«

Patrick sah sie mit gerunzelter Stirn an. »Ist das so wichtig?«, fragte er leise zurück.

»Nun, ich muss im Juni wieder zurück nach Hamburg, und ich dachte ... Ich weiß nicht, wie es mit uns weitergehen soll. Ich meine ...«

Sonja schwieg verunsichert. Wieso eigentlich? Warum konnten sie miteinander flirten, sich küssen, herumtoben und Spaß haben, aber nicht über alles reden? Sie holte tief Luft. »Ich möchte einfach nicht sang- und klanglos abreisen, und das war 's dann. Du bist für mich mehr als nur ein Sommerflirt, und ich glaube, ich bin für dich auch ein bisschen mehr.« So, nun hatte sie ihm gesagt, was sie für ihn empfand. Jetzt war es an ihm, ihr zu verraten, wie es um seine Gefühle stand.

Zuerst sagte er nichts, sondern drehte einen kleinen Stein in den Händen. Dann hob er den Kopf. »Du hast recht, du bedeutest mir sehr viel, aber ich brauche noch Zeit ...« Seine Miene verschloss sich, wie am Anfang auf Amrum, und er blickte düster in die Ferne. Schließlich wandte er ihr wieder das Gesicht zu und lächelte. »Ich möchte diese wunderbare Zeit mit dir hier genießen, und du sollst es auch. Was die Zukunft uns bringt, weiß ich einfach noch nicht. Eines Tages werden wir es wissen, Sonja, und es wird für uns beide richtig sein, da bin ich sicher.« Er nahm ihre Hände in seine. »Sieh dir diese Sonne an, wie sie langsam im Meer verschwindet, ist das nicht einmalig schön? Diesen Sonnenuntergang werden wir nie vergessen. Und ganz bestimmt wartet in den nächsten Tagen noch vieles auf uns, das wir ebenfalls nicht vergessen werden. Ist das nicht großartig? Egal, was passiert, das kann uns niemand mehr wegnehmen.«

Sonja schaute ihn an, der Schein der letzten Sonnenstrahlen lag auf seinem Gesicht und seinen Haaren. Er hatte jetzt den Arm um ihre Schultern gelegt, und in der anderen Hand hielt er den glatten hellen Stein. Er hatte kräftige Hände, die zupacken, aber auch ganz sanft mit einer kleinen Pflanze umgehen konnten. Sie liebte seine Hände, seine nachdenklichen Augen und den weichen Mund über dem festen energischen Kinn. Aber liebte sie diesen Mann, seine Persönlichkeit mit all ihren Facetten? Sie wusste es nicht. Und er war offensichtlich noch nicht so weit, ihre Beziehung oder das, was sich zwischen ihnen entwickelte, als festen Bestandteil seines Lebens anzusehen. Mit irgendetwas war er in seinem Inneren noch nicht klar, etwas bedrückte ihn und machte ihn unfrei.

Sie schloss die Augen und lehnte den Kopf an seine Schulter. »Ich möchte ewig hier sitzen, nicht nachdenken, sondern einfach glücklich sein«, flüsterte sie.

»Ewig kann ich dir nicht bieten«, erwiderte er zärtlich, »aber in der nächsten halben Stunde sollst du es so haben.« Dann schwiegen beide, bis die Sonne ganz verschwunden war und es merklich kühler wurde.

»Komm, wir müssen zum Cottage zurück«, sagte Patrick. »Wir werden uns einen schönen Abend vor dem Kaminfeuer machen mit einem kleinen Glas Tullamore Dew. Wilhelm wird uns vielleicht eine neue Elfengeschichte erzählen, und wir schmieden Pläne für unseren Tag auf dem Burren. Komm mit!« Er stand auf, hob sie mit Schwung hoch auf seine Arme und lief mit ihr zum Weg nach oben, bis sie lachte und sich wehrte.

»Du kannst mich doch nicht den steilen Weg hinauftragen«, rief sie.

»Nein, aber mal sehen, wer als Erster im Cottage ist«, entgegnete er, setzte sie ab und schaute sie mit leuchtenden Augen an. »Der Sieger darf sich etwas wünschen.«

»Abgemacht!«, rief Sonja und rannte los. Patrick war ein ganz kleines bisschen schneller, sosehr sie es auch versuchte, sie konnte ihn nicht einholen. Als beide außer Atem oben ankamen, nahm er sie fest in die Arme und küsste sie. »So, das ist meine Belohnung«, sagte er. Dann gingen sie zusammen Hand in Hand in das warme gemütliche Cottage hinein, wo Wilhelm sie bereits erwartete.

25

Am nächsten Tag regnete es tatsächlich. Immer wieder kam ein heftiger Schauer aus grauen Wolken, dazwischen schien kurz die Sonne. Typisches Irland-Wetter, stellte Wilhelm fest.

Er war am Morgen gleich nach dem Frühstück weggegangen und hatte erklärt, er müsse etwas Wichtiges in Galway erledigen. Ryan hatte ihm angeboten, ihn zu begleiten. Was das Wichtige war, hatte er nicht verraten, aber seine kleinen hellen Augen hatten verschmitzt gelächelt.

So waren Patrick und Sonja allein und konnten Pläne für den nächsten Tag machen.

Sie saßen am Küchentisch und studierten die ausgebreitete Karte. Sie wollten zum Burren fahren, südlich von Galway, und dort wandern und die berühmten Dolmen besuchen.

Nach einer Weile wurde Patrick unruhig. Er stand auf und ging zum Fenster. Gerade war die Sonne zwischen zwei dicken Wolken hervorgekommen und beleuchtete einen Teil des Meeres.

»Ich mag nicht den ganzen Tag hier sitzen«, sagte er und drehte sich um. »Ich brauche Bewegung. Du auch, Sonja? Lass mich noch einmal auf die Karte schauen.«

Sie schob ihm die Karte herüber. »Ich weiß nicht so recht, das Wetter ist mir eigentlich zu wechselhaft.«

Er setzte sich wieder an den Tisch. »Genau, das ist es, der Mount Patrick. Den werde ich heute erobern. Hast du Lust mitzukommen?«

Sonja schüttelte den Kopf. »Lieber nicht, ich laufe nicht gern im Regen herum. Der Mount Patrick soll ziemlich steil sein. Wir kämpfen uns hinauf, und wenn wir oben sind, sitzen wir vielleicht in den Wolken und haben keine Sicht. Nein, ich mache mir einen gemütlichen Tag hier. Geh du nur, vielleicht ist dort auch etwas besseres Wetter als hier.«

Sie stand auf und holte Brot aus der Schublade, dazu Wurst und Butter aus dem Eisschrank und ein Messer. »Ich mache dir etwas zu essen für unterwegs«, erklärte sie fröhlich. »Möchtest du auch zwei hartgekochte Eier mitnehmen?«

»Gern, wenn du damit nicht überfordert bist.« Patrick hatte bereits seinen Rucksack auf den Stuhl gestellt und packte Ersatzkleidung ein.

»Im Eierkochen bin ich geübt«, erwiderte Sonja. »Alles andere in der Küche ist für mich Neuland, darüber hat Steffen immer gelacht. Obwohl er sich eine Frau wünschte, die etwas häuslicher ist als ich. Aber er hat gemeint, ich wäre ja noch lernfähig.«

Sie seufzte. Warum fiel ihr immer wieder Steffen ein? Eigentlich war ihre Beziehung doch beendet, aber offensichtlich konnte man die Jahre, die man miteinander verbracht hatte, nicht so einfach abhaken und ausschalten.

Patrick sah sie aufmunternd an. »Du bist in Ordnung,

so wie du bist«, versicherte er. »Außerdem ist jetzt kein Steffen da, sondern ich. Vergiss ihn!«

Er sah ihr in die Augen, dann vollführte er eine halbe Drehung, holte eine Flasche Mineralwasser aus der Kiste und verstaute sie im Rucksack. Er packte auch die Brote und die Eier ein. Aus einer Schale nahm er sich zwei Äpfel und eine Banane.

»Was fehlt noch?«, überlegte er. »Den Regenmantel ziehe ich an, die Gummistiefel ebenfalls. Dann kann es wohl losgehen. Weit ist es nicht, ich werde mit dem Auto kaum eine halbe Stunde bis zur Aufstiegsstelle brauchen.«

»Nimm den Fotoapparat mit. Auch wenn das Wetter nicht so gut ist, möchte ich doch sehen, wie weit du es schaffst und ob du wirklich auf dem Gipfel warst.«

Patrick lachte. »Ich habe es fest vor. Und das Gute ist, dass heute nicht viele Touristen unterwegs sind, ich also nicht in einer Schlange aufsteigen muss.«

Er schulterte den Rucksack, nahm den Autoschlüssel und ging zur Tür. »Ich glaube fast, es klart auf«, sagte er. »Und drinnen waltet die züchtige Hausfrau, solange der Mann auf Abenteuer geht, stimmt's?«

»Weder Hausfrau noch züchtig«, entgegnete Sonja mit einem Augenzwinkern, was ihr einen langen Kuss einbrachte.

Dann stieg Patrick den Pfad zur Straße hoch. Sie hörte ihn noch einen Jauchzer ausstoßen, dann war er auch schon hinter den Felsen verschwunden. Sie kehrte ins Haus zurück. Was sollte sie nun machen? Hausfrau? Ein wenig aufräumen könnte wirklich nicht schaden. Also ging sie zuerst einmal nach oben und inspizierte die Schlafzimmer. Im Männerzimmer lagen einige Kleidungsstücke herum, die sie in den Schrank räumte. Sie schüttelte die Bettdecken auf und legte sie sauber zusammengefaltet hin. Über Patricks Kopfkissen strich sie einmal zärtlich. Hier hatte er heute Nacht gelegen. Ob er von ihr geträumt hatte? Wahrscheinlich nicht. Oder von einer anderen, an die er noch immer dachte, wenn er sich unbeobachtet fühlte? Sie hatte den Verdacht, dass er vielleicht wegen einer Frau unglücklich war, und sie hoffte, dass er eines Tages darüber hinweg wäre. Ihr fiel ein, dass er gesagt hatte, sie solle Steffen vergessen. Das war leicht gesagt. Patrick hatte ganz recht, Steffen war nicht hier, aber er war es. Nur was sollte sie damit anfangen? Wäre er auch noch da, wenn sie zurück auf Amrum waren, oder später in Hamburg? Er brauche noch Zeit, hatte er erklärt.

Sonja öffnete die Fenster, denn im Moment regnete es nicht, und sie würde sie beim nächsten Schauer wieder schließen. An der Tür blieb sie stehen und sah sich noch einmal um. Ein Blumenstrauß fehlte noch, egal, ob dies ein Männerzimmer war, Blumen waren immer gut.

Sie ging hinunter ins Wohnzimmer. Hier lagen ein paar Zeitschriften herum, die sie ordentlich auf einen Stapel legte, die Decke vom Sofa schüttelte sie aus, und Wilhelms Strickjacke hängte sie im Flur an die Garderobe. Dann verließ sie das Haus, um Blumen zu suchen. Es war nicht schwierig. Sie hatte schon in den letzten Tagen gesehen, dass draußen viele Wildblumen blühten. Einige standen auf den Grasflächen oder oben am Wegrand, andere wuchsen in Felsspalten.

Einige Arten kannte sie, Weidenröschen zum Beispiel, mit rosafarbenen Blüten, Storchenschnabel in Blau, weiße Silberkerzen, lilafarbenen Federbusch. Es machte Spaß, am Hang herumzusteigen und immer neue hübsche Gewächse zu entdecken. Malven liebte sie besonders und das zarte Hexenkraut. Ihr Strauß wurde immer dicker, jetzt noch ein paar lange blühende Gräser, das würde wunderschön in einer Glasvase aussehen.

Die ganze Pracht ergab dann schließlich zwei Sträuße. Einen stellte sie oben im Männerschlafzimmer auf den kleinen Tisch am Fenster, den anderen ins Wohnzimmer. Sie hatte zwei Weckgläser gefunden, darin standen die Blumen locker und dekorativ.

Zufrieden mit ihrem Werk, setzte sie sich aufs Sofa. Draußen hatte es wieder begonnen zu regnen, diesmal war es ein leichter Nieselregen, einige graue Nebelfetzen wurden vorbeigetrieben, Meer und Himmel waren kaum mehr zu unterscheiden. Aber auch das war sehenswert, fand sie. Man konnte hier immer wieder aus dem Fenster schauen, jedes Mal war der Anblick ein anderer. Mal war die See rau und wild, mal hatten die Wellen, die unten an die Felsen brandeten, eine glasklare türkisblaue Farbe, mal trugen sie weiße Gischt, mal rollten sie zahm und glatt ans Ufer.

Was Patrick jetzt wohl machte? Ob er schon im Aufstieg war?

Auf einmal hörte sie Stimmen von draußen. Wilhelm und Ryan kamen zurück von ihrer Fahrt nach Galway. Sie ging ihnen erfreut in den Flur entgegen.

»Seid ihr erfolgreich gewesen mit eurem Ausflug, was immer ihr auch gemacht habt?«, fragte sie, nahm Wilhelm den nassen Mantel ab und hängte ihn über einen Bügel.

Er setzte sich auf die unterste Treppenstufe und zog ächzend die Schuhe aus. Dabei blickte er sie an. »Ja«, meinte er, »und nun haben wir einen Bärenhunger. Gibt's was zu essen?«

Sonja schüttelte den Kopf. Es war ihr fast peinlich. »Nein, ich habe für mich nichts gemacht, und Patrick ist fort, auf den Berg. Aber ich könnte euch Spiegeleier anbieten.«

Wilhelm sah sie gespielt vorwurfsvoll an. »Also, wir haben mindestens ein Vier-Sterne-Menü erwartet.«

Ryan, die sich inzwischen auch den Mantel und die Schuhe ausgezogen hatte, lachte. »Ich glaube, wir brauchen etwas mehr als Spiegeleier. Ich habe einiges mitgebracht, dauert nicht lange, dann gibt es was zu essen.«

Sie betrat das Wohnzimmer und blieb stehen. »Was für ein wunderbarer Strauß!«, rief sie. »Und alles ist aufgeräumt, was wir heute Morgen in aller Eile liegen ließen. Sonja, wer so schöne Sträuße machen kann, muss nicht auch noch kochen können. Nimm's nicht so ernst. Wilhelm hat doch nur Spaß gemacht.« Sie nahm Sonja in den Arm und drückte sie an sich. Sie roch nach frischer Meeresluft und feuchter Schafwolle, und ihr Gesicht strahlte wie immer Ruhe und Fröhlichkeit aus. »Jetzt setzt du dich zu Wilhelm aufs Sofa, und ihr unterhaltet euch ein wenig. Ich kümmere mich um den Auflauf. Du wirst sehen, im Handumdrehen wird es aus der Küche duften, dass euch das Wasser im Mund zusammenläuft.« Damit verschwand sie nach nebenan.

Sonja ließ sich aufs Sofa fallen. Wilhelm betrachtete den Strauß. »Silberkerzen«, sagte er, »und Malven, die hast du unten geholt, wo der Cluricaun wohnt. Wenn ich nur wüsste, ob er noch da ist«, fügte er nachdenklich hinzu. »War das Schüsselchen leer, das neben der Felsspalte steht?«

»Ist das von dir? Ich habe eins gefunden, aber es war nur Regenwasser drin. Es steht in der Küche.«

»Dann ist er vielleicht zurückgekommen«, sagte Wilhelm, und seine Augen begannen zu leuchten. »Es gibt Menschen, die behaupten, ein Cluricaun sei boshaft und würde nur Schaden anrichten wollen, aber das stimmt nicht. Sie können einen necken und auch mal einen Streich spielen, aber sie wollen nie etwas wirklich Böses tun. Es ist wie mit all den Naturgeistern, man muss sie nur gut behandeln, respektieren und ihnen immer etwas zum Essen hinstellen.«

»Hast du ihn mal gesehen?«, wollte Sonja wissen.

»Einmal, es war genau so ein Wetter wie heute mit Sprühregen und Nebel, das mögen diese Wesen am liebsten. Da ging unten am Strand ein altes Männchen in einer ganz altmodischen Tracht entlang. Es trug einen Hut auf dem Kopf. Der Cluricaun zeigt sich oft als alter Mann, musst du wissen. Ich bin vorsichtig runtergegangen, aber er war nicht mehr da, und dann habe ich im Sand eine kleine geschnitzte Tabakspfeife gefunden. An manchen Tagen hörte ich ihn hämmern. Er macht Schuhe, kleine Kunstwerke, und er pfeift dabei gern ein Lied. Zu jeder Familie gehört eigentlich ein kleines Volk Elfen oder ein anderer Naturgeist. Zu meinem Cottage gehört der Cluricaun.«

»Patrick hat gesagt, dass du die spanischen Münzen hier in einer Felsspalte gefunden hast und dass sie von deinem Cluricaun sind.«

»O ja, er weiß genau, wo Schätze vergraben sind, aber es ist nur ganz selten, dass er etwas verrät.«

Sonja hörte Wilhelm mit Belustigung zu, aber sie ließ es sich nicht anmerken. Er war so ernst und ehrfürchtig, wenn er erzählte, warum sollte sie ihn deshalb auslachen? Und wer weiß, vielleicht hatte er doch recht.

Nach einer Weile, während Wilhelm nachdenklich aus dem Fenster geschaut hatte, sagte er: »Vielleicht lässt er sich einmal vor dir blicken, weil du das Elfenzeichen hast. Er kann überall auftauchen, in allen möglichen Gestalten, sogar als kleiner Vogel oder als Krebs oder Spinne, er kann auf einer Binse fliegen und durch Schlüssellöcher schlüpfen. Aber du musst aufpassen. Wenn du ihn siehst und er bietet dir etwas an, ein Gläschen von ihm selbst aus Heide gebrautes Bier zum Beispiel, dann darfst du es nicht nehmen.«

»Warum nicht? Ist es nicht unhöflich, etwas abzulehnen?«

»Wenn du es nimmst, musst du ihm sieben Jahre dienen.«

»Nein«, Sonja schüttelte energisch den Kopf, »keine Sorge, ich werde mich schon vorsehen.«

Sie nahm Wilhelms kräftige alte Hand in ihre und drückte sie. »Du kannst wunderbar erzählen«, sagte sie, »und ich höre dir gern zu. Wenn du noch mehr Geschichten hast, freue ich mich schon jetzt darauf. Und Patrick sicher auch. Vielleicht können wir heute Abend noch eine Weile zusammensitzen.«

»Wenn er dann nicht zu müde ist«, brummelte Wilhelm. »Der Mount Patrick ist hoch und steil. Bei diesem Wetter hätte er eigentlich gar nicht gehen sollen. Oben ist es voller Geröll, man kann leicht ausrutschen. Ich weiß gar nicht, was er sich dabei gedacht hat.«

»Er wird schon heil wieder unten ankommen«, erwiderte Sonja. »Patrick geht kein Risiko ein, denke ich, er wird schon aufpassen.«

Sie stand auf und ging in die Küche, wo Ryan gerade dabei war, einen Salat anzurichten.

»Hol Wilhelm«, bat sie, »wir können essen. Danach gehe ich nach Hause, ihr kommt sicher den Rest des Tages ohne mich zurecht.«

»Na klar«, antwortete Sonja, und dann fragte sie: »Sag mal, Ryan, glaubst du an Elfen und so?«

Ryan wiegte den Kopf. »Ich kann nicht sagen, dass ich jemals eine gesehen habe, aber es gibt ja viele Dinge, die man nicht sehen kann und die doch da sind. Manchmal denke ich, es gibt sie, wenn ich zum Beispiel einen Kreis im Gras sehe und Wilhelm behauptet, den haben die Elfen beim Tanzen eingetreten. Oder wenn mich auf einmal ein kleines Steinchen trifft, ich aber keine Ahnung habe, woher es kommen könnte. Ich denke einfach nicht mehr darüber nach und stelle dem Cluricaun hier jede Woche sein Schüsselchen Milch hin, weil Wilhelm es so möchte, und mehr kann ich nicht darüber sagen.«

26

Am Abend kam Patrick müde und durchnässt, aber glücklich, von seinem Ausflug zurück.

»Es hat sich gelohnt«, erklärte er begeistert. »Obwohl es sehr anstrengend war. Ich erzähle euch gleich alles.«

Er ging hoch ins Schlafzimmer, kam aber bald darauf duftend und umgezogen zurück. Sie versammelten sich um den Küchentisch, wo Wilhelm schon das Abendessen bereitgestellt hatte – Brot, kalten Rinderbraten, Käse, Bier, Tee mit Milch, und für Sonja Hagebuttenmarmelade, die Ryan jedes Jahr selbst einkochte. Sonja konnte kaum genug davon bekommen.

Während Patrick sich Bratenscheiben aufs Brot legte, begann er zu erzählen: »Also, Sonja, sei froh dass du nicht mit warst, das ist vielleicht ein Berg! Die obere Hälfte nur Schotter und Geröll. Und steil ist der, ich bin mir vorgekommen wie eine Gämse.« Er schenkte sich ein Glas Bier ein.

»Aber die Aussicht lohnt sich«, warf Wilhelm ein, »oder hatten die Wolken alles verdeckt?«

»Nein, tatsächlich kam die Sonne durch ein Wolkenloch hervor, als ich oben war, und beschien den Loch Mask weit unten. Was für ein Anblick! Das glitzernde Wasser und das Grün drum herum, das werde ich nie vergessen.« Er biss herzhaft in sein Brot. »Wie oft warst du oben, Wilhelm?«

»Jedes Jahr einmal mit Maire. Das letzte Mal, als sie schon krank war, bin ich allein rauf, aber es hat dann nichts mehr geholfen.« Man sah Wilhelm an, dass der Gedanke an Maire immer noch schmerzte.

Sonja runzelte fragend die Stirn. »Geholfen?«

»Ja«, sagte Patrick ernst, »es waren einige Pilger unterwegs, die meisten hatten ein Anliegen, eine Bitte, ein Schicksal. Ich bin mit einigen ins Gespräch gekommen.«

Nach einer nachdenklichen Pause fuhr er fort: »Unten kommt man ziemlich bald zu der weißen Statue vom heiligen Patrick, dann geht's aufwärts über Hänge mit Heide, hartem Gras und Wildblumen, Alpensäuerling, Streifenfarn, Binsen und Kraut-Weide.«

»Kennst du die alle, diese Pflanzen?« Sonja sah ihn erstaunt an. »Das sind nicht gerade Arten, denen man täglich begegnet, oder?«

Patrick grinste. »Natürlich habe ich mich vorher schlaugemacht. Ich kann doch nicht nach Irland fahren, den Mount Patrick besteigen und nicht wissen, was da so alles wächst.«

»Das erste Stück ist gut zu gehen«, stimmte Wilhelm zu, »erst später wird's so steinig.«

»Ja, allerdings hat es da unten noch ein wenig geregnet, aber dann hörte es auf. Auf dem Sattel zum Lugnademon-Berg kann man über lauter grüne Hänge bis zur Clew-Bucht mit ihren vielen kleinen Inselchen blicken, und aufs Moorland mit Torfmoos, und über einige ziemlich wilde, kleinere Berge. Dann kommt in fünfhundert Metern Höhe die erste Wallfahrt-Station. Um einen kegelförmigen Steinhaufen muss man siebenmal herumgehen, dann kann man sich etwas wünschen.«

Sonja sah ihn leicht belustigt an. »Und, hast du das gemacht?«

»Aber sicher«, antwortete Patrick.

»Und was hast du dir dabei gewünscht?«

Er sah sie tadelnd an. »Sei nicht so neugierig, das geht niemanden etwas an.« Nach einer Pause setzte er hinzu: »Es ist eine ganz besondere Atmosphäre um diesen Berg. Ob nun heilig oder nicht, die vielen Pilger, die daran glauben, dass man dort um etwas beten kann, das berührt einen schon.«

Er machte wieder eine Pause und bestrich sich noch eine Scheibe Brot. Der Berg hat ihn offensichtlich mächtig hungrig gemacht, stellte Sonja fest.

»Dann kommt die zweite Hälfte des Aufstiegs«, fuhr Patrick fort, »und die ist wirklich hart, steil und voller Geröll, bis 764 Meter hoch. Oben auf dem Plateau steht die kleine geweihte Kapelle. Und genau in dem Moment, als ich oben war, kam die Sonne durch ein Wolkenloch. Das war schon einmalig schön, wie für mich inszeniert.« Patrick lehnte sich auf seinem Stuhl zurück. »Einen unwahrscheinlichen Rundblick hat man von da oben. Wie ich schon sagte, das werde ich nie vergessen.«

Wilhelm sah man an, dass seine Gedanken zurückgingen zu seinen Wanderungen auf diesen Berg mit seiner Maire. Sonja schwieg, sie wollte die beiden nicht stören. Ein wenig ärgerte sie sich, dass sie Patrick nicht begleitet hatte. Sie beneidete ihn um diese ganz besonderen Eindrücke.

Als Patrick aufgegessen hatte, reckte er sich und sagte:

»Na, und dann kam der Rückweg, übers Geröll wieder hinunter. Das war eine ziemlich rutschige Angelegenheit, teilweise bin ich da auf dem Hosenboden runter. Ihr könnt euch nicht vorstellen, wie viel Spaß ich hatte!« Dann seufzte er tief. »Dafür bin ich jetzt auch hundemüde. Ich werde heute sicher bald ins Bett gehen.«

Wilhelm stand auf und räumte das Geschirr zusammen. Sonja half ihm, verstaute die Reste im Kühlschrank und wischte den Tisch ab.

»Kannst du morgen überhaupt den Ausflug zum Burren machen?«, fragte sie besorgt. »Vielleicht hast du fürchterlichen Muskelkater.«

»Morgen wird's trocken sein«, sagte Wilhelm. »Die Schwalben fliegen hoch, und der Wind hat sich gelegt. Der Burren ist kein hoher Berg, es geht ein wenig rauf und wieder runter. Das schafft er schon.«

»Natürlich«, stimmte Patrick ihm zu, »morgen ist unser Tag, Elfenkönigin, mit oder ohne Muskelkater. Ich bin froh, dass du mitkommst, zu zweit werden wir sicher viel Interessantes entdecken.«

An diesem Abend, als Wilhelm und Patrick bereits in ihren Zimmern verschwunden waren, lag Sonja noch lange wach. Sie sah aus dem Fenster direkt in einen wunderschönen Sternenhimmel, das Meer rauschte in der Ferne. Sie freute sich auf den nächsten Tag, sie würde einen ganzen Tag lang mit Patrick zusammen sein. Und vielleicht würde er dann auch einmal etwas mehr von sich erzählen. Sie dachte an sein Gesicht, wenn er lächelte, oder wenn er in Gedanken versunken war und seine Miene ganz ernst wurde. Sie wünschte sich, dass er morgen einfach nur glücklich war mit ihr zusammen. Sie dachte daran, dass ihr

Vater einmal gesagt hatte, sie dürfe ruhig auch mal ein bisschen leichtsinnig sein, etwas Verrücktes tun, sie müsse nicht immer alles genau planen und mit Vernunft entscheiden. Genau das machte sie jetzt. Sie war womöglich gerade dabei, sich in einen Gärtner zu verlieben, von dem sie eigentlich gar nicht viel wusste.

Sie reckte sich im Bett, rollte sich dann langsam auf die Seite und kuschelte sich in die Decke, schloss die Augen und überließ sich dem Schlaf und guten Träumen.

27

Als sie am nächsten Morgen aufwachte, stand Patrick mit einem Frühstückstablett neben ihrem Bett.

»Hallo, Schlafmütze«, begrüßte er sie und setzte sich neben sie auf den Bettrand. »Es ist bereits acht, wir haben heute noch viel vor.«

Sonja richtete sich auf, und er stellte das Tablett vor sie hin. »Das ist ja eine Überraschung«, sagte sie erfreut. »So bin ich schon lange nicht mehr verwöhnt worden.«

Er schenkte ihr Tee ein, gab Milch und Zucker dazu, dann reichte er ihr den Teller mit Ei und Schinken und bestrich eine Scheibe frisches Brot mit Butter. »Ich möchte schon bald aufbrechen und dachte mir, wenn du im Bett gefrühstückt hast, bist du so munter, dass du danach in Windeseile abmarschbereit bist.«

»Ach, und ich hatte schon gemeint, du bemühst dich so um mich, weil ich für dich etwas Besonderes bin«, erwiderte Sonja und lächelte.

»Das natürlich auch«, beeilte er sich, ihr zu versichern.

»Und wo ist die rote Rose, die dazu auf ein Tablett gehört, und der leidenschaftliche Kuss zur Begrüßung?«

Er grinste und stand auf. »Rote Rosen konnte ich leider keine auftreiben, und leidenschaftliche Küsse gehören zu einem romantischen Sonnenuntergang, nicht zu einem frühen Morgen vor einer Wanderung, da wären sie nur vergeudet. Du hast genau dreißig Minuten Zeit, dann fahren wir los.«

Sonja schüttelte den Kopf. »Hoffnungslos unromantisch«, seufzte sie, aber dann machte sie sich über das Frühstück her, denn sie hatte Hunger.

Das mit dem leidenschaftlichen Kuss hatte sie mehr im Spaß gesagt, doch ein wenig hatte sie schon manchmal den Wunsch, Patrick würde eindeutiger sein in seinen Annäherungen, und konsequenter. Manchmal überraschte er sie mit Zärtlichkeiten oder stürmischen Umarmungen, dann wieder zog er sich zurück und schaffte eine Distanz zwischen ihnen, die sie verletzte. Dabei war sie sicher, dass sie ihm nicht gleichgültig war, und das hatte er ihr ja auch gesagt. Sie atmete tief durch. Darüber wollte sie jetzt nicht nachdenken, sie wollte einfach nur den Tag mit ihm genießen, vom ersten bis zum letzten Augenblick.

Tatsächlich stand sie dreißig Minuten später unten im Flur und zog ihre festen Wanderschuhe an. Wilhelm hatte wieder einmal recht gehabt mit seiner Wetterprognose, der Himmel war blau, es wehte eine leichte Brise aus Süden, das Meer lag ruhig bis zum Horizont, und die Möwen glitten sanft durch die laue Luft.

Patrick hatte seinen Rucksack gepackt mit allem, was nötig war, auch Sonjas Anorak fand bei ihm Platz.

Wilhelm winkte ihnen an der Tür nach, als sie den Weg zur Straße hochstiegen. Am Wagen angekommen, öffnete Patrick für Sonja die Autotür und stellte seinen Rucksack auf den Rücksitz.

»Wir werden nicht durch Galway fahren«, erklärte er. »Im Linksverkehr durch eine verkehrsreiche Stadt, das ist mir zu anstrengend. Wir fahren um Galway herum, und auf der anderen Seite der Bay wieder Richtung Meer. Dann kommen wir zum Strand von Fanore, ab dort werden wir zu Fuß auf den Burren wandern.«

Sonja war mit allem einverstanden. Sie sah beglückt aus dem Fenster, das sie heruntergekurbelt hatte, um die frische Morgenluft hereinzulassen. Sie fuhren durch Tullycross, das mit seinen verstreut liegenden Häusern in dem hügeligen Gelände lag.

»Wie gut diese Häuser hier zu der Landschaft passen«, stellte Sonja fest. »Mit ihren weißen Wänden und den grauen Dächern sind sie geradezu malerisch ins Grün eingebettet. Keins hat mehr als zwei Etagen. Es ist so viel Platz hier, man kann sich nicht gegenseitig in die Fenster schauen, und keins verstellt dem anderen den Blick aufs Meer.«

»Du hast recht, alles wirkt klein und überschaubar, dabei sind einige von ihnen Hotels und Ferienwohnungen«, sagte Patrick, »aber das sieht man ihnen nicht an.«

»Scheint ein beliebter Erholungsort zu sein.«

»Hier gibt es den breiten Strand und den Connemara Nationalpark. Man kann viele schöne Ausflüge machen.« Er strahlte sie an. »So wie wir gerade.«

Kurz danach bog Patrick auf die Straße nach Galway ein. Viele Kilometer lang erhoben sich nun links der Straße die bis zu siebenhundert Meter hohen Berge von Connemara, mit weiten Tälern und runden Kuppen. Rechter Hand dagegen war die Landschaft flach, mit unzähligen kleinen Seen und Tümpeln, die in der Sonne glitzerten. Das Moor lag hier vor ihnen ausgebreitet. Sonja konnte sich kaum sattsehen. Immer wieder brach sie in Begeisterung aus.

»Dies ist die Grenze zwischen den zwei Teilen von Connemara, dem Bergland und dem Moor, wie man gut sehen kann. Zwei völlig unterschiedliche Landschaften, aber jede für sich einmalig. Schau mal, was hier alles wächst.«

Zu Sonjas großer Überraschung fing er auf einmal mit einer warmen, voll tönenden Tenorstimme an zu singen: »Sonnenhut und Königsfarn, Blutweiderich in Violett, Mädesüß, so weiß wie Schnee, und gelb die Lilie im Moor, Ginsterduft nach Kokosnuss, und Knabenkraut bezaubernd schön ...«. Er verstummte, sah sie erwartungsvoll an und fragte: »Na, wie war ich?«

»Unwiderstehlich«, antwortete Sonja mit lachenden Augen. »Was sind das alles für Namen?«

»Blumen im Moor, hab ich gelernt.«

»Und wo? Hast du dein schlaues Buch mitgenommen und heute Morgen darin nachgeschaut?«

»Auch, aber ich bin ja schließlich vom Fach, das habe ich auf der Hochschule gelernt, unter anderem.«

»Was? Ich denke, du bist Landschaftsgärtner.«

»Ja, aber nach der Lehre habe ich noch Gartenbau studiert. Neben dir sitzt ein Bachelor of Science, bitte schön. Klingt gut, oder?«

»Allerdings, warum hast du mir das bisher nicht erzählt?«

»Ist das denn so wichtig?«

»Ja, natürlich, mein Respekt vor dir ist um einiges gestiegen«, sagte sie mit leuchtenden Augen.

»Das freut mich. Aber nun, Frau Doktor, brauche ich deine Hilfe. Wir müssen eine Straße finden, die nicht nach Galway hineinführt und auf der wir schließlich auf die Küstenstraße R 477 kommen. Kannst du mal nach Schildern Ausschau halten? Auch wenn du keinen Bachelortitel hast?«

»Sei nicht frech, dafür habe ich einen Doktortitel!«, entgegnete Sonja. »Ich werde dich schon richtig lotsen.«

Es klappte tatsächlich gut, wenn sie auch auf einigen kleinen Straßen unterwegs waren, auf denen sie immer wieder abbiegen mussten. Aber schließlich kamen sie auf die Küstenstraße. Patrick fuhr ganz langsam, denn der Ausblick von dem erhöht liegenden Weg hinunter auf die Galway Bay war atemberaubend. Kilometerlang gab es immer wieder eine neue Sicht aufs Meer, bis sie zum Black Head kamen, einer vorspringenden Landzunge mit glattgewaschenen Felsen. Dann verlief die Straße weg von der Küste bis Fanore, wo sie auf einen großen Parkplatz direkt an einem weiten Strand fuhren. Hier stiegen Patrick und Sonja aus. Sie reckte sich und breitete voller Begeisterung die Arme aus. »Hier bleiben wir und legen uns in den Sand. Es ist einmalig schön hier!«

»Kommt nicht in Frage«, erwiderte Patrick streng. »Heute wird der Burren erwandert. Mit mir, so eine Gelegenheit kriegst du nicht so schnell wieder geboten.«

Sie lachte und hakte sich bei ihm unter. »Sehr wohl, mein Herr, ich bin zu allem bereit.«

»Zu allem? Vielleicht überlege ich es mir noch mal und verzichte doch auf die Wanderung.« Er warf ihr einen Blick zu, der Bände sprach. Sie hatte das Gefühl, dass sie rot wurde.

»Zu spät«, gab sie schnell zurück, »du hast mir den Burren und deine Begleitung versprochen.«

Die Straße führte sie zu dem kleinen Ort Murroogh, der nur aus wenigen Häusern bestand. Dort bog Patrick in einen Grasweg ein, der zwischen zwei niedrigen Steinmäuerchen immer am Hang entlang geradeaus verlief und wunderbar bequem zu gehen war.

»Eine sogenannte Green Road«, las er aus seiner Karte vor.

Ein paar kleine weiße Wolken zogen über den Himmel, die Sonne wärmte Sonjas Rücken, unter den Füßen spürte sie das weiche Gras. Sie fühlte sich vollkommen leicht und glücklich wie schon lange nicht mehr.

Ab und zu mussten sie ein Gatter öffnen und hinter sich wieder schließen, oder sie hatten über ein quer verlaufendes Steinmäuerchen zu klettern, was Patrick besonderen Spaß machte.

Dann ging es einen Hang bergauf, und nach einer Stunde erreichten sie ein altes, noch gut erhaltenes Ringfort.

Hier legten sie eine Pause ein. Patrick packte Orangensaft, Wasser und Brötchen aus.

Sonja war müde geworden, ließ sich ins Gras fallen und schloss die Augen. Patrick setzte sich neben sie und schob ihr den Anorak unter den Kopf. Sie hätte es gern gehabt, wenn er sich neben sie gelegt hätte und sie sich in seinen Arm hätte kuscheln können, aber er blieb sitzen und schaute sich seine Karte an.

»Nur ein paar Minuten«, murmelte sie, »dann können wir weiter.« Und dann war sie auch schon eingeschlafen.

Patrick weckte sie nach einer Stunde. »Hallo, Siebenschläfer«, sagte er munter, »aufstehen, wir wollen doch wandern und nicht schlafen.«

Sie reckte sich. »Ach, das hat gutgetan.« Sie richtete sich auf. »Jetzt bin ich wieder munter, und du? Was ist mit dir?«

»Ich habe dich bewacht, damit kein Cluricaun oder sonst wer dir einen Schabernack spielen kann. Die wohnen nämlich mit Vorliebe in alten Forts.«

»Jetzt redest du auch schon wie Wilhelm«, meinte Sonja vorwurfsvoll.

Patrick lachte und verstaute die Karte in seinem Rucksack. »Das macht die Insel mit ihren vielen magischen Orten, die stecken einen an.« Damit stand er auf, auch Sonja erhob sich und klopfte sich die Grashalme von der Hose.

Es war eine karge, steinige Landschaft, durch die sie nun gingen – Kalkgestein, zwischen dem nur hartes, dürres Gras wuchs, dazu anspruchslose Wildblumen, da der Boden durchlässig war und das Wasser in diesem Karstgebiet schnell versickerte. Trotzdem hatte diese Landschaft auch ihren Reiz, meist lief der Weg an einem Steinmäuerchen entlang, oder man wanderte über wegloses Gebiet mit Steinmännchen, an denen man sich orientieren konnte. Nur wenn sie in ein Tal kamen, herrschte wieder üppiges Grün vor, einmal gab es sogar einen kleinen Wald.

Es war bereits Nachmittag, als sie über eine Hochebene kamen, die mit vielen Kalksteinplatten bedeckt war. Überall standen Dolmen, diese Steintische aus drei senkrecht stehenden Steinen mit einem waagerechten darüber. Dazwischen gab es immer wieder einzeln stehende Platten, die auf frühere keltische Gräber hindeuteten. Manchmal trat Sonja auf eine auf dem Boden liegende Platte, die wackelte. Sie musste schon ein bisschen aufpassen, damit sie nicht stolperte. Patrick erzählte, dass sich unter diesem Gebiet große Höhlen mit Tropfsteinen befanden. Sie fand es fast unheimlich, wenn sie sich das vorstellte.

Als sie eine letzte Pause machten, wurde Sonja ganz

schweigsam. Hier in dieser Landschaft zeigte sich Irland von einer anderen Seite, hier gab es keine satten grünen Wiesen, hier hatten die Menschen ums Überleben kämpfen müssen.

In Patricks Wanderführer, den sie zwischendurch studierte, stand einiges über den Burren und die Forts, an denen sie vorbeigekommen waren, alle nur noch Ruinen.

»Diese Forts sind Rundbauten, die eine Sippe oder Familie beherbergten«, las sie vor, »und ihr Schutz boten.« Sie hob den Kopf. »Weißt du, Patrick«, sagte sie, »ich bin richtig froh, heute zu leben. Diese Menschen, die hier wohnten, mussten immer Angst haben, überfallen zu werden oder zu verhungern. Nein, das könnte ich nicht ertragen. Hör mal, was hier noch steht: ›Ein wildes Land, in dem es weder genug Wasser gibt, um einen Mann darin zu ertränken, noch einen Baum, um ihn daran aufzuhängen, noch Erde, um ihn zu begraben.‹ Das hat Cromwells Landvermesser gesagt, als Cromwell die Iren hierher verbannte, die nicht von ihrem katholischen Glauben lassen wollten. Ist das nicht schrecklich?« Sie schüttelte nachdenklich den Kopf. »Heute gehen wir über diese Erde, und eine Menge Touristen schaut sich die Gegend an, dann kommen wir nach Hause und haben unzählige Fotos gemacht, aber die Menschen, die hier umkamen, vergessen wir. Auf dieser Insel ist in Tausenden von Jahren viel gekämpft und viel gestorben worden.«

»Das ist in allen Ländern so, mehr oder weniger«, räumte Patrick ein.

»Wahrscheinlich«, gab sie zu, »auf jeden Fall bin ich froh, jetzt zu leben und heute Abend wieder heimfahren zu können ins Cottage. Dort haben wir alles, ein Dach über dem Kopf, genug zu essen und keine missgünstigen Nachbarn oder irgendwelche Piraten, die uns überfallen könnten und uns alles wegnehmen. Das ist ein großes Glück, finde ich, das man allzu leicht als selbstverständlich hinnimmt. Aber das ist es nicht.« Sie hielt inne. »Und außerdem bist du da«, fügte sie leise hinzu. »In deiner Nähe fühle ich mich sicher. Lach bitte nicht, aber es ist so.«

28

Die Sonne stand schon tief über dem westlichen Horizont, als die beiden wieder im Cottage ankamen. Sonja war angenehm müde und ganz erfüllt von diesem Tag. Sie ging erst einmal hoch in ihr Schlafzimmer, zog den Pullover aus, die Jeans und die dicken Strümpfe und ließ sich warmes Wasser ins Waschbecken. Sie genoss es, sich das Gesicht und die Hände zu waschen, und danach stellte sie zuerst das eine Bein und dann das andere ins Becken, dabei wäre sie fast umgekippt und musste lachen. Aber nach dieser Fußwaschung fühlte sie sich erfrischt und überlegte, was sie für den Abend anziehen sollte.

Wilhelm war nicht da, das hatten sie gleich mitbekommen, als sie den Flur betraten, denn seine Schuhe waren weg, und die Filzpantoffeln lagen im Regal. Wahrscheinlich saß er in einem Pub bei seinen alten Freunden, da konnte es spät werden, bis er zurückkam.

Sonja zog eine karierte Flanellbluse und eine bequeme Jerseyhose an und schlüpfte in frische Strümpfe und Hausschuhe. Danach cremte sie sich noch die Arme und das Gesicht ein mit einer gut duftenden Körpermilch, sie hatte heute ziemlich viel Sonne abbekommen. Dann löste sie den Zopf, den sie heute Morgen fest geflochten hatte, und ließ die Haare offen über die Schultern fallen. An beiden

Seiten nahm sie eine Strähne zurück, die sie mit einer Spange am Hinterkopf zusammenhielt. Nun fühlte sie sich wieder ansehnlich, nichts stand mehr einem gemütlichen Abend mit Patrick im Wege.

Sie ging die Treppe hinunter und trat in die Küche. Auch Patrick hatte sich umgezogen. Er saß nachdenklich am Tisch.

»Ich mache uns jetzt was zu essen. Was hältst du von Kaiserschmarrn mit Apfelmus? Das geht schnell, und alles, was wir dafür brauchen, ist da.«

»Nicht gerade sehr irisch, klingt aber köstlich.«

»Und danach ...« Er machte eine bedeutungsvolle Pause »Also, ich hab da so eine Idee. Draußen ist es heute noch richtig lau, der erste Abend, an dem man den kommenden Sommer spürt, es ist windstill, der Himmel ist wolkenlos, bald gehen die Sterne auf. Da hätte ich große Lust, heute am Strand zu übernachten. Kommst du mit?«

Sonja machte große Augen. »Du meinst, wir sollen draußen schlafen? Mit Decken und Schlafsack?«

»Kein Schlafsack, aber wir könnten die große Schafwolldecke aus dem Wohnzimmer nehmen und auf den Sand legen, und darüber unsere zwei leichten Daunenbettdecken. Das genügt bestimmt. Wenn du frierst, wärme ich dich, außerdem habe ich hier eine Flasche Rotwein gefunden, die nehmen wir mit. Das wird einmalig.« Seine Augen leuchteten. »Wir liegen unter dem Sternenhimmel am Strand, und das Meer rauscht uns in den Schlaf.«

Sonjas Augen begannen ebenfalls zu leuchten. »So etwas habe ich noch nie gemacht«, sagte sie begeistert. »Natürlich mache ich mit. Ich schau mal in der Speisekammer nach, was noch da ist. Wir sollten zum Rotwein auch noch

Brot haben und Käse, ein paar Kerzen könnte ich mir auch vorstellen, die unser Lager beleuchten.« Sie drehte sich zu ihm um. »Patrick, du bist einmalig, das hat mir bisher noch nie jemand vorgeschlagen.«

»Das hoffe ich doch sehr«, antwortete er lachend, »es soll ja auch ein ganz besonders schönes Erlebnis werden.« Er stand auf und holte die Pfanne aus dem Schrank. Während er den Teig für den Kaiserschmarrn zubereitete, suchte Sonja alles zusammen, was sie unten am Strand brauchen würden.

Nachdem sie gegessen und die Küche aufgeräumt hatten, legten sie eine Nachricht für Wilhelm auf den Küchentisch und machten sich mit Decken und einem großen Korb auf den Weg. Es dämmerte schon hier unten, einzelne Sterne standen bereits am östlichen Himmel, während er im Westen noch von der erst vor kurzem untergegangenen Sonne leuchtete.

Es passte alles wunderbar. Die Nacht war lauwarm, das Meer ruhig. Patrick legte die dicke Decke in eine erhöhte Mulde auf den Sand unter einem Felsen, wohin das Wasser nicht gelangen würde, dann füllte er zuerst einmal die beiden Gläser mit dem Rotwein.

»Auf uns und die Grüne Insel«, sagte er, als er mit Sonja anstieß. Das leise Klirren wurde von dem sanften Rauschen des Windes und der Wellen davongetragen. Sie saßen dicht nebeneinander und schauten schweigend aufs Meer hinaus, wo die Dunkelheit sich langsam ausbreitete. Schon bald war kein Horizont mehr zwischen Meer und Himmel zu sehen.

Irgendwann einmal stand Patrick auf und zog Sonja mit sich. »Komm, wir gehen ein Stückchen den Strand entlang bis zu den Klippen. Weißt du, wie ich mich fühle? Wie der einzige Mensch hier auf der Insel. Alles gehört mir, der Strand, das Meer, die Küste, das Land, und du bist zu Besuch bei mir …«

»Und oben am Rand steht dein Schloss«, fügte Sonja hinzu. »Es hat vier Schlafzimmer, jedes hat ein Fenster in eine andere Richtung.«

»Wozu das?«

»Na, wir können in dem Schlafzimmer mit Blick nach Westen einschlafen, nachdem wir vom Bett aus den Sonnenuntergang genossen haben, und in der Nacht ziehen wir dann um in das Zimmer mit dem Ost-Fenster und beobachten den Sonnenaufgang.«

»Sehr gut«, stimmte Patrick zu. »Um das Schloss herum haben wir einen großen Garten, und du darfst dir alle Blumen wünschen, die du möchtest, ich werde sie für dich anpflanzen.«

»Vergiss nicht die Elfenburgen aus Stein und den Holunderbusch«, erinnerte ihn Sonja.

Er lachte. »Natürlich, Elfen, die brauchen wir unbedingt, damit das Glück immer bei uns bleibt.«

Sie waren am Ende der Bucht angekommen, Patrick setzte sich auf einen der großen Steine, die im Sand lagen. Sonja ging zum Wasser hinunter. Ganz sanfte Wellen spülten an die Felsen, so ruhig war das Meer selten.

Als sie zurückkam, hatte Patrick ein paar trockene Zweige gesammelt. »Wir machen ein Feuer«, erklärte er. »Das gehört zu einer Strandnacht. Komm, wir suchen noch mehr Holz.«

Inzwischen war es zwar schon ziemlich dunkel, aber man konnte noch genug sehen, denn der Sand schimmerte hell zwischen den Felsstücken, und auf dem Wasser glitzerten ab und zu die Wellen.

Die beiden kehrten mit einem Arm voll Ästen und Holzstücken zu ihrem Schlafplatz zurück. Patrick legte mit Steinen einen Kreis und schichtete das Holz darin auf, dann zündete er ein zerknülltes Papier an, das er unter das Holz geschoben hatte. Schnell züngelten die Flammen, und kurz danach konnte man sich bereits an ihnen wärmen.

Sonja setzte sich neben dem Feuer in den Sand. Die Flammen ließen den Boden ringsherum hell leuchten, dafür schien die Dunkelheit, die sie umgab, umso undurchdringlicher zu sein. Sonja fand es sehr gemütlich. Patrick brachte zwei Holzspieße und einige Stücke Brot, die sie über der Glut rösteten, auch ein Stück Käse wurde am Spieß geschmolzen. Er verbrannte sich fast den Mund daran, als er hineinbiss. Die Zweige im Feuer knackten, ab und zu sprang ein Funke auf den Sand.

Der Wein in den Gläsern, die neben ihnen auf dem Sand standen, funkelte im Schein des Feuers tiefrot.

Der Mond kam über den Klippen hervor und wanderte Richtung Meer, schon mehr als eine halbe Scheibe, zunehmend. Als die Glut erloschen war, streute Patrick Sand darüber. Im fahlen Licht des Mondes warfen die Steine lange Schatten, der Himmel über ihnen wölbte sich mit unzähligen Sternen weit bis zum Horizont.

Weil das Meer sich inzwischen ein ganzes Stück zurückgezogen hatte, war es jetzt so still, dass Sonja Patricks Atem neben sich hören konnte. Sie rückte dicht an ihn heran und legte den Kopf an seine Schulter. Er nahm sie in den Arm, so saßen sie eine Weile ganz nah beieinander, bis

Patrick sagte: »Ich glaube, es wird Zeit, in unser Bett zu kriechen, bevor wir noch anfangen zu frieren.« Er stand auf, zog Sonja hoch, und sie ging mit ihm zu ihrem Lager. Sie spürte den weichen, kühlen Sand unter den nackten Füßen und Patricks warmen Arm über ihrer Schulter. An ihrem Schlafplatz angekommen, ließ sie sich wohlig aufseufzend auf der Schafwolldecke nieder, Patrick breitete die beiden Daunendecken über sie und schlüpfte dann zu ihr. Er beugte sich über sie und strich ihr zärtlich die Haare aus dem Gesicht. Er sah sie lange an. Endlich küsste er sie, zunächst die Nase, dann die Wangen, die kleine Grube an ihrem Hals und schließlich den Mund. Sonja schmeckte den Wein, sie fühlte seinen kräftigen Körper. Sofort war das Begehren wieder da, das sie in dem Schuppen beim Torfholen bereits gespürt hatte. Patrick war ihr vertraut, gleichzeitig war er aufregend und verführerisch. Sie legte ihm die Arme um den Nacken und zog ihn an sich. Sofort schob er sich über sie. Sie seufzte auf, und er verstand die Einladung. Seine Küsse wurden leidenschaftlicher, seine Hände erkundeten ihren Körper. Dann gab es nur noch sie beide und den Mondschein und die Wellen und den weiten leeren Strand.

29

Sonja erwachte, als es begann, hell zu werden. Sie war warm eingepackt in die Daunendecke. Patrick lag neben ihr auf dem Bauch und schlief noch, einen Arm hatte er um sie gelegt. Die Luft war kühl geworden, der Himmel immer noch wolkenlos, draußen auf dem Meer glitzerten die ersten Strahlen der aufgehenden Sonne auf den Wellen.

Die Bucht lag noch im Schatten, einige Möwen segelten bereits durch die Luft. Sonja setzte sich vorsichtig auf und sah auf Patrick hinunter. Seine Haare verdeckten sein Gesicht zum Teil, aber sie kannte es inzwischen so gut – den weichen Mund, das feste Kinn, die gerade kräftige Nase und die Augenbrauen, die über der Nase fast zusammenstießen, vor allem, wenn er ernst war. Sie kannte die feinen Fältchen in den Augenwinkeln und die Augen, die in den letzten Tagen fast immer fröhlich geblickt hatten und nicht mehr traurig oder bedrückt wie zu Anfang.

Fröstelnd schlüpfte sie wieder unter die Decke, zog ihre dicke Wolljacke an und streifte sich die Jeans über. Dann streckte sie ihre kalten Füße zu Patrick hinüber, um sie zu wärmen, bevor sie die Strümpfe anzog. Davon wachte er auf, schaute sie an und lächelte.

»Guten Morgen, Prinzessin«, sagte er und drehte sich auf den Rücken. »Da werde ich rigoros mit kalten Füßen geweckt.« Er zog eine beleidigte Miene, jedoch nicht lange. »Dafür werde ich mit einem sehr schönen Anblick belohnt: Sonja mit offenen Haaren vor einem wolkenlosen Himmel, der langsam immer heller wird. Müssen wir aufstehen?«

»Es ist kühl. Ich würde ganz gern in meinem Bett noch ein oder zwei Stunden weiterschlafen.«

»Wie unromantisch«, bemerkte er und schüttelte den Kopf, dann setzte er sich auf und nahm Sonja in den Arm. »Aber du hast recht, außerdem hab ich Hunger, Frühstück wäre auch nicht schlecht.«

Er hangelte nach seinem Pullover, zog ihn über, schlüpfte in die Hose und stand schwungvoll auf. Er reckte sich ausgiebig und sog die wunderbar frische Luft tief ein. Dann half er Sonja hoch und gab ihr einen Kuss auf die Nase. »Dann wollen wir mal unsere Sachen zusammensuchen.«

Nachdem er den Korb gepackt und die Decken zusammengelegt hatte, hielt er inne und blickte Sonja zärtlich an. »Du bist eine bezaubernde Frau, ich habe mich schon lange nicht mehr so wohl gefühlt wie mit dir. Vielleicht sind es auch die Insel und die ganze Atmosphäre hier, die irgendwie heilsam sind. Auf jeden Fall möchte ich dir danken dafür, dass du da bist, und für die schöne Nacht und diesen Morgen.«

»Ich dir auch«, erwiderte Sonja und lehnte den Kopf an seine Schulter. Eine Weile standen sie so still beieinander, dann löste sie sich von ihm.

»Es ist wirklich sehr kühl«, sagte sie und rieb sich die Hände. »Ich nehme die zwei leichten Decken und du den Korb und die Schafwolldecke, okay?« Und schon machte sie sich auf den Weg. Patrick stapfte zügig durch den Sand hinter ihr her.

Im Haus angekommen, blieb er stehen. »Wir müssen leise sein«, flüsterte er. »Wilhelm schläft sicher noch. Ich mache uns schnell einen heißen Tee, danach kannst du gleich in dein Bett kriechen.«

Er brachte seine Decke ins Wohnzimmer und den Korb in die Küche, während Sonja die zwei Daunendecken nach oben trug, ihre eigene auf ihr Bett legte und die von Patrick aufs Geländer vor seinem Zimmer hängte.

Was Wilhelm sich wohl gedacht hat, als er gestern Nacht heimgekommen ist und weder Patrick noch dessen Decke da war, überlegte sie ein wenig verlegen. Leise huschte sie die Treppe wieder hinunter und ging in die Küche. Wilhelm war nicht neugierig, und egal, was er vermutet hatte, er würde nicht darüber sprechen.

Der heiße Tee, den ihr Patrick reichte, wärmte sie herrlich von innen und machte sie so müde, dass sie kaum noch die Augen offen halten konnte.

»Komm«, sagte er und half ihr hoch, »du gehörst wirklich noch mal ins Bett.« Er brachte sie in ihr Zimmer, sie legte sich, so wie sie war, hin, und er deckte sie sorgfältig zu. »Ich gehe für dich der Sonne guten Morgen sagen. Sie ist noch nicht über unsere Klippen gestiegen, aber oben auf der Ebene scheint sie bestimmt schon. Wenn sie dann das Cottage erreicht hat, bin ich wieder da. Dann bist du hoffentlich auch wieder munter, und wir werden uns ein zweites ausführliches Frühstück gönnen. Einverstanden?«

»Ja«, murmelte Sonja, sie schlief schon beinahe, und er schlich leise hinaus und die Treppe hinunter.

Zwei Stunden später erwachte sie und hörte unten in

der Küche Geschirr klappern. Patrick ist wieder da, dachte sie. Sie waren zwar nicht lange getrennt gewesen, trotzdem freute sie sich schon wieder auf ihn. Sie fühlte sich vollkommen ausgeruht und reckte sich wohlig im Bett. Die Sonne hatte tatsächlich inzwischen das Cottage erreicht und schien durchs Fenster herein. Eine Weile blieb sie noch liegen und hing ihren Gedanken und Träumen nach. Diese Nacht am Strand war einmalig schön gewesen, aber wie ging es nun weiter? In einer Woche mussten sie zurück nach Amrum. Patrick wollte dort noch bis zum Herbst bleiben, sie würde schon nach ein paar Tagen nach Hamburg zurückfahren. Sie könnte öfter zum Wochenende wiederkommen, aber dann? Wohin würde Patrick gehen, wenn der Herbst begann? Könnte er nach Hamburg kommen, würde er es überhaupt wollen? Sie war immer noch nicht sicher, ob er mit ihr zusammenbleiben wollte. Er braucht Zeit, hatte er gesagt, nur wie viel? Und wünschte sie es sich überhaupt?

Nicht grübeln, beschloss sie und schob die Gedanken beiseite. Sie wollte diese Zeit mit Patrick hier einfach genießen, was danach kam, würde sich schon finden.

Sie schob die Bettdecke weg, stand auf, schlüpfte in ihre Filzpantoffeln, ging zum Spiegel und machte sich frisch. Zum Schluss flocht sie die Haare zu einem Zopf.

In der Küche war aber nicht Patrick, sondern Wilhelm, der gerade dabei war, Tee zu kochen und den Tisch zu decken.

»Guten Morgen, Wilhelm«, sagte Sonja. »Ist Patrick noch nicht da?«

»Nein«, brummte er und stellte den Brotkorb auf den Tisch. »Ich weiß nicht, wo er steckt.«

»Er wollte die Sonne begrüßen, oben auf den Klippen«, erklärte sie. »Vielleicht hat er sich auf die Wiese gelegt und ist eingeschlafen.«

Wilhelm setzte sich und schenkte sich und Sonja heißen Tee ein. »Ich hoffe, er kommt bald«, sagte er. »Ich hab etwas Wichtiges mit ihm zu besprechen. Ryan wird auch da sein, in einer halben Stunde, und ich möchte nicht, dass sie warten muss.«

»Wenn er nach dem Frühstück noch nicht hier ist«, versprach Sonja, »gehe ich ihn suchen. Weit kann er ja nicht sein. Außerdem wird er Hunger haben, bestimmt ist er schon auf dem Heimweg.«

Aber als Patrick nach einer ganzen Zeit immer noch nicht aufgetaucht war, wurde sie unruhig. Sie nahm ihr Brötchen in die Hand und stand auf. »Nun wird's aber langsam Zeit, was?« Sie lächelte. »Wilhelm, ich schau mich oben mal ein wenig um. Er muss ja irgendwo sein. Vielleicht hat er seine Verabredung mit dir vergessen.«

»Es ist wichtig, das weiß er, und eigentlich ist er zuverlässig. Ja, es ist gut, wenn du ihn suchst. Hoffentlich ist nichts passiert.«

»Das glaube ich nicht.« Sie versuchte, zuversichtlich zu klingen, doch sie machte sich allmählich wirklich Sorgen. Auf Patrick konnte man sich verlassen, das hatte sie schon festgestellt, er war pünktlich und bemühte sich, niemanden warten zu lassen.

Sie zog im Flur ihre festen Schuhe an und stieg den Weg hinter dem Cottage hoch, der jetzt schon fast ganz in der Sonne lag. Auf den Gräsern und Blumen glitzerte noch der Tau, die Luft war frisch und feucht, und es roch nach Meer und Tang und Erde. Die Papageientaucher saßen vor ihren Höhlen in den Felsen. Sonja fand, dass sie die lustigsten Vögel waren, die sie kannte.

Oben auf der Höhe angekommen, schlug sie den Weg nach Süden ein, ging ganz langsam und schaute sich nach allen Richtungen um. Hier konnte man die ganze Gegend gut übersehen, aber von Patrick war keine Spur zu entdecken. Überhaupt war da kein Mensch, nur die Kühe und die Schafe auf den Weiden grasten in aller Ruhe vor sich hin.

30

Sonja ging zügig den Höhenweg entlang, verließ ihn immer wieder, um vorsichtig an den Rand der Klippen zu treten und hinunterschauen zu können. Möglicherweise hatte sich Patrick an einer flachen Stelle auf einen Felsen gesetzt und vollkommen die Zeit vergessen. Je häufiger sie an die Kante trat und in die Tiefe sah, desto unruhiger wurde sie. Er wollte zum Frühstück zurück sein, wenn die Sonne das Cottage erreicht hatte. Das war längst der Fall, trotzdem war er weit und breit nicht zu sehen. Ob er bereute, was letzte Nacht geschehen war, und nicht wusste, wie er es ihr sagen sollte? Sie rief nach ihm, ohne Erfolg. Was sollte sie tun, noch weitergehen? Der Abbruch zum Meer wurde jetzt immer steiler. Sie konnte sich nicht vorstellen, dass Patrick hier irgendwo war, denn es war gefährlich, in dieser Gegend herumzuklettern. Vielleicht war er in die andere Richtung gegangen. Ryan war sicher schon da, Sonja wollte keine Zeit verlieren. Sie würde zurückgehen und dann in der anderen Richtung weitersuchen. Ehe sie umkehrte, warf sie noch einen letzten Blick in den Abgrund, da entdeckte sie ihn.

Er lag ungefähr zwanzig Meter unterhalb der Felsenkante auf einem Vorsprung, halb von einem Gebüsch verdeckt.

Im ersten Moment war Sonja wie erstarrt. Das konnte nicht Patrick sein, das durfte er einfach nicht sein. Vor zwei Stunden hatte sie ihn noch lachend und quicklebendig im Cottage gesehen. Wie war es möglich, dass er jetzt reglos dort unten lag? Sie musste sich zusammenreißen. Nach einem Bruchteil von Sekunden schüttelte sie die Erstarrung ab, holte tief Luft, nahm mit zitternden Händen ihr Handy aus der Tasche und tippte die Nummer des Notrufs ein.

»Südlich vom Cottage«, rief sie, als sich eine Stimme meldete, »unten bei Tullycross ist jemand abgestürzt. Es ist nur fünfhundert Meter vom Cottage entfernt«, erklärte sie atemlos. »Bitte kommen Sie schnell, es ist ein Mann, er ist bewusstlos. Ich lege meine Jacke hier oben hin, damit Sie die Stelle gleich finden.«

Die Frau am anderen Ende der Leitung sagte etwas. Sie wollte wissen, was Sonja vorhatte, forderte sie dringend auf, nicht auch noch etwas zu riskieren, sondern oben stehen zu bleiben und auf den Notarzt zu warten, doch sie hörte nicht zu. Stattdessen unterbrach sie die Verbindung und schob das Telefon in ihre Hosentasche. Sie schaute nach unten. Patrick rührte sich noch immer nicht.

»Patrick!«, rief sie. Ihre Stimme zitterte. »Patrick, kannst du mich hören? Ich bin es, Sonja!«

Nichts, sie konnte kein Stöhnen wahrnehmen, er bewegte auch nicht den Kopf.

Sie zog ihre Jacke aus, vor Aufregung verhedderte sie sich in den Ärmeln. Du musst Ruhe bewahren, sagte sie sich und zwang sich, sich zu konzentrieren. Du bist ein Profi und bist es gewöhnt, Verletzten in Notsituationen zu helfen. Sie musste zu Patrick hinunter, unbedingt, sofort.

Ein Stück weiter zurück war der Abhang zum Meer noch flacher gewesen. Dort gab es außerdem Felsbrocken und Gebüsch, um daran Halt zu finden. Ja, dorthin würde sie gehen. Schon lief sie auf dem Pfad zurück, auf dem sie gekommen war. Sie schaute nach unten. Hier sollte es gehen. Sie musste nur einen kleinen Abstieg schaffen, dann konnte sie diagonal queren, um bis zu dem Vorsprung zu gelangen, auf dem Patrick lag.

Lieber Gott, dachte sie, als sie hinunterkletterte, lass ihn nicht sterben. Heiliger Patrick, mach bitte, dass dein Namensvetter nicht schwer verletzt ist! Ich werde jeden Tag eine Kerze in der kleinen Kapelle anzünden, bis er wieder gesund ist, das verspreche ich.

Sie setzte vorsichtig einen Fuß vor den anderen, hielt sich an Vorsprüngen und Ästen fest und kam so recht gut voran. Sie blickte nicht hinunter auf das Meer, das unter ihr gegen den Felsen brandete, sondern konzentrierte sich ganz auf ihre Schritte, auf jeden Schritt, den sie setzte, auf jeden Halt, den sie umklammerte. Es war nicht mehr weit bis zu der Höhe, die zu Patricks Felsvorsprung führte. Das ging einfacher, als sie dachte. Wieder machte sie einen Schritt, einen großen dieses Mal, denn der Stein, über den sie gehen musste, hatte eine tiefe breite Furche. Sie verlagerte das Gewicht, rutschte mit dem vorderen Fuß weg. Erschrocken griff sie nach dem Ast eines Gebüschs, bekam ihn zu fassen und atmete tief aus. Doch die Erleichterung dauerte nicht lange. Der Ast brach, Sonja geriet ins Straucheln. Sie ruderte mit den Armen, ein paar Steine rollten mit leisen klickenden Geräuschen hinunter. Nur nicht nach unten sehen, ging es ihr durch den Kopf. Das Meer brandete an dieser Stelle direkt an die Felsen, es gab keinen

Sandstrand, und es war Flut. Endlich hatte sie ihr Gleichgewicht wieder. Schweiß stand ihr auf der Stirn, sie zwang sich, einige Male ruhig zu atmen. Ihre Knie zitterten, das machte es nicht gerade leichter, zu Patrick zu gelangen. Wenigstens hatte sie das schwierigste Stück geschafft.

Sie konzentrierte wieder all ihre Sinne auf ihre Füße und Hände, um festen Halt zu haben, stieg über Wurzeln und niedriges Gebüsch hinweg. Endlich war sie bei ihm angekommen.

»Ich bin da«, flüsterte sie mit erstickter Stimme, »ich bin bei dir.«

In dem Moment hörte sie oben ein Auto ankommen. Wie durch Watte nahm sie Stimmen wahr, die lauter wurden. Sie blickte nach oben. Ein Mann erschien auf der Höhe. Er hatte sie entdeckt, rief seinen Kollegen etwas zu.

»Siehst du, es kommt schon Hilfe. Du brauchst keine Angst mehr zu haben.«

Sonja setzte sich neben Patrick auf den Felsvorsprung. Er lag halb auf einem dichten Gestrüpp, das seinen Sturz wohl abgebremst hatte. Gott sei Dank! Sie wollte sich nicht ausmalen, was geschehen wäre, wenn er mit voller Wucht auf den Stein geschlagen wäre. Wie lange dauerte es denn, bis der Notarzt hier war? Es kam ihr wie eine Ewigkeit vor. Sie konnte unmöglich so lange untätig hier hocken. Sonja tastete an seinem Hals nach dem Puls. Er war regelmäßig und leicht zu fühlen, ein gutes Zeichen. Auch die Atmung schien in Ordnung zu sein. An seinem Kopf bemerkte sie eine Platzwunde, das Blut verklebte seine Haare. Sie sah es sich genauer an. Anscheinend hatte es bereits aufgehört zu bluten. Sie strich ihm liebevoll eine Strähne aus der Stirn.

»Was machst du nur für Sachen?«, fragte sie heiser. Erst jetzt merkte sie, dass ihr die Tränen über die Wangen liefen. Sie wischte sie mit dem Handrücken weg. Er würde gesund werden, sagte sie sich. Der liebe Gott und der heilige Patrick hatten sie erhört. Jedenfalls hoffte sie das. Sie kniete sich hin, um seinen Körper wenigstens oberflächlich untersuchen zu können. An seinen Armen waren Schürfwunden zu erkennen, am linken Bein war die Hose voller Blut. Sonja streichelte sanft sein Gesicht. Wie gern hätte sie seinen Kopf auf ihren Schoß gebettet, doch das durfte sie nicht riskieren. Man konnte nach einem Sturz aus dieser Höhe nie wissen, ob nicht womöglich die Wirbelsäule verletzt war.

»Halt noch eine kleine Weile durch«, flüsterte sie, »gleich kommt Hilfe, es wird alles wieder gut.«

Zwei Männer hatten sich inzwischen mit einer Trage oben angeseilt und kamen nun die Felswand herunter, hinter ihnen eine junge Frau mit einer Tasche. Kurz danach erreichten sie den Felsvorsprung, die Notärztin war schnell bei Patrick. Während sie ihre Instrumente aus der Tasche holte, informierte Sonja sie routiniert über den Puls und das, was sie sonst noch festgestellt hatte. Die Ärztin gab den Rettungssanitätern einige knappe Anweisungen, die stützten Patricks Hals mit einer festen Manschette. Nachdem ihm noch eine Infusion gelegt wurde, betteten sie ihn schließlich auf die Trage. Mit bangem Blick sah Sonja zu, wie er nach oben gezogen wurde. Die Trage pendelte beängstigend hin und her, stieß immer wieder leicht gegen die Felsen.

»Wir holen Sie sofort nach«, sagte einer der Männer zu Sonja. »Bleiben Sie ganz ruhig sitzen, und dann können Sie mit ins Krankenhaus fahren.« Wieder wischte sie die Tränen aus dem Gesicht. »Machen Sie sich nicht allzu viel Sorgen, der junge Mann scheint Glück gehabt zu haben. Soweit sich das auf den ersten Blick sagen lässt, hat er sich nichts gebrochen. Wollen wir hoffen, dass er bald wieder aufwacht.«

Dann wurde auch sie angeseilt, und man half ihr, die Felsen hochzuklettern. Sie durfte sich vorn neben den Fahrer des Rettungswagens setzen, Patrick wurde hinten von der Notärztin versorgt.

Auf der Fahrt ins Krankenhaus fühlte sich Sonja wie benommen. Sie konnte keinen klaren Gedanken fassen. Was, wenn er doch schwerer verletzt war, als es den Anschein gehabt hatte? Er konnte innere Blutungen haben, die schnell zu einer lebensbedrohlichen Situation führen konnten. Danach sieht es nicht aus, beruhigte sie sich. Aber warum kam er nicht zu sich? Sie knetete nervös die Finger. Wenn er nur wieder vollständig gesund würde. Falls er doch eine Verletzung der Wirbelsäule hatte oder Nerven beschädigt waren, musste er möglicherweise für den Rest seines Lebens mit den Folgen leben. Was sollte werden, wenn er die Hände nicht mehr benutzen konnte? Er hatte einen Beruf, in dem er seinen ganzen Körper brauchte. Sie mochte gar nicht daran denken, dass er vielleicht nicht mehr arbeiten konnte. Tausend Gedanken rasten ihr durch den Kopf, während draußen die Landschaft an ihnen vorbeizog. Sie bekam gar nicht mit, dass sie Galway erreichten, die Stadt durchquerten und schließlich im Krankenhaus ankamen. Erst als sie im Flur saß, den typischen Geruch nach Desinfektionsmitteln und Bohnerwachs in der Nase, fiel ihr ein, dass sie Wilhelm Bescheid sagen musste. Sie ging kurz hinaus in die Einfahrt für die Rettungswagen und holte ihr Handy hervor.

Ryan war am Telefon. Ihre Stimme klang nervös, als sie sich meldete. Ohne ein Wort zu sagen oder eine Frage zu stellen, hörte sie sich Sonjas Bericht an. Dann legte sie eine Hand über den Hörer und erklärte Wilhelm mit wenigen Sätzen, was passiert war. Sonja hörte, dass er mächtig erschrocken war.

»Wir kommen sofort«, rief Ryan. Dann atmete sie schwer und sagte: »Der arme Patrick, und das ausgerechnet jetzt.«

Sonja verstand nicht, was sie damit meinte, fragte aber auch nicht nach. »Ja, kommt bitte«, bat sie mit brüchiger Stimme. »Ich fühle mich so allein.« Wenn nur Patrick wieder gesund wird, dachte sie, als sie wieder hineinging, alles andere ist unwichtig. Mit einem Mal spielte es keine Rolle mehr, wie es mit ihnen weiterging, ob Sonja in Afrika arbeiten sollte oder wie ihre Zukunft aussah. Nur seine Gesundheit war noch wichtig. Es durfte nicht sein, dass ihre Irlandreise so unglücklich endete.

Ryan und Wilhelm kamen mit Ryans altem, klapprigem Wagen so schnell sie konnten. Wilhelm nahm Sonja wortlos in den Arm und drückte sie an sich. Sie hatte sich fest vorgenommen, Zuversicht auszustrahlen, doch als sie die kräftigen Arme des alten Seebären um sich spürte, liefen ihr die Tränen unkontrolliert über das Gesicht. Sie weinte leise an seiner Brust, er strich ihr behutsam über das Haar. Als sie sich endlich beruhigt hatte, saßen sie zu dritt auf dem Flur der Klinik und warteten. Sonja erzählte, wie sie Patrick gefunden hatte. Ryan schüttelte nur immer wieder den Kopf. »Er ist doch sonst immer so vorsichtig, ist nie leichtsinnig gewesen. Was hat er sich denn nur dabei gedacht, da runterzuklettern?«

Wilhelm schwieg, man sah ihm aber an, wie besorgt und bedrückt er war. Sonja hatte ihn noch nie so ernst gesehen. Er hatte eine ganz ungesund blasse Gesichtsfarbe, der Glanz war aus seinen Augen verschwunden. »Es kann nicht sein«, murmelte er einmal. »Ich weiß, dass der Cluricaun noch immer da ist, und er bringt kein Unglück. Wir haben immer gut für ihn gesorgt. Patrick wird wieder gesund, ganz sicher.«

Zwei Stunden später kam der Arzt mit der erlösenden Nachricht: Patrick hatte sich eine ordentliche Gehirnerschütterung eingehandelt, dazu mehrere Quetschungen und Prellungen, eine angebrochene Rippe sowie eine Platzwunde am Kopf. Er war einmal kurz aufgewacht, erklärte der Arzt, sei dann aber wieder eingeschlafen.

»Wir behalten ihn ein paar Tage zur Sicherheit hier. Ich denke, Sie können ihn morgen schon besuchen. Er muss zwar noch liegen und dürfte einen ziemlichen Brummschädel haben, wird sich jedoch mit Ihnen unterhalten können. Aber bleiben Sie nicht zu lange«, ermahnte er sie, ehe er sich verabschiedete.

31

An diesem Abend waren alle müde. Ryan fuhr bald nach Hause, Wilhelm ging auf sein Zimmer, und Sonja kroch ins Bett, obwohl es draußen noch nicht dunkel war. Sie lag auf dem Rücken und schaute aus dem Fenster. Die Wolken, die bis zum Horizont reichten, nahmen einen rötlichen Schimmer von der untergehenden Sonne an, schließlich stand ein einzelner Stern am Himmel, und dann wurden es immer mehr.

Sonja konnte nicht einschlafen. Sie war aufgewühlt und voller Sorge, obwohl Patrick ihrer Einschätzung nach großes Glück gehabt hatte und man ihr im Krankenhaus gesagt hatte, dass er bald wieder gesund sein würde.

Nach einer Weile stand sie auf, zog sich eine dicke Jacke über, holte sich ihr Handy und setzte sich ans Fenster. Sie wählte die Nummer von Anne, sie musste mit ihr sprechen. Sie hoffte, dass Annes kleine Tochter um diese Zeit schon schlief.

Zwei Freizeichen, dann hörte Sonja die Stimme der Freundin auf dem fernen Amrum. »Das ist aber eine Überraschung«, rief sie. »Wie geht's denn euch Irland-Fahrern?«

»Bisher hatten wir wunderbare Tage«, antwortete Sonja zögerlich.

»Ich bin ja so gespannt darauf, was ihr alles erlebt habt«, sprudelte Anne los.

»Ja, es gibt viel zu erzählen«, sagte Sonja. »Leider ist etwas Schlimmes passiert.« Sie holte zitternd Luft und sammelte sich. »Patrick ist verunglückt.«

»Was? Um Himmels willen!«

Sonja erzählte kurz, wie sie ihn in den Klippen gefunden hatte. Während sie berichtete, kam es ihr ganz unwirklich vor. Am Morgen war sie noch mit ihm von einer wunderbaren Nacht am Strand zurückgekehrt, wenige Stunden später hatte sie seinen leblosen Körper auf dem Felsvorsprung liegen sehen und wusste nicht, ob er überleben würde. Jetzt konnte sie zwar beruhigt sein, doch diese Achterbahnfahrt der Gefühle war nicht spurlos an ihr vorübergegangen. »Zum Glück ist er nicht schwer verletzt«, schloss sie.

Anne schwieg betroffen, dann sagte sie: »Gott sei Dank! Er wird also wieder ganz gesund?«

»Ich denke schon, ja.«

»Das nennt man wohl Glück im Unglück.« Sonja konnte Anne förmlich vor sich sehen, das offene freundliche Gesicht ganz ernst. »Und wie steht's zwischen dir und Patrick?«, wollte Anne nach einer kurzen Pause wissen.

»Um ehrlich zu sein, habe ich mir diese Frage schon mehr als einmal gestellt.« Sie lachte leise und traurig. »Wir haben viel miteinander gemacht, weißt du. Er ist wirklich ein ganz besonderer Mensch, einfühlsam, attraktiv, sehr anziehend, aber ich weiß nicht so recht, wie er zu mir steht. Manchmal denke ich, er ist gern mit mir zusammen, das hat er auch selbst gesagt. Er nimmt mich in den Arm und ist so liebevoll, aber dann gibt es immer wieder Momente, in denen er sich verschließt. Er scheint dann mit den Gedanken irgendwo anders zu sein, will mir aber nicht verraten, was ihn beschäftigt. Und das verunsichert mich.«

»Hat er dir ein wenig von sich erzählt?«

»Ja schon. Stell dir vor, er hat nicht nur eine Gartenbaulehre gemacht, sondern noch ein Studium dazu. Und dann war er ein halbes Jahr lang in Äthiopien, da haben sie Brunnen gebaut und Bewässerungssysteme. Ein paar Wochen lang ist er in Südamerika gewesen bei einem Projekt, wo man zusammen mit einem Indianerstamm getestet hat, welche Getreide- und Gemüsesorten man dort am besten anbauen kann.«

»Er scheint ja ein weitgereister Mann zu sein«, stellte Anne fest. »Hat er irgendwelche Zukunftspläne?«

»Keine Ahnung, darüber spricht er nicht. Aber wenn er wieder bei uns ist, möchte ich ihn fragen, ob er nicht mit mir nach Hamburg kommen will. Er kann da genauso gut die Saison über arbeiten wie auf Amrum.«

»Aber du willst dann doch aufs Schiff, dachte ich.«

»Ja, aber auch da gibt es eine Möglichkeit für ihn. In der Nähe des Klinikschiffs befindet sich eine Versuchsfarm, das wäre doch ideal für ihn. Ich könnte mir vorstellen, dass er gern dort arbeiten würde, außerdem könnte es ihn vielleicht endgültig von seinem Kummer ablenken. Ach, Anne, es wäre zu schön, wenn wir zusammenbleiben könnten. Ich mag mir einfach nicht ausmalen, dass alles vorbei ist, sobald ich wieder fortmuss.«

»Das sind ja eine ganze Menge Pläne«, meinte Anne nachdenklich. »Ich würde mich ja schon freuen, wenn es mit euch zwei klappen würde, aber ich denke, ihr müsst euch Zeit lassen. Ihr kennt euch doch noch nicht so lange, und deine Jahre mit Steffen müssen auch erst ganz irgendwie abgeschlossen sein. Sich aus Wut und Enttäuschung schnell mit einem anderen zu trösten, ist nicht gut.«

»Das tue ich nicht, ganz bestimmt nicht. Nein, Patrick ist sehr viel mehr für mich als nur ein attraktives Trostpflaster.« Sie machte eine kurze Pause, dann fügte sie hinzu: »Ich werde auf jeden Fall noch mal mit Steffen reden, wenn ich zurück bin.«

»Sagtest du nicht, du willst ihn nicht mehr sehen?« Sonja konnte die Freundin lächeln hören. Es tat gut, mit ihr zu reden.

»Unsere Trennung soll ein rundes Ende haben, wenn du weißt, was ich damit meine. Das ist mir hier klargeworden. Ich habe beschlossen, mich bei ihm zu melden, sobald ich wieder in Deutschland bin.«

Sie sprachen noch eine Weile miteinander. Sonja merkte, wie sie ruhiger und entspannter wurde. Schließlich beendete sie das Gespräch und legte das Handy weg. Draußen war es inzwischen dunkel geworden, die Sterne wurden immer wieder von aufziehenden Wolken verdeckt.

Sie zog die Jacke aus und schlüpfte ins Bett unter die warme Daunendecke.

Der Gedanke an Steffen schmerzte nicht mehr so, stellte sie fest. Sie hatten einfach zu verschiedene Vorstellungen von einer gemeinsamen Zukunft. Ihr wurde bewusst, dass sie nie wirklich bereit gewesen war, sich in seine Lage zu versetzen. Das war ein Fehler. Wenn sie es jetzt tat, konnte sie verstehen, dass Steffen sich selbständig machen wollte. Sie begriff, dass er, der viele Jahre älter war als sie, für eine Familiengründung nicht ewig Zeit hatte. Warum hatte sie nicht früher für Abstand gesorgt und in Ruhe über alles nachgedacht? Vielleicht war es Schicksal, denn wäre alles anders gelaufen, dann hätte sie Patrick niemals kennengelernt. Er war in ihr Leben getreten, und das war gut so. Aber konnte und wollte er die Hauptrolle in ihrer Zukunft spielen? Würden sie und Patrick einen Weg gemeinsam finden? Sie hoffte es, sie konnte es sich vorstellen. Es passte einfach alles so gut zusammen: Während sie auf dem Schiff armen Menschen helfen würde, kümmerte er sich auf der Versuchsfarm um Pflanzen, deren Anbau ideal auf das Klima und die Bodenverhältnisse der Region abgestimmt waren. Sie zog die Decke bis unter das Kinn und seufzte. Die Vorstellung, einen Mann gefunden zu haben, mit dem sie ihre Pläne endlich verwirklichen konnte, gab ihr ein warmes Gefühl tiefer Zufriedenheit. Natürlich war ihr klar, dass sie über diese Zukunft nicht allein entscheiden konnte. Wenn Patrick wieder aus dem Krankenhaus entlassen war, würde sie mit ihm über all das sprechen. Sie würde ihm sagen, was sie sich zusammen mit ihm wünschte. Und dann war es an ihm, seine Gefühle und Vorstellungen zu offenbaren.

32

Am nächsten Morgen erwachte Sonja vom Regen, der sich vom dunklen Himmel ergoss und durch das offene Fenster hereinkam. Sie stieg schnell aus dem Bett, schloss das Fenster und wischte den Boden mit einem Handtuch trocken. Dann schlüpfte sie noch einmal unter die Bettdecke.

Es war, als würde ihr das Wetter sagen: Nun sind die schönen, unbeschwerten Tage vorbei, der Traum ist zu Ende, der Alltag beginnt wieder. Es wird Zeit, zu einem Entschluss zu kommen, wie es weitergehen wird, Frau Doktor, beruflich und privat. Sie atmete tief durch. Und genau das hatte sie vor.

Nach einer Weile stand sie langsam auf, ging zum Waschbecken und machte sich frisch, putzte sich die Zähne und zog sich an.

Als sie in die Küche kam, war Ryan schon da.

»Gute Nachrichten«, sagte sie fröhlich. »Ich habe mit dem Krankenhaus telefoniert. Patrick ist wach und den Umständen entsprechend munter. Wir dürfen ihn wie geplant besuchen.«

Sonja setzte sich erleichtert zu Wilhelm und Ryan an den Tisch. Es hatte also keine Komplikationen gegeben. Wilhelm schenkte ihr heißen Tee ein. Er lächelte und hatte wieder seine gesunde Gesichtsfarbe. Offenbar hatte er den Schreck gut verdaut.

Sonja nahm sich eins von den Brötchen, die Ryan mitgebracht hatte. Eigentlich verspürte sie keinen Hunger, aber es war vernünftig, trotzdem etwas zu essen. Während des Frühstücks war sie schweigsam und in Gedanken, sie hörte kaum hin, was Ryan und Wilhelm miteinander sprachen. Die beiden ließen sie in Ruhe und unterhielten sich teilweise auf Gälisch, was sie sowieso nicht verstand.

Auf der Fahrt nach Galway regnete es weiter in Strömen. »Das ist eigentlich gar nicht typisch für hier«, bemerkte Ryan, die am Steuer saß und langsam und vorsichtig fuhr. »Wir haben zwar oft Regengüsse, aber meist nicht lange. Sie sind schnell da, aber dann auch schnell wieder weg.«

Sonja dachte an die Fahrt mit Patrick zum Burren und daran, wie schön dieser Tag gewesen war. Dieselbe Straße erlebte sie jetzt bei dunklen Wolken und Nässe, und das Ziel war die Klinik in Galway, in der Patrick verletzt lag. Wie schnell sich doch alles ändern konnte. Sie seufzte tief auf, Ryan sah sie kurz besorgt an, sagte aber nichts. Umso wichtiger war es, dass man die guten Zeiten genoss, und dass man Dinge, die einem wichtig waren, nicht auf die lange Bank schob.

Im Krankenhaus war Irland, so wie Sonja es in den letzten Tagen erlebt hatte, weit weg. Sie befand sich auf einen Schlag in einer ganz anderen Welt, die sie so gut kannte und der sie eigentlich für vier Wochen hatte entfliehen wollen. Die glänzenden Böden, die Betten, die im Flur standen, mit Plastik zugedeckt, die Patienten mit ihren Infusionen und Verbänden, denen sie begegneten, die hin-

und hereilenden Krankenschwestern, der Wagen mit dem Essen.

Zu dritt betraten sie Patricks Zimmer. Er lag unter der hellen Decke, an das aufgerichtete Kopfteil gelehnt und konnte schon wieder ein wenig verlegen lächeln, als er seine Besucher sah.

Ryan setzte sich mit Wilhelm an einen kleinen Tisch am Fenster, Sonja durfte bei ihm auf der Bettkante sitzen. Patrick lag allein im Zimmer, das andere Bett war frisch bezogen und abgedeckt. Er wirkte noch müde und war unter seiner Bräune blass, um den Kopf trug er einen Verband, eine Infusion hing an seinem linken Arm.

»Hey, du Rumtreiber«, begrüßte Sonja ihn. »Was machst du denn für Sachen?«

»Rumtreiber? Ein dummer Junge bist du«, brummte Wilhelm. Seine Lippen zuckten amüsiert, man sah ihm an, dass er längst nicht mehr böse war.

Patrick erzählte nun, dass er bereits ein paarmal aufgestanden war, er durfte auf die Toilette gehen, aber er musste noch viel liegen.

»Es tut mir leid, dass ich euch so einen Schrecken eingejagt habe«, sagte er. »Ich tue es bestimmt nicht wieder. Aber da war ein kleines Kätzchen in der Felswand, das konnte weder runter noch rauf.«

Sonja bemerkte, dass Wilhelm mit einem Mal eine gespannte Körperhaltung einnahm. Sie war gerührt, dass Patrick für ein hilfloses Tier seine Gesundheit aufs Spiel gesetzt hatte, konnte aber nicht ganz nachvollziehen, warum Wilhelm plötzlich so konzentriert wirkte.

»Das arme Tier hat so kläglich miaut, da konnte ich nicht anders und bin hingeklettert. Ich hatte die Katze schon erreicht und wollte sie auf meine Schulter setzen, da hat sie auf einmal einen großen Satz gemacht, und weg war sie. Vor Schreck habe ich den Halt verloren und bin gestürzt.«

»Eine Katze?«, fragte Wilhelm alarmiert. »Wie hat sie denn ausgesehen?«

»Klein und struppig, erst dachte ich, sie sei jung, aber es kann auch eine ganz alte gewesen sein. Warum fragst du?«

»Hatte sie etwas Besonderes an sich?«, wollte Wilhelm wissen.

Patrick zögerte, dann sagte er: »Sie hatte eigenartige Augen, ganz hell und gelb, so etwas hab ich noch nie gesehen.«

Wilhelm nickte und murmelte: »Das war er, der Cluricaun.«

Sonja legte zweifelnd die Stirn in Falten, auch Patrick hob die Augenbrauen. »Was? Und was hat dieser Kerl damit bezweckt?«

»Er hat sich bestimmt über dich geärgert und wollte dich ein wenig foppen, weil du nämlich ein paarmal in alle möglichen Felsspalten unten am Strand gekrochen bist, um Goldmünzen zu finden. Felsspalten sind nun einmal sein Revier, da hat niemand was zu suchen.«

»Aber deshalb muss er mich ja nicht gleich abstürzen lassen!«, schimpfte Patrick.

»Das wollte er sicher auch nicht. Cluricaune können einen Menschen an der Nase herumführen, aber sie sind nicht boshaft, wie ich euch schon erzählt habe. Ich glaube sogar, er hat dafür gesorgt, dass dein Sturz von einem Busch gebremst wurde, als er gesehen hat, dass du fällst.«

Patrick schnitt wenig überzeugt eine Grimasse. »Wenn das so ist, dann muss ich ihm wohl noch dankbar sein, was?« Dann wandte er sich an Sonja. »Ich bin auf jeden Fall froh, dass du mich so schnell gefunden hast. Nicht auszudenken, was geschehen wäre, wenn ich noch lange da unten gelegen hätte.« Er schaute sie dankbar an und nahm ihre Hand. »Ich hoffe, in ein paar Tagen bin ich wieder zu Hause im Cottage.«

Ryan und Wilhelm tauschten Blicke. Die beiden taten in letzter Zeit ziemlich geheimnisvoll, fand Sonja. Es kümmerte sie nicht. Sie war überglücklich, Patrick in so gutem Zustand vor sich zu haben. Sie drückte seine Hand und strich mit der anderen über seinen Arm. Am liebsten hätte sie ihm auch noch übers Haar gestrichen, aber der Verband hinderte sie daran. Sonja spürte eine warme Zärtlichkeit für ihn und wünschte sich, dass er dasselbe auch für sie empfand. Aber darüber wollte sie mit ihm erst reden, wenn er entlassen war. Und wenn sie mit ihm allein sein konnte.

Ryan und Wilhelm überbrachten Patrick noch viele Grüße von ihren Freunden und erzählten ihm einiges aus dem Dorf. Er hörte ihnen lächelnd zu, sah aber immer wieder zu Sonja. Sie hatte den Eindruck, in seinem Gesicht einen nachdenklichen Ausdruck zu erkennen, den sie bisher noch nie so deutlich beobachtet hatte.

Schließlich stand Wilhelm auf und meinte, sie würden jetzt besser gehen, Patrick brauche wieder seine Ruhe, um schnell gesund zu werden.

»Wenn du wieder bei uns bist«, sagte Sonja, als sie sich auch erhob, »legen wir dich in einen Liegestuhl und bringen dir deinen Tee mit Milch. Wir backen frische Scones für dich, und du wirst den ganzen Tag verwöhnt, bis du wieder Bäume ausreißen kannst.«

»Bis er wieder Bäume einpflanzen kann«, berichtigte Ryan sie. Lachend hakte sie Wilhelm unter, die beiden verabschiedeten sich und verließen das Zimmer.

»Und dann setzen wir uns noch einmal an den Strand unten und hören das Meer rauschen und die Möwen schreien«, ergänzte Sonja zärtlich. »Und wenn es kühl ist, kuscheln wir uns unter unsere Decke.«

»Daran werde ich immer denken, solange ich hier noch liegen muss. Bestimmt werde ich dann viel schneller wieder auf dem Damm sein.« Sie wollte schon gehen, doch Patrick hielt sie zurück. »Wenn man hier im Bett liegen muss«, sagte er ernst, »kommen einem so viele Gedanken. Man hat ja nichts anderes zu tun.« Er lachte leise. »Auf einmal weiß man, was man bisher Schönes gehabt hat, dann wird einem ganz warm im Inneren. Auch das trägt bestimmt dazu bei, dass ich bald wieder nach Hause kann.«

Sonja nickte. Ja, sie wusste genau, was er meinte. Doch sie konnte seinen Blick nicht deuten. Woran hatte er bei seinen Worten gedacht?

Auf dem Heimweg regnete es noch immer, aber das störte niemanden, sie waren alle drei froh, dass es Patrick schon wieder so gut ging. Ryan hielt kurz an dem Parkplatz oberhalb vom Cottage an und ließ Sonja und Wilhelm aussteigen, dann fuhr sie weiter nach Hause. Die beiden liefen schnell den Weg hinunter, Sonja voraus. Sie öffnete die Eingangstür und wollte schnell ins Trockene huschen, doch Wilhelm blieb wie angewurzelt stehen. Er bückte sich und hob einen großen, unregelmäßig geformten Stein auf, der grünlich-weiß schimmerte. »Was ist denn das?«, fragte er verwundert. »Wie kommt denn der hierher?« Er drehte den Stein in den Händen.

»Ist das etwas Besonderes?«, wollte Sonja wissen.

»Aber ja, das ist echter Connemara-Marmor«, antwortete er ehrfürchtig.

»Wirklich? Erzähl mir mehr darüber, aber komm erst mal rein. Sonst holst du dir noch eine Erkältung, und dann liegst du krank im Bett, wenn Patrick wieder nach Hause kommt.«

Sie gingen in die Küche. Wilhelm ließ sich auf einen der Stühle fallen. Er konnte den Stein gar nicht mehr aus den Augen lassen. »Diesen Marmor gibt's nur hier in Connemara«, erklärte er ihr, »in einer Gegend, die rau und wild ist und von den Leuten Elfen- und Feenland genannt wird. Er ist über sechshundert Millionen Jahre alt und hat heilende Kräfte. Allerdings muss man ihn erst schleifen.«

Sonja setzte sich neben ihn. Er gab ihr den Stein in die Hand. Obwohl er nass war, fühlte er sich warm an. »Das kann nur der Cluricaun gewesen sein«, murmelte Wilhelm, »und ich weiß auch, was ich nun machen soll. Ich werde ihn schleifen lassen. Er muss ganz glatt sein, eine ovale Scheibe, dann kann man ihn bei sich tragen. Dann entfaltet er auch seine heilenden Kräfte, wenn man ihn reibt. Man nennt so etwas einen Worry-Stein.«

»Einen Worry-Stein? Bedeutet worry nicht, sich zu plagen, sich Sorgen über etwas zu machen?«

»Ganz genau. Kennst du nicht die alte irische Weisheit?« Sie schüttelte den Kopf. »Die Iren sagen, im Leben gibt es nur zwei Dinge, über die du dir wirklich Sorgen machen musst. Entweder du bist gesund, oder du bist krank.

Bist du gesund, dann gibt es keinen Grund, dir Sorgen zu machen. Bist du aber krank, so gibt es nur zwei Dinge, über die du dir wirklich Sorgen machen musst. Wirst du wieder gesund, oder wirst du sterben?« Sie sah ihn fasziniert an. Bisher hatte er nur von seinen Elfen und Naturgeistern gesprochen. Und nun entpuppte er sich als Philosoph. »Wenn du wieder gesund wirst«, sagte er in seiner typischen bedächtigen Art, »dann brauchst du dir keine Sorgen zu machen. Wirst du aber sterben, so gibt es nur zwei Dinge, über die du dir wirklich Sorgen machen solltest. Kommst du in den Himmel oder in die Hölle? Wenn du in den Himmel kommst ...«

» ... brauchst du dir keine Sorgen zu machen«, beendete sie den Satz für ihn.

»Das ist richtig.« Er nickte. Schließlich verkündete er mit ernster Miene: »Kommst du aber in die Hölle, dann wirst du keine Zeit haben, dir Sorgen zu machen, weil du so beschäftigt damit sein wirst, all deine Freunde zu besuchen.« Eine Sekunde war es still in der kleinen Küche, dann brach er in dröhnendes Gelächter aus. Sonja stimmte mit ein. Sie konnte sich kaum beruhigen, so befreiend war dieses Lachen nach all dem Kummer und der Angst um Patrick.

»Das war ein Spaß«, meinte Wilhelm vergnügt und wischte sich die Tränen aus den Augenwinkeln, als er sich wieder beruhigt hatte. »Die Sache mit dem Worry-Stein ist jedoch ernst. Er macht gelassen und glücklich und gibt dem Besitzer innere Ruhe. Patrick soll ihn bekommen, ja, deswegen hat der Cluricaun ihn hierhergelegt.«

Sonja legte den Stein vorsichtig auf den Tisch. »Davon habe ich noch nie gehört«, sagte sie. »Ich bin sicher, wenn

Patrick diesen Worry-Stein bekommt, wird er sich sehr darüber freuen.«

»Ich gehe gleich ins Dorf und suche den Mann auf, der ihn schleift«, erklärte Wilhelm. »Der Stein ist genau das, was Patrick jetzt braucht.« Er legte den Kopf schief und sah sie prüfend an. »Und weißt du, was du brauchst? Eine Ablenkung. Wir machen morgen einen Ausflug nach Kylemore Abbey! Nur wir beide.« So, wie er es sagte, duldete er keinen Widerspruch.

Sie hatten Glück, das Wetter war am nächsten Tag deutlich besser. Es war trocken, die Sonne kam immer wieder hervor, und es war so warm, dass eine leichte Jacke genügte.

»Traust du dir zu, das Auto zu fahren?«, wollte Wilhelm beim Frühstück von ihr wissen. »Ich bin sehr lange nicht mehr gefahren.«

»Kein Problem.«

»Ist auch nicht weit.«

»Wir kommen nicht durch Galway?« Sie sah ihn fragend an.

»Nein, keine Sorge.« Dann begriff er. »Aha, ich verstehe, du wolltest unseren kleinen Ausflug mit einem Besuch bei Patrick verbinden.« Sie lächelte ertappt. »Nein, nichts da. Der Bursche kommt allein zurecht. Außerdem muss er sich erholen.«

»Du willst doch wohl nicht behaupten, ich störe ihn dabei.«

Seine Antwort war ein freches Schmunzeln.

Sie fuhren vom Meer weg in das Landesinnere. Die Straße war schmal, das war nichts Neues, dass sie jedoch in einem so schlechten Zustand war, bemerkte Sonja erst jetzt, als sie selbst am Steuer saß. Es gelang ihr nicht immer, den Schlaglöchern auszuweichen, so holperten sie zwischen grünen Wiesen entlang und wurden kräftig durchgeschüttelt. Sie passierten einen Fluss.

»River Dawros«, erklärte Wilhelm. »Maire hat mir verraten, dass man dort Lachs und Meerforellen angeln kann.« Als sie wenig später die breite und gut ausgebaute N59 erreichten, wurde der Rest ihrer Fahrt ruhiger. »Jetzt sind wir gleich da.« Wilhelm schien plötzlich gar nicht mehr begeistert zu sein. »Hm, ich hoffe, du bist nicht enttäuscht.«

»Warum, wie kommst du denn darauf?«

»Ich weiß nicht, wie ich es sagen soll. Eigentlich mag ich Kylemore Abbey nicht besonders. Überhaupt nicht, wenn man 's genau nimmt.« Er zog die Oberlippe zur Nasenspitze. Sonja musste lachen.

»Und warum fahren wir dann hin?«

»Es heißt, es sei das Ausflugsziel der Gegend. Man muss es gesehen haben. Ich dachte, es gefällt dir vielleicht«, ergänzte er leise.

Sie war gerührt. Er machte sich wirklich viele Gedanken und war immer darum bemüht, dass es seinen Mitmenschen gutging. Sie schämte sich, dass sie ihn am Anfang für einen wunderlichen Kauz gehalten hatte, und war sehr froh, dass sie ihn hatte kennenlernen dürfen.

»Das Kloster war nicht immer ein Kloster«, fuhr er fort. »Es wurde 1867 von einem Industriellen als Geschenk für seine Frau gebaut. Leider konnte die sich nicht lange dran erfreuen, sie ist früh gestorben. Die Tochter auch. Deshalb ging der Mann dann auch weg. Erst dann ließen sich Nonnen nieder und gründeten eine Mädchenschule.«

»Existiert die noch?«

»Aber ja, dort lernen kleine Mädchen auch heute noch fleißig.« Er lächelte. »Da ist das Schild. Du musst gleich auf den Parkplatz dort abbiegen.«

Sonja stellte sich eine sehr kleine Schule für eine Handvoll Mädchen vor, wenn das Gebäude einmal ein Einfamilien- oder sogar ein Ferienhaus gewesen war. Als sie das Auto jedoch auf den Parkplatz lenkte, konnte sie es nicht fassen.

»Das war ein Geschenk eines Mannes an seine Frau?« Sie stieg aus und starrte das Schloss in neogotischem Stil an. Es verfügte offenbar über mehrere Anbauten, streckte einige Türmchen in den Himmel und war überall von verschnörkelten Zinnen geschmückt, die an eine Märchenburg denken ließen. »Es ist unglaublich!«

»Du kannst ein Foto von hier aus machen, und wir fahren irgendwohin, wo nicht so viele Menschen sind.« Wilhelm deutete mit dem Kopf auf die Reisebusse, die nebeneinanderstanden. »Das Hauptgebäude darf man sowieso nicht betreten.« Sonja warf ihm einen fragenden Blick zu. »Aber den Garten können wir uns ansehen.«

»Das wäre schön«, rief sie begeistert. »Ich kann Patrick davon erzählen. Er wird mich um den Ausflug mit dir beneiden.«

»Das wird er sowieso. Na, dann los.«

Sie folgten dem Weg, der sich vom Parkplatz am Ufer des Pollacapall Lough entlangschlängelte. Dann erreichten sie den beeindruckenden grauen Granitbau, der sich an einen Hügel der Connemara-Berge schmiegte. Wilhelm spazierte geradewegs auf ein stattliches Eingangstor zu.

»Ich dachte, das Betreten sei verboten.« Sonja war irritiert.

»Das habe ich nicht gesagt. Etwas darf man sich schon anschauen.« Er zwinkerte ihr zu. Gleich darauf betraten sie eine Halle, die auf Sonja bedrückend und düster wirkte. »Das Eichenparkett ist noch original«, erklärte Wilhelm. »Die Wandverkleidung ist auch Eiche. Ganz schön, aber ich habe es lieber etwas kleiner und gemütlicher.«

»Geht mir genauso.«

Außer dem Eingangsbereich durften sie noch drei Räume der Abtei besichtigen, die nicht bewohnt oder für den Internatsbetrieb genutzt wurden. Als sie wieder ins Freie traten, atmete Sonja auf. Sie stellte sich vor, wie es sein musste, hier zu leben und zur Schule zu gehen, und beneidete die Mädchen nicht darum. Sie hakte sich bei Wilhelm ein und schlenderte mit ihm zum Mausoleum, wo die Frau, für die das prachtvolle Schloss gebaut worden war, begraben lag.

»Sie ist wenigstens hier gestorben«, sagte Sonja versonnen.

»Nein, sie starb in Ägypten. Aber ihr Mann ließ sie herbringen, damit sie hier beigesetzt werden konnte. Nur drei Jahre hat sie nach der Fertigstellung des Schlosses noch gelebt, und die hat sie noch nicht einmal vollständig hier verbracht. Ein Jammer.« Beide hingen ihren Gedanken nach, während sie das steinerne Grabmal betrachteten. »Die Äbtissin, die hier heute das Sagen hat, heißt übrigens Maire«, sagte er, und Sonja wusste genau, woran er gerade gedacht hatte. Er zeigte ihr noch die kleine Kirche, die prunkvoll verziert war mit Säulen, Bögen und aufwendig gestalteten Kapitellen. »Connemara-Marmor«, verkündete er stolz und zeigte auf die roten und grünen Säulen, die das Gewölbe trugen.

»Die Anlage ist wirklich einen Besuch wert, Wilhelm«, bemerkte Sonja, als sie ins Freie traten. »Ich glaube, jetzt brauche ich allerdings wieder etwas Lebendiges um mich herum. Sagtest du nicht, wir könnten den Garten ansehen?«

»Er liegt etwas außerhalb. Wir können mit diesem kleinen albernen Bus fahren«, knurrte er. »Oder wir laufen.«

»Ich würde gern ein paar Schritte gehen, wenn es für dich in Ordnung ist.«

»Für mich? Aber immer doch. Es ist allerdings 'n guter Kilometer bis da raus.«

Sie machten sich auf den Weg. Zwischendurch fuhr einer der kleinen Shuttlebusse an ihnen vorbei, voller Touristen.

Eine niedrige Mauer aus Ziegel- und Kalkstein fasste das Areal ein, in dem der Garten lag. Mitten hindurch schlängelte sich ein Flüsschen, das den Nutzgarten von dem Teil mit den Schnittblumen und den blühenden Sträuchern trennte. Sonja betrachtete die verschiedenen Obst- und Gemüsepflanzen, die jemand liebevoll gesetzt hatte und nun mit Können und Hingabe pflegte. Besonders hatten es ihr die unterschiedlichen Kräuter angetan, die ihren würzigen Duft verströmten. Einige kannte sie, andere waren ihr völlig fremd. Ob es ihr Freude machen könnte, als Ausgleich zum Klinikalltag Beete anzulegen und zu bewirtschaften? Steffen hätte es wahrscheinlich glücklich gemacht. Wenn sie schon so eine lausige Köchin war, hätte sie ihn immerhin mit frischen Zutaten versorgen können. Schon wieder hatte er sich in ihre Gedanken geschlichen. Es wurde wirklich höchste Zeit, noch einmal mit ihm zu reden, um ihre Beziehung auf gute Weise zu beenden.

Sonja sah auf und stellte fest, dass sie allein zwischen fremden Menschen war, die Kylemore Abbey besuchten. Wilhelm war verschwunden. Sie entdeckte ihn an einer Pflanze mit großen dunkelgrünen Blättern.

»Gemeine Alraune«, erklärte er, als Sonja zu ihm trat. »Die Wurzel erinnert an eine menschliche Gestalt. Man sagt, dass sich dahinter ein Geist verbirgt, den man genauso versorgen muss wie die Elfen und Cluricaune. Man soll ihnen zu essen geben und warme Kleider. Dann sorgen sie dafür, dass einem nie das Geld ausgeht.«

»Dann muss mir so ein Alraunengeist wohl freundlich gesinnt sein«, sagte sie und sah ihn fröhlich an. »Seit wir hier sind, habe ich kaum Geld ausgegeben, weil du uns so gut versorgst. Im Ernst, Wilhelm, ich möchte dich als kleines Dankeschön zum Essen einladen. Darf ich?« Er legte die Stirn in Falten und hob die buschigen Augenbrauen. »Bitte, du lässt uns in deinem Haus wohnen, der Tisch ist stets reich gedeckt, und du kochst auch noch für uns. Ich brauche mich immer nur an die Tafel zu setzen und werde verwöhnt. Ich möchte mich endlich ein wenig revanchieren.« Sie gingen langsam zurück.

»Wollen wir nicht lieber woanders essen?«, fragte Wilhelm. »Hier ist es bestimmt besonders teuer. Und ich bin auch gar nicht dafür angezogen.«

»Unsinn, du siehst sehr gut aus. Sehen wir es uns wenigstens an.«

Als er auf einer Karte, die neben der Eingangstür in einem Glaskasten hing, las, dass man nur Fleisch aus Irland und Kräuter und Obst aus dem eigenen Klostergarten verwendete, war Wilhelm überzeugt. Sie bekamen einen hübschen kleinen Tisch am Fenster und bestellten Irish Stew.

»Es ist erstaunlich«, sagte Sonja, als die Kellnerin gegangen war, »das Klima hier in der Region ist so rau, trotzdem ist es den Menschen gelungen, so reich blühende Gärten anzulegen.«

»Nicht nur das Klima. Ständig treibt das Salzwasser mit dem Wind über das Land. Das mögen die wenigsten Pflanzen. Wenn man etwas wirklich will und die Naturgeister einem zur Seite stehen, dann gelingt sogar ein kleines Wunder.«

Wenn man etwas wirklich will, dachte Sonja. Dafür musste man erst einmal wissen, was genau das war. Vielleicht, überlegte sie, war das ein Problem dieser Zeit. Man hatte zu viele Möglichkeiten, durfte sich entscheiden, musste es aber auch. Wenn man eine Wahl traf, entschied man sich damit gegen so viele andere Optionen. Das machte es nicht gerade leichter. Andererseits wusste sie schon lange, was sie sich wünschte. Sie hatte sich nur immer wieder von anderen ins Boxhorn jagen und verunsichern lassen. Damit war jetzt Schluss.

33

Zwei Tage nach Sonjas Ausflug mit Wilhelm wurde Patrick entlassen. Man gab ihm den guten Rat mit auf den Weg, sich noch zu schonen und keine riskanten Kletterpartien mehr zu unternehmen. Ryan und Wilhelm holten ihn in Galway ab.

Sonja hatte in diesen zwei Tagen lange, einsame Spaziergänge gemacht. Sie war meist an der Küste entlanggegangen oder durch die Wiesen landeinwärts auf schmalen Wegen, die manchmal auch an einem Steinmäuerchen endeten oder an einem Bauernhof. Sie begegnete kaum anderen Menschen und war richtig froh über diese Zeit, die nur ihr gehörte. Sosehr sie den Besuch von Kylemore Abbey mit Wilhelm genossen hatte, so angenehm fand sie es nun, nichts besichtigen, mit niemandem reden zu müssen. Das Wetter hielt sich an die Regel, dass es in Irland oft, aber nie lange regnet, meist war es trocken, die Sonne schien, und über den Himmel zogen weiße Wolken. Zweimal wurde Sonja auch von einem Schauer überrascht und durchnässt, da sie nicht rechtzeitig einen Unterstand fand, doch das machte ihr nichts aus, das gehörte eben in diesem Land dazu. Sonja entdeckte in diesen Tagen auch, dass sie doch noch malen konnte. Allerdings gelangen ihr keine Landschaften, sondern Blumen. Sie hatte bei ihrem ersten Spaziergang ihre Farben und den Aquarellblock mitgenommen, und als sie eine Pause machte und sich auf eines der Steinmäuerchen setzte, das die Sonne erwärmt hatte, entdeckte sie eine kleine rosafarbene Grasnelke, die aus einem Spalt zwischen zwei Steinen wuchs. Sofort dachte sie an Patricks Worte, die Blumen am Wege nicht zu vergessen. In dem Augenblick stand ihr Entschluss fest, dieses Blümchen zu zeichnen. Behutsam setzte sie grüne Striche, um Stängel und Blätter anzudeuten. Später tupfte sie die filigrane Blüte in einem schimmernden Rosé. Das Ergebnis war so hübsch, dass Sonja, sonst eher kritisch, sehr zufrieden war. Sie hielt weiter Ausschau nach Blumen. Es gab viel mehr, die sich als Motiv eigneten, als sie angenommen hatte. Da waren zarte hellblaue Glockenblumen, rosafarbene Trichterwinden, die sich an einem Zweig hochrankten, es gab weißen und gelben Klee, blauen Salbei und kleine lilafarbene Orchideen, oft versteckt im Gras oder hinter einem Stein. Es waren keine Blumen, die man für einen Strauß pflücken konnte und an denen sie bisher vorbeigelaufen war, ohne sie zu bemerken. Sie waren wie geschaffen dafür, gemalt zu werden, wie sie keck zwischen Steinen hervorlugten, oder sich an Zäunen oder Baumstämmen emporwanden. Je häufiger Sonja den Pinsel schwang, Farben mischte oder Hintergründe skizzierte, desto mehr genoss sie es. Die Malerei hatte ihr wirklich gefehlt, sie war ein Teil ihres Lebens gewesen, den sie nie hätte vernachlässigen dürfen. Ganz gleich, was die Zukunft brachte, sie würde nicht zulassen, dass das noch einmal geschah. Sonja beschloss, die Bilder Patrick zu schenken. Sie würden ihn immer an die gemeinsame Zeit in Irland erinnern und daran, dass sie sich seine Worte zu Herzen genommen hatte.

Bei einem ihrer Spaziergänge gelangte sie an eine Weide, auf der zwei kleine Esel grasten. Sie kamen sofort ans Mäuerchen gerannt und streckten ihre Köpfe herüber. Sonja kramte aus ihrer Tasche zwei Äpfel hervor, die sie mit großer Begeisterung fraßen. Als sie weiterging, liefen die Tiere hinter der Mauer ein Stückchen mit bis zum Ende der Wiese. Dort blieben sie stehen, und einer von ihnen ließ einen langen Schrei los, wie einen traurigen Abschiedsgruß. Aber vielleicht hatte er sich auch nur für den Apfel bedankt.

An dem Vormittag, an dem Patrick wieder ins Cottage zurückkam, blieb Sonja im Haus und räumte auf, fegte die Holzböden, holte noch einmal ein paar Blumen und bereitete ein Mittagessen für alle vor. Sie hatte ein Rezept für eine Gemüsesuppe und für Kartoffelpuffer mit Apfelmus besorgt. Patrick hatte ihr einmal erzählt, dass diese beiden Gerichte zu seinen Lieblingsessen zählten. Sie war von Herzen froh, dass nicht ein kompliziertes Soufflé oder ein exotischer Auflauf seine Leibspeisen waren. Eintopf und Kartoffelpuffer sollte selbst sie hinbekommen, hoffte sie jedenfalls.

Kaum dass Ryan und Wilhelm das Haus verlassen hatten, war sie zu dem kleinen Laden gelaufen und hatte alles eingekauft, was sie benötigte. Sie brauchte viel mehr Zeit, als sie gedacht hatte, um die vielen Gemüsesorten in mundgerechte Stücke zu schneiden. Doch sie wurde noch rechtzeitig fertig. Während alles im Topf vor sich hin köchelte, machte sie klar Schiff. Bei Kartoffelpuffern und Apfelmus hatte sie kurzerhand geschummelt und sie fertig mitgebracht.

Als wolle das Wetter auch seinen Teil dazu beitragen,

war zum ersten Mal seit Tagen der Himmel klar und wolkenlos. Die Sonne wärmte bereits richtig, und nur ein leichter angenehmer Westwind wehte vom Meer her. Sonja stellte die Liegestühle auf der kleinen Wiese vor dem Cottage auf, hier konnte man sitzen und aufs Meer schauen, und hier würde sie hoffentlich die Gelegenheit haben, mit Patrick über eine gemeinsame Zukunft zu reden.

Sie wollte gerade wieder hineingehen, als sie Stimmen hörte. Dann sah sie Patrick auch schon, der sich bei Ryan untergehakt hatte. Er musste sich noch vorsichtig bewegen und humpelte, als er den Weg zum Cottage herunterkam. Sonja lief ihnen entgegen und begrüßte ihn erfreut.

»Patrick, wie schön, dass du wieder da bist!« Sie machte Anstalten, ihn in den Arm zu nehmen.

»Halt!«, rief Wilhelm, der hinter Ryan und Patrick den Weg herunterkam. »Er ist noch druckempfindlich wie eine Orange.«

»Das stimmt leider«, gab Patrick zu und lächelte zerknirscht. »Die Rippen schmerzen noch ziemlich. Wehe, du bringst mich zum Lachen.«

»Auf keinen Fall, ich verspreche es.« Sie wusste nur zu gut, wie ihre Patienten mit gebrochenen Rippen immer litten, wenn sie husten, niesen oder eben lachen mussten. Das würde sie ihm nicht antun. In der Küche angekommen, ließ er sich aufatmend auf dem bequemen Korbstuhl nieder. Er strahlte über das ganze Gesicht.

»Ich bin so froh, dass ich wieder da bin«, sagte er. »Ich werde ganz brav sein, mich nach dem Essen draußen in den Liegestuhl legen und die Sonne genießen.« Er schnupperte. »Apropos, was gibt's denn Schönes? Das duftet ja herrlich.«

»Stimmt. Ich denke, du kannst nicht kochen«, wunderte sich Ryan.

»Sieht ganz so aus, als würde Irland verborgene Talente wecken.«

Wilhelm sah sie freundlich an. »Vielleicht hatte sie aber auch Hilfe von den Elfen«, meinte er und zwinkerte ihr zu.

»Nein, das habe ich ganz allein geschafft«, erwiderte sie stolz. »Na ja, fast. Es gibt zum Nachtisch Kartoffelpuffer mit Apfelmus. Das habe ich beides fertig gekauft«, gestand sie. »Aber die Gemüsesuppe ist reine Handarbeit.«

»Gemüsesuppe und Reibekuchen!« Patrick strahlte sie an. »Mein Lieblingsessen. Das hast du dir gemerkt?«

Sie nickte glücklich.

»Da kraxelt der Bursche leichtsinnig in den Felsen herum und wird auch noch belohnt«, brummte Wilhelm schmunzelnd. »Na, wenigstens haben wir auch was davon.« Er sah Ryan an, die zustimmend nickte.

Alle aßen mit gutem Appetit und lobten Sonjas Kochkünste.

»Puh, ich fürchte, ich platze«, sagte Patrick schließlich. »Es war das Beste, das ich seit langem gegessen habe. Danke, Sonja.«

»Ach was, das sagst du nur, weil du in den letzten Tagen Krankenhauskost bekommen hast«, wiegelte sie ab. Doch sie freute sich sehr über das Kompliment.

»Wenn du platzen willst, dann aber bitte draußen«, sagte Wilhelm bestimmt.

»Und du leistest ihm ein bisschen Gesellschaft«, ergänzte Ryan. »Wilhelm und ich machen inzwischen in der Küche klar Schiff.

Sonja ließ sich das nicht zweimal sagen, und so lagen

sie kurz darauf beide friedlich nebeneinander in den Liegestühlen und hörten das Meer rauschen. Sonja blickte hoch zum Himmel, der sich blau und klar über ihnen wölbte, einige Möwen segelten über den Klippen im Aufwind, die Sonne wärmte ihre Haare und die Arme, ein warmer Windhauch strich ihr über das Gesicht.

Sie reckte sich ein wenig und sah zu Patrick hinüber. Er drehte sich zu ihr und schob sich eine Haarsträhne aus dem Gesicht, mit der typischen Bewegung, die sie inzwischen so gut an ihm kannte.

»Danke noch einmal für das wunderbare Essen. Ich weiß das wirklich zu schätzen.«

»Gern geschehen. Und das ist nicht nur so eine Floskel.« Sie lächelte.

»Wie geht's dir?«, wollte er wissen. »Was hast du denn in den letzten Tagen so gemacht?«

»Ich bin gewandert, habe gemalt und über uns nachgedacht«, antwortete sie.

Er wurde ernst und schwieg, sah hinaus aufs Meer, schien mit den Gedanken weit weg zu sein.

Sie hatte sich fest vorgenommen, ihm von der Versuchsfarm in Afrika zu erzählen, ihm zu offenbaren, dass sie sich eine Zukunft mit ihm vorstellen konnte und wünschte. War jetzt der richtige Augenblick dafür? Sie holte tief Luft, doch in dem Moment gab er sich einen Ruck und blickte Sonja an.

»Ich muss dir etwas sagen«, erklärte er. »Ich hätte das schon lange tun sollen, gleich von Anfang an, aber es war alles so schwierig und verworren, ich konnte nicht darüber sprechen.«

Sie spürte, wie sich ein Kloß in ihrem Hals bildete. Sie

hatte lange darauf gewartet, dass er ihr sagte, was ihm auf der Seele lag. Nun hatte sie Angst davor.

»Ich bin verheiratet«, sagte er »und habe einen kleinen Sohn, er heißt Florian.«

Sonja setzte sich abrupt auf und starrte ihn ungläubig an. Ihr wurde flau im Magen. »Du ... bist verheiratet? Und du ... hast ein Kind?«, stammelte sie. »Warum hast du nie etwas gesagt?«

Patrick seufzte tief auf. »Ich konnte einfach nicht darüber reden. Es tut mir so leid. Aber nun will ich dir alles erzählen, ich hoffe, du kannst mir verzeihen und mich verstehen.« Er senkte den Kopf und legte kurz die Hände über die Augen. Gleich darauf holte er noch einmal tief Luft und nahm Sonjas Hände. Sie zog sie zurück.

»Wo ist deine Familie, warum warst du allein auf Amrum?«, brachte sie heiser hervor.

»Meine Frau hat sich vor einem halben Jahr in einen anderen Mann verliebt, vor einem halben Jahr war das, und vor ein paar Wochen hat sie es mir gesagt. Sie wollte nicht länger mit einer Lüge zwischen uns leben. Sie will sich nicht von mir trennen, sondern das Verhältnis beenden, es jedenfalls versuchen. Sie möchte so nicht weiterleben«, setzte er leise hinzu. Dann schwieg er und blickte wieder hinaus aufs Meer.

Sonja fühlte sich wie betäubt. Sie spürte kurz den Impuls, einfach aufzustehen und ihn allein zurückzulassen. Was hatte sie mit seiner Frau und deren Gewissensbissen zu schaffen?

»Es war für mich wie ein Weltuntergang«, sagte er nach einer Weile. »Ich konnte nicht mehr denken und fühlen, ich war innerlich wie abgestorben. Und ich konnte auch nicht mit ihr zusammenbleiben. Jeden Tag zu wissen, dass da einer ist, an den sie denkt, nach dem sie sich sehnt, das habe ich nicht ausgehalten. Ich dachte, das ist das Ende unserer Ehe.«

Was sollte sie dazu sagen? Alles hatte sich auf einmal verändert, schon wieder, nichts war mehr so wie bisher.

Dann fuhr Patrick fort: »Da habe ich meinen Rucksack gepackt und bin weggefahren. Es war mir egal, wohin.«

Patrick hatte eine Frau, die er zumindest bis vor kurzem noch geliebt hatte. Und er hatte einen Sohn, erst langsam drang diese Tatsache vollständig in Sonjas Bewusstsein.

Sie schüttelte den Kopf. »Aber konntest du so einfach verschwinden? Hattest du keinen Arbeitsplatz, an dem du zu erscheinen hattest? Ich meine, man kann doch nicht von heute auf morgen für Wochen und Monate abhauen!«

»Ich hatte meinen letzten Job in einer Gärtnerei gekündigt«, erklärte Patrick. »Im Januar schon, weil ich mich selbständig machen wollte. Ich habe bereits ein Gelände gepachtet mit einem großen Schuppen, und Anfang Mai wollte ich mein Geschäft eröffnen. Dafür war ich viele Wochen von früh bis spät unterwegs und am Einrichten und Aufbauen. Vielleicht war das auch ein Grund, dass sich Isabel alleingelassen fühlte. Ich weiß es nicht. Auf jeden Fall habe ich alles stehen und liegen lassen und bin nach Amrum gefahren. Ich weiß nicht einmal, warum gerade da hin.« Er lachte traurig. »Das war wohl Schicksal.« Er sah ihr in die Augen, doch sie wich seinem Blick aus. »Da habe ich mich dann in der Pension einquartiert, und es gab gleich eine Menge Aufträge. Ich wusste ja nicht, was ich machen sollte. Ich konnte keinen Entschluss fassen, also habe ich einfach innerlich abgeschaltet, gearbeitet und gehofft, dass der Schmerz nachlässt.«

»Und du hast niemandem etwas erzählt.«

»Doch, Wilhelm, ich habe es ihm erzählt, gleich am Anfang. Er hat mir angesehen, dass es mir schlechtging. Im Frühstücksraum, du weißt schon. Ich habe seine Taschentücher verbraucht.«

Ja, sie erinnerte sich, doch sie wollte nicht daran denken. Vor allem wollte sie nicht daran denken, wie Patrick ihr seine Taschentücher spendiert hatte. Das war der Anfang gewesen.

»Er hat mir keinen Rat gegeben«, hörte sie ihn sagen, »und auch niemandem davon erzählt, aber er hat sich um mich gekümmert. Wir haben seinen Elfengarten zusammen eingerichtet, und er war einfach da, wenn ich mich allein gefühlt habe. So bin ich ganz langsam wieder zu mir selbst gekommen.«

»Und deine Frau, hast du etwas von ihr gehört? Weiß sie, wo du bist?«, fragte Sonja ganz automatisch.

»Ja, ich habe ihr die Adresse mitgeteilt. Sie hat mir einige Briefe geschickt, aber ich habe bisher keinen beantwortet, ich konnte es nicht.«

»Was hat sie geschrieben?«, wollte Sonja wissen. »Hast du die Briefe wenigstens gelesen?«

Patrick nickte. »Ja, sie will, dass ich zurückkomme, sie hat mich um Verzeihung gebeten und von Florian geschrieben. »

Sonja setzte sich auf. Es tat weh, es tat viel mehr weh, als sie es sich nach Steffen hätte vorstellen können.

»Und ich?«, wollte sie wissen. »Wir beide, war das mit uns nur ein unbedeutendes Zwischenspiel? Wolltest du dich mit mir nur von deinen Problemen ablenken?« Ihre Stimme begann zu zittern.

»Nein!«, erwiderte Patrick eindringlich, »du warst für mich, und du bist es immer noch und wirst es immer bleiben, eine einzigartige, liebenswerte Frau, an die ich mein Herz verloren habe. Wäre Isabel nicht, und vor allem mein Sohn Florian, dann wäre alles ganz anders. Ich würde mit dir um die ganze Welt reisen, wenn du es wolltest.«

»Aber es gibt diese Frau und deinen Sohn«, entgegnete sie kühl.

Er senkte den Blick. »Ich hatte das Glück, dass ich auf Amrum zwei Menschen begegnet bin, die mir viel geholfen haben«, sagte er leise. »Zuerst war Wilhelm da mit seinem verwunschenen Garten, seinen Naturgeistern und seinem unerschütterlichen Glauben daran, dass die Elfen Glück bringen. Und dann bist du gekommen. Zuerst dachte ich, die will bestimmt nichts von mir wissen, eine angehende Chirurgin, und ich bin nur ein kleiner Gärtner, doch dann hast du eines Morgens im Frühstückszimmer gesessen und hast geweint.« Er betrachtete sie liebevoll. »Du warst nur noch ein kleines Häufchen Elend. Ich wusste genau, wie du dich fühlst, ich habe es ja selbst durchgemacht. Plötzlich war ich nicht mehr der Einzige, der Probleme hatte.«

»Und dann hast du mir dein Taschentuch gegeben«, flüsterte sie, »und mich zu einem Spaziergang eingeladen. Das war genau das, was ich gebraucht habe, obwohl ich erst dachte, was soll das?«

»Als wir dann zusammen über die Insel gelaufen sind, da war das erste Gefühl, das ich seit langem wieder spürte, Sympathie. Und Neugier. Ich fragte mich, was hinter dieser strengen Frisur und dieser zielstrebigen Art, nur immer geradeaus zu gehen, wohl stecken mochte. Ich glaube, meine Erstarrung hat sich da schon langsam gelöst. Ich habe wieder etwas gefühlt, ich habe mich wieder getraut, einer Frau nahezukommen. Damals konnte ich es mir nicht vorstellen, mit Isabel weiterzuleben, als wäre nichts geschehen.«

Sonja schwieg eine Weile, schließlich sagte sie: »Und dann sind wir hier in Irland in diesem Cottage gelandet, was ich am Anfang für eine total verrückte Idee gehalten habe. Weißt du, was Wilhelm mir damals gesagt hat? Nach Irland muss man mit einem offenen Herzen kommen. Vielleicht bin ich diesem Rat zu sehr gefolgt. Mein Herz war offen. Und dann haben wir uns ineinander verliebt.« Sie schluckte hart. »Irgendwie war das für uns beide wie ein heilsames Pflaster auf unsere verletzten Seelen. Auf deine und auf meine.«

Patrick richtete sich in seinem Liegestuhl auf und lächelte. »Ja, da hast du recht, so kann man das wohl sagen. Auf jeden Fall kann ich mich wieder öffnen, nicht nur für gute Gefühle, auch für Traurigkeit, Enttäuschung, Angst und Unsicherheit.«

Wieder schwiegen sie eine lange Zeit. Sonja war hin- und hergerissen von ihren Gefühlen. Einerseits hatte Anne vielleicht recht, und es wäre zu schnell gewesen, nach so kurzer Zeit eine gemeinsame Zukunft zu planen, andererseits hatte Patrick sie glauben lassen, dass da etwas zwischen ihnen war, das über Irland und Amrum hinaus Bestand haben konnte.

»Was willst du nun machen?«, fragte sie ihn.

»Ich habe schon etwas gemacht. Ich hatte im Krankenhaus ja viel Zeit zum Nachdenken und habe gestern an Isabel geschrieben. Ich habe sie gebeten, mit Florian nach Amrum zu kommen, damit wir miteinander reden können. Ich weiß noch nicht, was das Ergebnis sein wird, ob wir wieder zusammenfinden, aber ich freue mich schon auf meinen Sohn. Ein Kind ist etwas ganz Wunderbares, das wirst du eines Tages sicher auch erleben.«

Patrick hatte ein Kind, einen Sohn, das war der einzige Gedanke, der Sonja erfüllte, während sie hier im Liegestuhl neben ihm saß, die Sonne auf ihrem Gesicht spürte und den sanften Wind in ihren Haaren.

Sie sah, wie er den Blick auf sie richtete. Er legte seine Hand auf ihre. Dieses Mal ließ sie es zu.

»Und nun muss ich dir noch etwas sagen«, fuhr er fort. »Es ist wichtig, und ich meine es absolut ernst. Du hast dich verändert, seit wir hier sind. Ist dir eigentlich klar, wie attraktiv du bist, wenn du die Haare so offen trägst wie jetzt und sie dir in Wellen bis auf die Schultern fallen? Und dein Gesicht ist viel weicher geworden, deine Augen leuchten. Und auch wenn du immer noch sehr ordentlich und fast ein wenig zu penibel bist, gehört eben auch das zu dir und ist absolut in Ordnung. Du bist einfach umwerfend und liebenswert, genau so, wie du bist. Vergiss das nie!«

Sonja lächelte zum ersten Mal, seit er ihr mit seiner Offenbarung den Boden unter den Füßen weggezogen hatte. Nach einer Weile sagte sie zögernd: »Wirst du deiner Frau von unserer Nacht am Strand erzählen?«

Patrick schüttelte den Kopf. »Nein, das ist unsere Nacht, die gehört nur uns beiden ganz allein, und ich werde mich immer an sie erinnern. Es war so wunderschön mit dir am Meer.«

»Ja, für mich auch«, stimmte Sonja zu, »das soll unser Geheimnis sein, sozusagen unser Schatz, nachdem du schon keine Goldmünzen gefunden hast.«

»Das, was ich hier gefunden habe, ist sehr viel mehr wert als alle Goldmünzen der Welt«, erwiderte Patrick ernst.

»Ja, das denke ich auch«, sagte Sonja.

Eine Weile lagen sie still nebeneinander, eine grüne Eidechse sonnte sich auf der Steinmauer, zwei Möwen segelten ganz nahe an ihnen vorbei, und eine kleine Katze strich um Sonjas Füße und sprang dann Richtung Haus davon. Dann erhob sich Sonja. »Ich gehe noch runter zum Strand«, sagte sie leise, »ich muss ein wenig allein sein. Sag Wilhelm und Ryan bitte, dass ich bald zurück bin. Vielleicht trinken wir dann noch alle Kaffee zusammen.«

34

Sonja saß auf einem Stein unten in der Bucht, es war still um sie herum, das Watt lag ausgebreitet vor ihr, in einem Tümpel badeten einige Wildenten, ein kleiner Krebs krabbelte durch den Schlick und hinterließ eine zarte Spur. Wieder spürte sie die beruhigende Wirkung dieser Weite. Sie wusste aber auch, dass wenn die Flut kam, die Brandung mit voller Wucht an die Felsen schlagen konnte. Dieser ewige Wechsel zwischen Ruhe und Sturm lässt sich so gut mit dem Leben selbst vergleichen, dachte sie. Eigentlich hätte jetzt ihr Inneres aufgewühlt sein müssen, Patrick war verheiratet und hatte einen Sohn, sie konnte es noch immer nicht ganz fassen. Doch sie war ruhiger, als sie erwartet hatte. Natürlich war sie verletzt und enttäuscht, gleichzeitig fühlte sie sich fast ein wenig entspannt, weil sie nun immerhin wusste, woran sie war. Es tat gut, einfach so dazusitzen und aufs Watt hinauszuschauen.

Nach einigen Minuten, in denen sie keinen klaren Gedanken gefasst, sondern nur vor sich hin geträumt hatte, spürte sie das Bedürfnis, mit jemandem zu sprechen. Sie holte ihr Handy aus der Tasche, um Anne anzurufen.

»Sonja, schön, dass du dich meldest.«

Als Sonja die vertraute Stimme der Freundin hörte,

schnürte sich unvermittelt ihre Kehle zu. »Ich bin so traurig«, flüsterte sie.

»Lieber Himmel, ist etwas mit Patrick? Geht's ihm schlechter?«

»Nein, er wurde heute aus dem Krankenhaus entlassen, es geht ihm so weit ganz gut«, antwortete sie mit dünner Stimme.

»Aber irgendetwas stimmt doch nicht. Warum bist du traurig?« Beklommen berichtete Sonja, was sie gerade erst erfahren hatte, dass Patrick verheiratet und Vater war.

Anne war fassungslos. »An so etwas habe ich nie gedacht«, sagte sie. »Eine unglückliche Liebesgeschichte, ja, das hab ich vermutet, aber dass er Familie hat ... Und wie geht's dir damit?«

»Ich weiß nicht so recht«, erwiderte Sonja, »es ist alles noch so neu für mich. Auf jeden Fall muss ich mir Patrick erst einmal aus dem Kopf schlagen, so schwer mir das auch fällt. Er und seine Frau werden jetzt sicher viel Zeit brauchen, um zu einem Entschluss zu kommen.«

»Ja, das denke ich auch«, stimmte Anne zu. »Ich glaube, Sonja, du solltest auch zu einem Entschluss kommen, zu einem, der für dich gut ist, für dich ganz allein. Es geht um deine Ausbildung zur Chirurgin und deine Pläne, in Afrika zu arbeiten. Wenn es dir mit beidem wirklich ernst ist, wirst du es allein schaffen. Du hast bisher immer gehofft, dass jemand mit dir geht, der dir beisteht, dir Mut macht und dich nicht alleinlässt. Vielleicht brauchst du aber gar keine Begleitung, weil du nämlich selbst stark bist. Das glaube ich jedenfalls. Womöglich ist es für dich besser, deinen Weg zuerst einmal allein zu gehen.«

Sonja schwieg eine Weile, dann sagte sie: »Ich werde

noch mal darüber nachdenken, Anne, das habe ich hier schon getan. Weißt du was? Ich bin richtig froh, dass ich zu dir nach Amrum gefahren bin. Wir waren mal so gute Freundinnen, es ist schön, nach den vielen Jahren daran anzuknüpfen. Mit dir kann ich über alles reden.« Sie lachte leise. »Ich freue mich jetzt schon darauf, wieder mit dir in deiner Küche Kaffee zu trinken.«

»Ich auch«, gab Anne zurück. Sie erzählte noch ein wenig von Maleika und von zwei neuen Pensionsgästen, dann verabschiedete sie sich, weil das Kind aufgewacht war.

Sonja stand langsam auf und ging den schmalen Pfad zum Cottage hoch. Ihre Träume, mit Patrick zusammenzubleiben, waren geplatzt. Sie war wieder allein, und das schmerzte. Aber es war kein Weltuntergang, das Leben ging weiter, mit Höhen und Tiefen, wie Ebbe und Flut.

35

Ryan und Wilhelm saßen auf Küchenstühlen, die sie auf die Terrasse getragen hatten. Sie hatten außerdem einen kleinen Tisch aufgestellt, auf dem Tassen, Gläser, eine Flasche Sekt und ein paar frische süße Scones standen. Patrick lag noch immer in seinem Liegestuhl, Sonja setzte sich auf das Mäuerchen daneben.

»Gut, dass du da bist«, begrüßte Wilhelm sie. »Ich möchte euch nämlich etwas mitteilen. Euch beiden.«

Sonja schluckte. Es gab kein »euch beide« mehr, es gab nur noch Patrick und Sonja. Wilhelm machte ein ganz feierliches Gesicht. Was er ihnen wohl so Wichtiges zu sagen hatte?

»Also, es ist eigentlich nichts Aufregendes«, begann er und schaute in die Runde. »Ich habe nur beschlossen, mein Cottage Patrick zu überlassen, als Geschenk.«

Sonja hob erstaunt die Augenbrauen.

»Wie bitte? Ich verstehe nicht …« Patrick richtete sich in seinem Liegestuhl auf.

»Ich weiß nicht, ob ich jemals wieder hierherkommen kann, ich werde so langsam zu alt zum Reisen, und bei dir, Patrick, ist das Häuschen in guten Händen, das weiß ich. Du wirst es nicht verkommen lassen. Ryan und ich waren deswegen in Galway und haben zusammen mit einem Notar eine Schenkungsurkunde vorbereitet. Ryan und Sonja müssen als Zeugen unterschreiben. Das wär's dann.« Er lehnte sich auf seinem Stuhl zurück und lächelte verschmitzt. »Das Geschenk schließt den Cluricaun ein«, fügte er noch hinzu.

Jetzt war es Patrick, der große, ungläubige Augen machte. »Du willst mir das Cottage schenken? Aber das geht doch nicht. Ich meine, vielleicht wäre es besser, es Ryan zu überlassen und ihrer Tochter, sie haben sich immer darum gekümmert.«

»Den Gedanken hatte ich auch«, gab Wilhelm gelassen zurück. »Ryan möchte es nicht, und ihre Tochter kann auch weiterhin ihre Ferien hier verbringen, denke ich.«

»Aber natürlich«, versicherte Patrick, »ist doch klar.« Er schüttelte fassungslos den Kopf. »Es kommt so völlig überraschend, ich weiß gar nicht, ob ich das wirklich annehmen kann.«

»Willst du es überhaupt?«, fragte Wilhelm.

»Aber sicher«, rief Patrick. »Ich könnte mir gar nichts Schöneres vorstellen. Das ist wie ein Traum. Ich weiß einfach nicht, was ich sagen soll, Wilhelm.«

»Einfach danke und fertig«, riet Ryan lachend.

Patrick stemmte sich hoch und stand aus dem Liegestuhl auf. Er stöhnte ein wenig wegen der angeknacksten Rippe, trotzdem nahm er Wilhelm in den Arm und drückte ihn, so fest er eben konnte. »Wilhelm, ich glaube ich träume, aber ich bin wach. Daran lassen diese blöden Rippen keinen Zweifel. Ich werde ein Cottage in Irland haben, das ist so unglaublich, dass ich mir es immer wieder sagen muss. Hast du dir das auch gut überlegt? Ich bin einfach sprachlos.«

»Na, dafür hast du aber eine ganze Menge geredet in den letzten fünf Minuten«, knurrte Wilhelm schmunzelnd. »Und jetzt setz dich wieder hin und hör mir zu. Es gibt einiges zu besprechen.«

Patrick ging langsam wieder zu seinem Liegestuhl. Dabei sah er Wilhelm immer wieder an und schüttelte den Kopf. So schnell konnte er das alles gar nicht begreifen.

»Haben wir deswegen eigentlich Sekt auf dem Tisch, um zu feiern?«, fragte Sonja, die die Szene schweigend verfolgt hatte.

»So sieht's aus«, rief Ryan fröhlich.

Also machte Sonja sich daran, die Flasche zu öffnen. »Dann stoßen wir mal darauf an. Ich glaube, dieses Cottage und dazu ein Cluricaun, der Glück bringt, das kommt für Patrick gerade zur rechten Zeit.«

Wilhelm blickte sie an und nickte ihr zu. »Er hat es dir erzählt«, sagte er leise zu ihr.

Ja.« Sie senkte den Kopf und spürte, wie er ihr leicht übers Haar strich. »Auch du wirst wieder glücklich werden«, murmelte er. »Zeit heilt alle Wunden, Elfenkönigin.«

Sonja sah ihn dankbar an und schenkte den Sekt ein. Nachdem sie alle miteinander angestoßen hatten, leerte sie ihr Glas in einem Zug. Auf Patrick, dachte sie, aber auch auf mich. Ich werde meinen Weg schon machen, auch allein.

Patrick war ganz aufgedreht. Er hatte noch viel mit Wilhelm und Ryan zu besprechen, während Sonja meist schweigend zuhörte. Die Sektflasche leerte sich allmählich, schließlich mussten alle die Papiere unterzeichnen. Wilhelm schrieb seinen Namen so langsam und bedächtig, wie er zu erzählen pflegte, Patrick schwungvoll und großzügig, Ryan sauber und deutlich und Sonja sorgfältig.

Der Nachmittag neigte sich dem Ende zu. Ryan räumte das Geschirr auf ein Tablett und trug es in die Küche, Sonja wischte den Tisch ab.

»Ich werde mich auf den Weg machen«, verkündete Ryan. Sie warf Patrick noch einen Blick zu, der selig im Liegestuhl lag, ein letztes Glas Sekt in der Hand. »Wenn das so weitergeht«, meinte sie lächelnd, »fange ich bald an, wirklich an den Cluricaun, die Elfen und an Naturgeister zu glauben. Zumindest ist dieses Cottage ein Haus, in dem das Glück überwiegt. Ich habe den Eindruck, dass sich in den letzten Tagen vieles geändert hat, zum Guten, trotz deines Unfalls, Patrick. Oder vielleicht sogar wegen dieser Geschichte.«

Sie nahm ihre Tasche, winkte ihnen zu und ging festen Schrittes ums Cottage herum zum Weg nach oben.

In dieser Nacht schlief Sonja erst spät ein, es war so vieles geschehen. Sie gönnte Patrick das Cottage von ganzem Herzen. Doch der Gedanke, was mit ihnen beiden hätte sein können, war noch bitter. Sie hätten nach Afrika gehen und sich zwischendurch in Irland an dem schönsten Flecken, den man sich nur vorstellen konnte, ausruhen können. Dann dachte sie an Annes Rat, ihre Zukunftspläne ganz für sich zu gestalten, so dass sie diese allein bewältigen konnte. Ja, das musste sie wohl tun. Sie konnte nicht immer mit einem Partner rechnen, der mit Freuden zustimmte, Teil ihrer Planung zu sein. Wie viele Menschen gab es, die einen solchen Partner hatten, aber durch einen Unfall verloren? Hätte Patrick sich für sie entschieden und wäre dann nach dem Sturz von den Klippen gelähmt gewesen, hätte sie auch nicht mit ihm um die halbe Welt reisen können. Das Leben konnte sich ändern, von heute auf morgen. Wenn man überhaupt Pläne schmieden wollte, dann vielleicht wirklich nur für sich allein. Und wenn sich jemand anschloss, umso besser. Den Rest musste man wohl in größere Hände legen. Sie dachte noch einige Zeit über das alles nach, dann schlief sie schließlich doch ein. Als sie am nächsten Morgen überraschend gut ausgeruht aufwachte, wusste sie, dass Anne recht hatte. Sie wusste, dass sie stark genug war, allein zurechtzukommen.

36

Vier Tage später war die schöne Zeit auf Irland vorbei. Am nächsten Morgen wollten sie in aller Frühe zurück zum Flughafen nach Dublin fahren. Diese letzten Tage hatte Sonja sehr geruhsam verbracht. Sie war noch ein paarmal unten am Strand gewesen, hatte sich dort auf ihren Felsen gesetzt und einfach aufs Meer geschaut, das einmal mit türkisfarbenen Wellen vorn an die Klippen schlug, das andere Mal weit draußen im Watt zu sehen war. Sie liebte diesen Platz, wo der Wechsel der Gezeiten so ausgeprägt war. Beides hatte seinen Reiz, fand sie. Bei Ebbe vergnügten sich immer unzählige Wattvögel in den Wassertümpeln, die in der weiten Sandfläche zurückblieben und dort reichlich Nahrung fanden. Wenn die Flut kam, brandeten die Wellen mit weißen Schaumkronen an den Felsen hoch, und man konnte die Gewalt der Natur spüren.

Patrick lag meist auf dem Sofa im Wohnzimmer, Wilhelm besuchte seine Freunde im Dorf oder spazierte über Wiesen und Weiden, um mit den Naturgeistern Zwiesprache zu halten. So hatte Sonja viel Zeit für sich selbst und für Beobachtungen. Sie sah Patrick mit anderen Augen, seit er ihr von seiner Familie erzählt hatte. Sie konnte nicht ignorieren, dass er Vater und Ehemann war. Außerdem wirkte er ernster und schweigsamer als vor seinem Unfall.

Einmal, als Sonja am Sofa vorbeikam, nahm er ihre Hand und hielt sie fest.

»Setz dich eine Weile zu mir«, bat er sie und rutschte auf die Seite. »Ich weiß, dass jetzt vieles anders ist, aber ich möchte nicht, dass wir uns im Unfrieden trennen. Du bist für mich nach wie vor eine wunderbare Frau, und ich möchte dich schon jetzt einladen, sooft du willst hierherzukommen.« Sie lächelte, wusste aber nicht recht, was sie dazu sagen sollte, also schwieg sie. »Wenn du willst, kannst du auch einmal meine Frau kennenlernen, und vor allem Florian. Wenn du einen liebevollen, umwerfenden, attraktiven Mann mitbringen möchtest, würde ich mich sehr darüber freuen. Er wird vielleicht nicht so umwerfend sein wie ich, aber damit muss ich mich abfinden«, setzte er hinzu, und zum ersten Mal seit Tagen blitzten seine Augen wieder voller Übermut.

»Na, dein Selbstbewusstsein hat durch deinen Sturz anscheinend nicht gelitten«, meinte Sonja belustigt.

»Du kannst es noch stärken, wenn du mir versprichst, dass wir immer Freunde bleiben werden«, erklärte Patrick.

»Ja, ich denke schon«, versicherte Sonja.

»Gute Freunde«, fügte Patrick hinzu.

»Wenn du willst.«

»Sehr gute Freunde!«

Sonja schüttelte lachend den Kopf. »Willst du einen Harem aufmachen?«

Er seufzte übertrieben. »Du weißt doch, dass das der Traum von fast allen Männern ist.«

»Ich glaube«, erwiderte Sonja und stand auf, »es geht dir schon wieder so gut, dass du eine Menge krause Gedanken im Kopf hast. Ich muss gestehen, ich freue mich darüber. Ich mag dich ernst, und ich mag dich heiter, aber das ist nun wirklich die letzte Liebeserklärung von mir. So, und nun muss ich in die Küche.« Sie gab ihm einen Kuss auf die Nase und ging zur Tür.

»War das auch der letzte Kuss von dir?«, rief er ihr hinterher.

»Das war ein Gute-Freunde-Kuss, die sind in Maßen erlaubt«, antwortete sie und verschwand.

Am letzten Abend im Cottage hatten sie gemeinsam gegessen und ein letztes Glas Tullamore Dew getrunken. Die Stimmung war eigenartig gewesen. Wilhelm hing meistens seinen Gedanken nach, er nahm Abschied von seinem Haus, das sie ihn so sehr an seine Frau Maire erinnerte. Patrick war aufgekratzt. Er war frischgebackener Hausbesitzer in Irland, und das Gespräch mit seiner Frau, vor allem aber das Wiedersehen mit seinem Sohn rückten näher. Sonja hatte überwiegend einen Kloß im Hals gehabt und sich hin- und hergerissen gefühlt zwischen Traurigkeit, dass der Aufenthalt hier und die Episode mit Patrick zu Ende waren, und nervöser Vorfreude auf das, was sie allein auf die Beine stellen würde.

Nun saß sie in ihrem Zimmer am Fenster und sah hinaus aufs Meer. Es war schon spät, am langsam dunkel werdenden Himmel hatten sich Wolken zusammengezogen. Nur ganz hinten am Horizont war ein Streifen hell geblieben, und genau da stand eine rote Sonne, kurz vor dem Eintauchen ins Meer. Ihre Strahlen erleuchteten die Wolken von unten, Sonja genoss jede Minute dieses einmaligen Schauspiels. Dann war auch das vorbei. Was für ein wunderbarer Abschied! Sie wollte nun nach vorn blicken und freute sich schon wieder auf Amrum, auf Anne, Piet und Maleika und auf die Tage, die sie noch auf der Insel bleiben konnte. Sie suchte ihre Sachen zusammen und packte sie dann sorgfältig in den Koffer, den sie offen auf die Kommode gelegt hatte. Als sie die Muschel vom Nachttisch nahm, die Patrick ihr am ersten Tag geschenkt hatte, setzte sie sich aufs Bett und strich sanft über die Innenseite. Sie fühlte sich immer noch seidig an und schimmerte in hellen Perlmutttönen. Patrick hatte ihr seinen Worry-Stein gezeigt, den er von Wilhelm bekommen hatte, er war jetzt oval geschliffen und lag warm und angenehm in der Hand. Aber für sie war die Muschel wertvoller, weil sie eine Erinnerung an den Strand, an das Cottage und an Patrick war. Sie wickelte sie in ihren Schal ein und schob sie zwischen die Wäsche, dann kam noch die warme Jacke obendrauf.

Als alles für die Abreise vorbereitet war, ging sie noch einmal zum Fenster und schaute hinaus. Keine Sterne und kein Mond waren zu sehen. Die letzte Nacht in Irland brach an. Für dieses Mal, aber sie würde wiederkommen, das hatte sie sich fest vorgenommen.

Es war noch dämmrig, als Patrick und Sonja am nächsten Tag das Haus verließen. Wilhelm kam als Letzter zur Tür heraus und schloss sie ab. Er legte den Schlüssel unter einen Stein auf dem Fensterbrett, ging ein paar Schritte, den Seesack auf der Schulter, dann drehte er sich noch einmal um, als wolle er das Bild des Häuschens in seinem Herzen einschließen. Sie stiegen langsam den schmalen Weg hoch zur Straße. Die Luft war kühl und frisch, die Möwen schliefen noch, im Osten zeigte sich ein heller Streifen Licht.

»Wir fahren der aufgehenden Sonne entgegen, das ist bestimmt ein wunderschöner Anblick«, sagte Patrick, als sie oben angekommen waren, »so wird uns die Abreise nicht schwerfallen.«

Wilhelm nickte, für ihn war es mehr als ungewiss, ob er noch einmal nach Irland reisen konnte. Sonja vermutete sogar, dass er damit abgeschlossen hatte, indem er sein Cottage Patrick vermacht hatte. Als Wilhelm einstieg, meinte er: »Es war schön mit euch beiden, und ich möchte mich schon jetzt bedanken, dass ihr mich begleitet habt. Ich hoffe, Patrick, du wirst noch oft hierherkommen.«

»Bestimmt«, antwortete Patrick, »ich hätte sogar Lust, ganz ins Cottage zu ziehen. Aber das ist alles noch in weiter Ferne. Jetzt geht's erst mal zurück nach Amrum.«

Und so fuhren sie, jeder in seine Gedanken versunken, der aufgehenden Sonne entgegen.

Sie erreichten Dublin am Vormittag. Auf dem Flughafen herrschte großes Gedränge. All die vielen Menschen, die bunten Werbeplakate, ratternden Anzeigetafeln und der Lärm waren mehr als gewöhnungsbedürftig nach der weiten Natur und der Ruhe. Sie atmeten alle drei auf, als sie endlich an Bord gingen.

Das Flugzeug stieß durch die Wolkendecke nach oben, Irland verschwand unter ihnen, nur einmal noch gab es eine Lücke, und es war ein Stück Küste mit steilen dunklen Felsen zu sehen, mit grünen Höhen und grauem Meer mit weißen Schaumkronen auf den Wellen.

Beim Landeanflug auf Hamburg schaute Sonja auf das Häusermeer hinunter und dachte an die Klinik, die irgendwo da unten lag.

»Vor zwei Wochen«, sagte sie zu Patrick, »sind wir

auch über Hamburg geflogen. Damals hatte ich das Gefühl, dass mir mein Leben gerade entgleitet, ich war so unsicher und verzagt wie noch nie.«

»Und jetzt?«

»Jetzt weiß ich eins sicher: Ich werde meine Ausbildung fertigmachen, ich werde dieses eine Jahr nicht nur überstehen, sondern mit Mut und Tatkraft angehen. Und dann fliege ich für ein halbes Jahr nach Afrika auf das Klinikschiff. Ich schaffe das auch allein, und danach werde ich entscheiden, wie es weitergeht.«

»Das klingt gut«, stimmte ihr Patrick zu. »Ich glaube, du hast wieder Vertrauen zu dir selbst.«

»Und du?«, wollte Sonja wissen.

»Wilhelm hat mir schon vor Wochen gesagt, dass der Tag kommt, an dem wieder Land in Sicht ist, und er hat recht. Von Wilhelm kann man viel lernen.«

In Hamburg regnete es, doch als sie mit Patricks Wagen schließlich die Stadt verlassen hatten, wurde es heller, und je näher sie der Küste kamen, desto schneller machten die Wolken einem blauen Himmel Platz.

In Dagebüll, beim Umsteigen auf die Fähre nach Amrum, schien die Sonne von einem beinahe wolkenlosen Himmel. Sonja stand die ganze Fahrt über auf dem Deck und genoss den Wind, sah auf das blaue Meer mit den weißen Schaumkronen und begrüßte Amrum, als die Insel in Sicht kam. Es fühlte sich beinahe an wie nach Hause zu kommen.

Auf Amrum hatte sich in den zwei Wochen nichts verändert, nur vor dem Haus am Wald standen drei Autos, die sie nicht kannten, es waren also neue Gäste da.

Anne kam aus dem Haus gelaufen, als Patricks Auto auf den Hof rumpelte. Sie umarmte zuerst Sonja, dann Patrick, der schon einen Schrei ausstieß, noch ehe sie ihn überhaupt erreicht hatte.

»Vorsicht, meine Rippe!«, rief er.

»Ich habe schon von deinen Kletterpartien gehört. Tut's noch sehr weh?«

»Geht schon.«

Endlich war auch Wilhelm ausgestiegen, und Anne fiel ihm um den Hals.

»Wie schön, dass ihr wieder das seid«, sagte sie. »Ich nehme an, ihr habt viel zu erzählen. Jetzt dürft ihr erst mal in Ruhe ankommen und auspacken, aber heute Abend seid ihr eingeladen. Ihr müsst auf ein Glas Wein zu uns rüberkommen, und dann möchte ich alles hören, den gesamten Reisebericht.« Sie lachte.

»Natürlich kommen wir«, versprach Patrick, »und wir haben auch etwas mitgebracht: echte Knuspercracker aus irischen Meeralgen, eine Köstlichkeit!«

»Da bin ich ja gespannt«, antwortete Anne erfreut. »Jetzt lasse ich euch allein, eure Zimmer kennt ihr ja. So, wie ich dich kenne, Wilhelm, wirst du als Erstes deinen Elfengarten besuchen, oder?«

Der alte Seebär nickte, seine Augen glänzten. Er war wieder daheim.

Als Sonja ihr Zimmer betrat, fühlte auch sie sich wirklich wie zu Hause angekommen. Alles war sauber, ordentlich und übersichtlich, wie sie es verlassen hatte. Sie legte den Koffer auf den Tisch am Fenster und öffnete ihn, aber dann sah sie hinaus. Die Sonne schien, und die Bank vor dem Haus lockte. Ich kann auch später noch auspacken, dachte sie und musste dabei unwillkürlich lächeln, denn das war so gar nicht ihre Art, derartige Erledigungen zu verschieben. Aber es fühlte sich gut an, ein wenig irisches Insel- und Lebensgefühl würde ihr nicht schaden. Sie wollte den Augenblick genießen, anstatt stets ihre Pflichten zu erfüllen. Ja, sie würde sich noch ein wenig auf die Bank in die Sonne setzen und ihren Erinnerungen nachhängen.

Ihr Inneres, das sich in den letzten Monaten oft so verkrampft und verbissen angefühlt hatte, war viel gelöster geworden und hatte einer ruhigen Wärme und Zuversicht Platz gemacht. Das wollte sie nie wieder verlieren.

Sie ging die Treppe hinunter, blieb dann in der geöffneten Haustür stehen und sah zum verwilderten Garten hinüber. Ob Wilhelms Elfen inzwischen eingezogen waren? Nein, an Naturgeister konnte sie nicht glauben, selbst nach ihren Erlebnissen in Irland nicht.

Nach einer Weile kam Patrick aus dem Haus und setzte sich neben sie. »Du bist so nachdenklich«, sagte er.

»Ja, es ist so eigenartig, weißt du. Wir waren zwei Wochen lang in Irland ein richtig gutes Team, stimmt's? Jetzt sind wir wieder drei einzelne Menschen mit ganz unterschiedlichen Lebenswegen und Schicksalen. Wilhelm sitzt in seinem Garten, ich werde bald wieder nach Hamburg fahren, und du bist Familienvater und Ehemann und wirst eine eigene Gärtnerei haben. Man verbringt eine intensive Zeit zusammen, doch dann geht man wieder auseinander.«

»Ist das so schlimm?«

Sonja seufzte tief. »Ich weiß es nicht, ich versuche gerade, damit klarzukommen. Aber vielleicht ist es gar nicht so schwierig. Wahrscheinlich ist dieses abwechselnde Zusammensein und Alleinsein eine gute Übung. Beides ist wichtig und gehört zum Leben dazu.«

Patrick schwieg eine Weile, dann sagte er: »Isabel hat geschrieben.«

»Deine Frau. Und was schreibt sie?«

»Sie kommt nächste Woche mit Florian nach Amrum.«

Sonja musste schlucken, ein merkwürdiger Gedanke. »Und, freust du dich?«

»Ja, vor allem auf den Kleinen.« Er seufzte. »Isabel und ich werden sehen, ob unsere Ehe noch eine Chance hat.«

»Ich wünsche es euch. Wirklich, von ganzem Herzen«, antwortete Sonja.

»Danke, Sonja, für alles.« Er stand auf. »Wirst du noch hier sein, wenn sie kommen?«

»Ich weiß es nicht.« Sie sah zu Boden, dann blickte sie Patrick an. »Deinen Sohn würde ich gern kennenlernen. Sieht er aus wie du als Kind?«

»Er ist ein Sonnenschein«, sagte Patrick, »genau wie ich auch. Er ist das beste Kind auf der ganzen Welt.«

Sonja musste lachen. »Das ist doch klar. Aber warte nur ab, bis ich mal eins habe, das wird mindestens genauso ein Wunderkind sein wie deins.«

»Eine kleine Sonja, darauf bin ich echt mal gespannt. Bisher hast du so etwas noch nicht in deine Pläne mit einbezogen, oder?«

»Man kann sich ja auch ändern und seine Pläne erweitern«, gab sie gelassen zurück.

»Gute Idee«, meinte Patrick und wandte sich dem Haus zu. »Aber warte nicht zu lange damit«, rief er ihr noch zu.

»Das kommt drauf an, wann und wo ich meinen Traummann finde«, rief sie zurück.

Sie schaute auf die Uhr. Bis zur Verabredung mit Anne blieb ihr noch eine Stunde. Wilhelm war beschäftigt, Patrick hatte seinen Brief, mit einem Mal fühlte sie sich ein bisschen einsam. Sie würde einen Spaziergang zum Watt machen. Das Watt strahlte Ruhe aus, genau wie in Irland würde es ihr mit seiner Weite und seiner Stille den Trost spenden, den sie jetzt brauchte.

37

Ich gehe noch für eine halbe Stunde rüber ans Ostufer. Ich werde aber auf jeden Fall rechtzeitig zum gemütlichen Abend bei euch zurück sein«, sagte Sonja ihrer Freundin kurz Bescheid.

Anne krauste die Stirn. »Nimm einen Regenumhang mit, ein Gewitter ist für die nächsten Stunden angekündigt worden. Und zieh dir Gummistiefel an.«

Sonja schaute zum Himmel. »Die Sonne scheint noch, so schnell wird das Wetter schon nicht umschlagen. Also dann bis später.« Sie wandte sich um, winkte Anne zu und ging mit schnellen Schritten davon. Es war nicht weit, schon nach fünfzehn Minuten stand sie am Ufer und konnte weit über den glänzenden nassen Schlick sehen. Sie holte tief Luft, atmete die frische salzige Luft ein und ging ein Stückchen am Ufer entlang.

Nach einer Weile blieb sie stehen, sie wollte ein kleines Stück ins Watt hineingehen, nur einige Meter. Also zog sie Schuhe und Strümpfe aus, legte sie ins Gras, krempelte die Hosenbeine hoch und setzte die ersten Schritte in den feuchten Schlamm. Er fühlte sich kalt an, doch nach einer Weile wurden die Füße warm, so wie sie es schon damals bei der Wattwanderung erlebt hatte.

Jemand rief ihr vom Ufer her etwas zu. Sie drehte sich

um, ein alter Mann stand da, und sie winkte zurück. »Ich kehre gleich um«, schrie sie. »Ich will nur noch bis zu diesem schmalen Priel gehen, dann komme ich zurück.«

Der Mann schüttelte den Kopf, dann ging er langsam weiter.

Sonja setzte einen Fuß vor den anderen. Fasziniert blickte sie zu Boden. Hier war überall Leben, kleine Krebse krochen über den nassen Sand, Wattwürmer hatten ihre Häufchen gemacht. Ein paar Flächen waren grün wie eine Wiese, hier und da wuchsen Queller und Schlickgras. An manchen Stellen liefen Rillen durch den Sand, es fühlte sich unter ihren Fußsohlen an, als laufe man über ein Waschbrett.

Die meisten Tiere hatten sich bei Ebbe in den feuchten Schlick eingegraben, Muscheln, Schnecken, Würmer und Seesterne lagen in Pfützen, Algen wuchsen im Schlamm, und in der Ferne spazierten die Wattvögel und suchten sich ihr Futter.

Sonja war an dem flachen Priel angekommen, den sie vom Ufer aus gesehen hatte. Etwas weiter hinten lag eine höhere Sandbank, die wollte sie noch erreichen, dann würde sie umkehren. Eine großartige Welt war das hier, einzigartig und voller Wunder. Sie konnte sich nicht sattsehen und empfand mit einem Mal ein so großes Glücksgefühl, dass es ihr beinahe den Atem raubte.

Das Wasser im Piel reichte Sonja bis zur Wade, hatte aber kaum Strömung. Sie ging vorsichtig weiter. Kurz, bevor sie die Sandbank erreichte, verschwand die Sonne, die ihr bisher so schön den Rücken gewärmt hatte. Sie blieb stehen und schaute sich um. Erschrocken bemerkte sie direkt hinter sich eine dunkle Wolkenwand, im nächsten

Augenblick kam eine Windbö auf, wie aus dem Nichts, kalt und feucht. Sonja sah auf die Uhr, es war kurz vor neunzehn Uhr. Sie musste umkehren, sie war schon viel zu lange unterwegs.

Der Wind wurde rasch stärker, dann zuckte ein Blitz über den Himmel, Donner grollte. Eine Sekunde später fing es an zu regnen, mit dicken Tropfen, die rasch in einen Regenguss übergingen.

Sonja versuchte zu rennen, aber in dem weichen sumpfigen Boden kam sie nicht schnell vorwärts. Als sie den Priel erreichte, war sie nass bis auf die Haut, sie zitterte und fror. Entsetzen packte sie: Der Priel, vor einer halben Stunde noch flach und harmlos, war jetzt ein reißender Fluss, breiter und tiefer, als sie ihn in Erinnerung hatte. Es war unmöglich, ihn an dieser Stelle zu durchwaten.

Eigentlich war das Ufer gar nicht mehr weit, fünfzig Meter etwa, aber Sonja konnte es in dem heftigen Regen und dem Sturm kaum noch erkennen.

Sie spürte, wie Panik in ihr aufstieg. Die Flut kam. Wenn sie es jetzt nicht schnell auf die andere Seite des Priels schaffte, war sie verloren. Sie versuchte, ein Stück flussabwärts eine flachere Stelle zu finden. Immer heftiger tobte das Gewitter, schlugen ihr die Regentropfen hart ins Gesicht. Einmal steckte sie so tief im Schlick, dass sie den Fuß fast nicht mehr herausbekam. Tränen der Verzweiflung liefen ihr übers Gesicht. Sie rannte hin und her, suchte nach einem Ausweg, doch da war nichts, was ihr helfen konnte. Schließlich kauerte sie sich an einer etwas höheren Sandstelle zusammen und legte die Hände über die Augen. Es war aussichtslos, sie konnte nichts mehr tun, als abzuwarten. Vielleicht waren diese Minuten ihre letzten, und die Flut würde sie überspülen und mitnehmen in die Weite des Meeres.

Genau in diesem Augenblick glaubte sie, eine Stimme zu hören. Sie hob den Kopf und versuchte, durch die Regenwand etwas zu erkennen. Da sah sie jemanden, einen Mann, der auf der anderen Seite des Priels stand. Er trug einen gelben Regenumhang, den Südwester hatte er tief in die Stirn gezogen. Er winkte ihr zu und rief etwas, das sie nicht verstehen konnte. Dann gab er ihr mit den Armen Zeichen weiterzugehen. Sie nahm alle Kraft zusammen und stand auf. Mehr stolpernd als gehend suchte sie sich einen Weg am Priel entlang. Als sie schon glaubte, ihre Beine würden unter ihr nachgeben, kam sie an eine Stelle, wo der Priel durch eine Sandbank in mehrere Arme geteilt wurde. Die Strömung war hier nicht so heftig, und das Wasser schien etwas flacher zu sein. Zögernd blieb sie stehen. Da sah sie, wie die Gestalt im gelben Regenumhang vorsichtig einen Wasserlauf nach dem anderen durchwatete, wobei sie mit einem langen Stock ständig die Tiefe des Wassers prüfte. Schließlich war der Mann bei ihr, der Regen tropfte von seinem Südwester. Und als er ihn sich aus der Stirn schob, glaubte Sonja zu träumen: Vor ihr stand Steffen.

Sie konnte sich nicht rühren, war wie erstarrt. Wie kam er hierher, wie hatte er sie gefunden? Das konnte doch gar nicht sein.

»Mein Gott, Sonja«, sagte er, und in seiner Stimme klangen Angst und Entsetzen mit. Dann nahm er den Regenumhang, der er mitgebracht hatte, zog ihn Sonja über, setzte ihr die Kapuze auf und rief: »Schnell, wir müssen durch das Wasser, ehe es zu spät ist.« Er nahm ihre Hand und zog sie mit sich. Dankbar klammerte sie sich an ihn, zögerte mal und strauchelte, doch er hielt sie eisern fest. Das Wasser in den Prielarmen reichte Sonja schon bis über die Knie. Sie mussten alle Kraft aufbieten, um dem Sog der hereinströmenden Flut zu widerstehen. Endlich hatten sie es geschafft. Nun lag nur noch ein kleines Stück Watt vor ihnen, dann die Uferböschung und der Damm. Steffen half ihr hinauf, sie war so erschöpft, dass sie kaum mehr gehen konnte. Oben stand sein Auto, er öffnete die Tür, schob sie auf den Sitz, lief eilig auf die andere Seite und stieg ein. Der Regen prasselte aufs Dach, Blitze zuckten über den blauschwarzen Himmel, Donner grollte. Aber sie waren in Sicherheit.

Sonja war auf ihrem Sitz zusammengesunken, sie schlotterte am ganzen Körper. Steffen lehnte sich zurück und schloss kurz vor Erschöpfung die Augen. Dann sah er sie an. »Mein Gott, Sonja«, sagte er noch einmal, diesmal lag Erleichterung in seiner Stimme. Er strich ihr zart über das von Tränen und Regen nasse Gesicht. »Ich bringe dich nach Hause.«

Als sie vor der Pension am Wald hielten, kam Anne bereits aus dem Haus gerannt, eine Wärmflasche in der einen und eine Thermoskanne in der anderen Hand.

»Was habe ich dir gesagt? Es wird Gewitter geben. Du hast schon früher nicht auf mich gehört«, schimpfte sie. »Ich habe dir ein heißes Bad eingelassen, du musst aus den nassen Klamotten raus und dich dann richtig aufwärmen.«

»Jawohl, Frau Doktor«, flüsterte Sonja zerknirscht.

»Das ist nicht witzig«, beschwerte sich Anne, die vor Sorge Tränen in den Augen hatte.

Wenig später lag Sonja in ihrem Bett. Anne saß bei ihr, Steffen lehnte am Fenster. Das Unwetter tobte noch immer.

»Dieser Priel ist sehr gefährlich«, erklärte Anne. »Bei auflaufender Flut kann er in wenigen Minuten zu einem reißenden Strom werden. Kommt dann noch ein heftiger Regenguss dazu, so wie heute, ist er nicht mehr zu überqueren. Man lässt sich leicht täuschen, weil er so nahe am Ufer verläuft, deshalb darf hier das Watt nur von Menschen betreten werden, die sich auskennen. Hätte ich gewusst, dass du nicht am Ufer bleibst, Sonja, hätte ich es dir strengstens verboten.«

»Es tut mir so leid«, sagte Sonja leise. »Ich bin so froh und dankbar, dass alles gutgegangen ist.«

»Ja, ich auch«, stimmte Anne zu. »Jetzt lasse ich euch beide mal allein, ihr habt bestimmt einiges zu besprechen. Und unser gemütlicher Abend wird auf morgen verschoben.« Sie umarmte Sonja und gab ihr einen Kuss. »Aufgeschoben ist nicht aufgehoben. Morgen möchte ich alles über Irland hören«, rief sie im Hinausgehen und schloss die Tür hinter sich.

Steffen stand ein wenig unschlüssig neben Sonjas Bett. »Bist du sehr müde?«, fragte er. »Oder kann ich mich noch ein wenig zu dir setzen?«

»Ja, bleib hier.« Sonja richtete sich auf und stopfte sich das dicke Kissen in den Rücken. »Es geht mir schon wieder ganz gut, mir sitzt der Schreck nur noch etwas in den Knochen.«

Er setzte sich zu ihr auf die Bettkante. Sonja war nicht weniger unsicher als er. Sie fühlte sich verwirrt, wie er da neben ihr saß. Er war ihr so vertraut, seine Art, sich die

Haare aus der Stirn zu streichen, seine Augen, die so warm blicken konnten, sein festes Kinn und die stolze Haltung seines Kopfes, sein Lachen, das so ansteckend war. All das war Steffen. All das hatte sie geliebt, bis zu dem Tag, als er so rücksichtslos alle ihre Pläne verraten hatte. So hatte sie es damals jedenfalls empfunden. Für sie war eine Liebe zu Ende gegangen, die doch eigentlich ihr Leben gewesen war. Nun war er wieder da, hockte fast ein wenig schüchtern neben ihr. Er hatte sie gerettet, ja, er hatte ihr wahrscheinlich das Leben gerettet. Ihre Gefühle waren ein einziges Durcheinander.

Steffen blickte sie ruhig an, als könnte er ahnen, wie es in ihr aussah. »Ich bin hier, um dich zurückzuholen, Sonja. Weil ich dich liebe. Ich möchte dich nicht verlieren.«

»Aber, woher weißt du überhaupt ...?«

Er legte ihr sanft einen Finger an die Lippen. »Ich bin noch nicht fertig. Ich möchte dir nämlich sagen, dass es nicht richtig von mir war, dich wegen meiner Praxis vor vollendete Tatsachen zu stellen. Das ist mir jetzt klargeworden. Ich wünsche mir, dass wir in den nächsten Tagen zu einer Lösung kommen, die für uns beide in Ordnung ist, und dass wir zusammen eine gemeinsame glückliche Zukunft haben werden. Wenn du das noch willst.«

»Das kommt alles so plötzlich«, erwiderte sie. »Ich muss nachdenken. Und ich möchte jetzt erst mal wissen, wie du überhaupt nach Amrum kommst.«

»Deine Chefin hat mich letzte Woche angerufen. Sie wollte wissen, wie es dir geht und wohin du nun gefahren bist. Vor allem wollte sie dir mitteilen, dass der Mann mit den Hundebissen gesund entlassen wurde, sie hat mir die Geschichte erzählt. Ich wusste natürlich auch nicht, wo du dich aufhältst, ich wusste ja nicht einmal, dass du vier Wochen suspendiert warst. Aber ich habe ja noch deinen Wohnungsschlüssel, also bin ich hingefahren und fand am Telefon einen Zettel mit einer Adresse und einer Telefonnummer auf Amrum.«

»Und da hast du angerufen?«, wollte Sonja wissen.

»Ja, und ich habe erfahren, dass du in Irland bist.«

»Anne hat mir nichts davon gesagt, dass du mit ihr gesprochen hast.«

»Nein, ich habe sie darum gebeten. Ich wusste ja selbst noch nicht, was ich nun tun sollte.«

»Und wann bist du auf die Idee gekommen hierherzufahren?«

»Als ich da in deiner Wohnung stand, und deine Jacke hing auf dem Bügel im Flur, deine Schuhe standen so ordentlich wie immer im Regal, da meinte ich, den Duft deines Parfüms zu riechen. Ich sah unser Sofa im Wohnzimmer mit den vielen Kissen, auf dem wir gemütliche Abende verbracht hatten. Na ja, da wurde mir auf einmal klar, dass ich dich nicht verlieren wollte. Ich wollte dich zurückholen, Sonja, so viele gemeinsame Jahre schüttelt man nicht einfach so ab.«

»Und wie hast du mich ausgerechnet im Watt gefunden?«

»Ich bin heute Nachmittag hier angekommen. Anne sagte mir, dass du einen Spaziergang zum Ostufer gemacht hast. Sie war ziemlich besorgt, weil ein Gewitter aufzog und du nicht einmal einen Regenumhang dabeihattest. Ich hatte gar keine Wahl.« Er lachte leise. »Sie hat mir zwei Regencapes gegeben, eines für mich und eines für dich, und ich bin mit dem Wagen zum Damm rübergefahren.

Da setzen schon die ersten Regenschauer ein. Ich habe am Ufer deine Strümpfe und Schuhe gesehen, daneben stand ein alter Mann. Er war furchtbar aufgeregt und hat mir zugerufen, eine junge Frau sei ins Watt gelaufen.«

»Ich hatte ihn getroffen«, sagte Sonja. »Er hat mich gewarnt, aber ich wollte ja nur ein paar Meter rein, hab nicht auf ihn gehört.«

»Er hat dir wahrscheinlich das Leben gerettet.« Sie sah ihn fragend an. »Aber ja, er wusste, wo du bist, und hat mir erklärt, wie und vor allem wo man trotz des steigenden Wassers noch durch den Priel kommen kann. Den Rest kennst du ja.«

Sonja schwieg, sie ließ sich tiefer in die Kissen sinken. »Ich wusste ja, dass es im Watt gefährlich werden kann«, begann sie leise, »aber ich war so nah am Ufer. Ich dachte wirklich, ich könnte es innerhalb von zehn Minuten erreichen, wenn ich umdrehe. Mit dem Gewitter habe ich nicht gerechnet, obwohl Anne mich gewarnt hatte. Dass das Wetter aber auch so schnell und so gründlich umschlagen kann …« Sie schüttelte den Kopf. »Steffen, wenn du mich nicht geholt hättest …«, sagte sie nach einer Weile.

»Ich habe dich nicht nur aus dem Watt geholt«, erklärte er, »ich möchte dich nach Hause holen.«

Sie schloss die Augen. »Eigentlich habe ich mir das aus tiefstem Herzen gewünscht.«

»Eigentlich?«

»Ich muss eine Nacht darüber schlafen«, sagte sie.

Steffen stand auf und öffnete das Fenster. Es war inzwischen dunkel geworden draußen, das Gewitter hatte sich verzogen, es regnete nur noch leicht. Er sog tief die frische kühle Luft ein, dann ging er zu Sonja zurück.

»Ich möchte jetzt schlafen. Morgen machen wir einen Spaziergang durch die Dünen, um in aller Ruhe miteinander zu reden, einverstanden?«

»Einverstanden. Ich schlafe im Zimmer nebenan, wenn du etwas brauchst, musst du nur rufen.« Er gab ihr einen zarten Kuss auf die Stirn, dann ging er zur Tür.

»Steffen«, rief sie leise, »danke. Nicht nur für die Rettung aus dem Watt.«

Er lächelte, dann trat er in den Flur und schloss leise die Tür.

Sonja wusste, dass sie den Moment nie vergessen würde, in dem in dieser ausweglosen Situation auf einmal Steffen vor ihr gestanden und sie fest an der Hand genommen hatte. Mit diesem Gedanken fiel sie in einen tiefen Schlaf.

38

Der nächste Morgen brachte Sonnenschein und blauen Himmel. Das Gewitter hatte die Luft abgekühlt, und alles glänzte vor Nässe.

Sonja hatte tief und traumlos geschlafen, nun horchte sie auf die Geräusche im Nebenzimmer.

Sie hörte Steffen aufstehen, die Tür zur Dusche klappte, dann rauschte Wasser, zehn Minuten später hörte sie das leise Surren seines Rasierapparates. Wie vertraut ihr das alles war. Am Wochenende war sie oft im Bett geblieben und hatte sich wohlig gestreckt, während Steffen schon aufgestanden war und Frühstück gemacht hatte. Sie hatte sich im Schlafanzug neben ihn setzen dürfen und bekam einen heißen Kaffee und frische Brötchen.

Heute wollte sie zum Frühstück fertig sein. Sie setzte sich auf, fühlte sich ausgeruht und gesund. Sie hatte weder Kopfschmerzen noch Schnupfen, auch keinen Muskelkater, sondern hatte das schreckliche Erlebnis von gestern gut überstanden, wenigstens körperlich.

Als sie angezogen war, streckte Anne den Kopf zur Tür herein. »Ich wollte nur nachsehen, wie's dir geht«, erklärte sie, »aber du siehst gut aus.«

»Ja«, bestätigte Sonja, »aber die Angst, die ich da draußen in dem Unwetter hatte, werde ich so schnell nicht wieder vergessen. Und auch das Gefühl nicht, als Steffen auf einmal da war. Es war wie eine neue Chance zu leben.«

»Dann macht zusammen etwas aus dieser Chance«, sagte Anne eindringlich.

»Ja«, erwiderte Sonja, und das Ja kam aus tiefstem Herzen.

Als Anne gegangen war, klopfte Sonja bei Steffen an die Tür. Er öffnete sofort, nahm sie bei den Händen und sah sie forschend an. »Geht's dir gut?«, fragte er besorgt.

»Ich fühle mich wohl, und ich habe Hunger.«

Er lachte. »Das ist ein gutes Zeichen.« Gemeinsam gingen sie ins Frühstückszimmer.

Neben Sonjas Gedeck stand in einem Glas ein kleiner Strauß dunkelgelbe Schlüsselblumen. Daneben lag ein Zettel von Patrick. »Wilhelm sagt, dass Schlüsselblumenelfen in verwirrenden Situationen helfen«, stand darauf. »Ich hoffe, sie tun es für dich.«

Sonja zeigte Steffen den Zettel. »Wer ist Wilhelm?«, wollte er wissen. Während sie frühstückten, erzählte ihm Sonja von dem alten Seefahrer und seinen Naturgeistern. Anschließend machten sie sich auf den Weg zu den Dünen. Sonja schlug den Pfad durch den Wald ein, den sie vor drei Wochen mit Patrick im Regen gegangen war. Heute schien die Sonne, und Steffen begleitete sie, alles war anders. Nein, nicht alles, das Steingrab lag wie immer versteckt im Gebüsch, die Vogelkoje hatte sich nicht verändert, und auf den Dünen wuchsen das Gras, die Krähenbeeren und die Heide, als sei in der Zwischenzeit nichts geschehen. Sonja wusste es besser. Für sie hatte sich eine ganze Welt verändert.

Sie stieg mit Steffen auf die Düne, auf deren Gipfel Patrick damals behauptet hatte, dies sei die »Du-Düne«. Dort setzten sie sich auf eine warme trockene Stelle und blickten aufs Meer hinaus. Nachdem beide eine Weile geschwiegen hatten, fragte Steffen: »Willst du noch immer nach Afrika?«

»Ja«, antwortete Sonja mit fester Stimme. »Ich habe lange nachgedacht. Ich werde meine Ausbildung zu Ende machen, im Frühjahr die Facharztprüfung ablegen und dann für sechs Monate auf das Mercy-Schiff gehen. Zuerst einmal nur dieses halbe Jahr, um herauszufinden, ob ich mit dieser Arbeit allein klarkomme.«

»Sechs Monate«, stellte Steffen nachdenklich fest, »darüber lässt sich reden.«

»Wie meinst du das?« Sie sah ihn entgeistert an.

»Ich meine, dass bis dahin die Praxis laufen sollte und ich für drei oder vier Monate einen Vertreter nehmen könnte. Dann könnte ich wenigstens für die erste Zeit mit dir nach Afrika kommen. Ich habe nämlich auch nachgedacht.«

»Du würdest mit mir nach Afrika fliegen? Und wir könnten zusammen drei Monate auf dem Klinikschiff arbeiten?«

»Ich habe das nie ausgeschlossen. Nur musste es alles passen. Die Gelegenheit, mich mit der Praxis selbständig zu machen, war einfach ideal. Ich hätte dir früher davon erzählen müssen, ich weiß. Als ich es tat, hast du leider nichts mehr hören wollen.«

»Du hast recht, und es tut mir leid. Ich habe mich einfach so überfallen gefühlt, als spielten meine Wünsche und Pläne für dich keine Rolle mehr.«

»So war es nicht, Sonja. Ich hatte eine phantastische Gelegenheit und habe zugegriffen. Trotzdem wollte ich mit dir klären, wie wir deinen Traum zusammen umsetzen können.«

Sie bewegte seine Worte in ihrem Herzen und fühlte sich mit einem Mal so zufrieden und wohlig wie selbst an Patricks Seite nicht. Es gab eine Lösung, einen Kompromiss. Warum hatte sie nicht daran geglaubt? Warum war sie davongelaufen? Nun, beantwortete sie sich die Frage selbst, es war wohl nötig, um einiges dazuzulernen.

»Weißt du, Steffen«, sagte sie glücklich, »das ist eine wunderbare Idee. Es wäre schön, wenn du mich begleiten könntest, selbst wenn du früher als ich wieder zurückmusst.«

»Ich bin froh, dass du mich noch immer dabeihaben willst.« Er schenkte ihr ein strahlendes Lächeln. »Es gibt da aber noch etwas sehr Wichtiges, das mir am Herzen liegt. Ich wünsche es mir schon lange. Ich möchte, dass wir vor unserer Reise nach Afrika heiraten. Ich möchte dich als meine Frau an meiner Seite haben, Sonja«, sagte er fest entschlossen. »Alle Welt soll wissen, dass wir zusammengehören.«

Sonja sah den Ernst in seinen Augen. Auf einmal wusste sie nicht mehr, warum sie bisher immer gezögert hatte, wenn Steffen vom Heiraten gesprochen hatte. Sie wollte mit ihm zusammen sein und bleiben, er war der Mann, mit dem sie ihr Leben teilen wollte, und sie würden zusammen einen Weg finden, der für beide richtig war.

»Ja«, antwortete sie, und auch dieses Ja kam aus tiefstem Herzen. »Ja, wir werden heiraten.« Plötzlich musste sie lachen. »Lieber Himmel, ich hätte nie gedacht, dass es auf einmal so leicht sein könnte, zu einem Heiratsantrag ja zu sagen.«

Steffen nahm sie ungestüm in den Arm und küsste sie. »Kein Wenn und Aber mehr? Keine Pläne für die nächsten zehn Jahre, keine Bedenken mehr?«

»Nein«, versicherte Sonja, »es wird sich alles zur rechten Zeit finden. So wie jetzt die richtige Zeit zum Heiraten ist. Vielleicht war bisher einfach noch nicht die rechte Zeit dazu.«

Später, als sie wieder zurück waren und miteinander auf der Bank vor dem Haus in der Sonne saßen, sagte Steffen: »Es gibt noch etwas, das ich dir sagen muss. Ich hoffe, dass du auch dazu so entschlossen ja sagen kannst. Ich habe mir vor einiger Zeit ein kleines Haus in Blankenese angeschaut, man kann es mieten. Es liegt am Hang und hat einen wunderbaren Blick aufs Wasser. Unten gibt es ein Wohnzimmer, von dem aus man Sonnenuntergänge beobachten kann, und eine Küche, oben unterm Dach befinden sich zwei Zimmer und ein Bad. Es wäre genau das Richtige für uns. Was meinst du, willst du es dir mal ansehen?«

»Ein Haus am Wasser«, sagte Sonja, und ihre Augen leuchteten. »So ein Cottage, wie wir es in Irland hatten.«

»Eigentlich kein Cottage, aber wenn du es so nennen willst ...«

»Haben die Räume innen weiße Wände, dass man viele Bilder aufhängen kann?«

»Ja, warum? Willst du eine Galerie einrichten?«

»Warte, ich muss dir etwas zeigen.« Damit sprang sie auf und lief ins Haus. Gleich darauf war sie mit einem Stapel Aquarelle zurück. Es waren die Bilder, die sie in Irland gemalt hatte.

»Schau mal«, sagte sie, »Wildblumen, kleine, oft versteckte Blüten, an denen man leicht vorbeiläuft. Die möchte ich alle rahmen und aufhängen. Was meinst du dazu?«

Steffen sah sich eine Zeichnung nach der anderen an. »Sie sind wunderschön«, stellte er dann fest. »Ich wusste gar nicht, dass du so ein Talent hast.«

»Ich auch nicht.« Sie lachte. »Ich habe manchmal auf dem Bauch im Gras gelegen und habe so vor mich hin gepinselt. Hat großen Spaß gemacht.«

»Du kommst also mit und schaust dir das kleine Haus mit mir an? Und wenn es dir gefällt, dann ziehen wir zusammen ein. Und ich werde mich bemühen, immer so schön ordentlich zu sein, wie du es gern hast.«

»Und ich werde vielleicht eines Tages noch anfangen, kochen zu lernen«, fügte Sonja hinzu. »Außerdem werden wir im Garten ein paar hübsche Plätze für Elfen einrichten. Vielleicht kommt auch ein Cluricaun und macht es sich bei uns gemütlich. Und einen Holunderbusch brauchen wir auch!«

Steffen stöhnte. »Du glaubst doch nicht an solche Geschichten?«

Sonja schaute hinüber zu Wilhelm, der in seinem Garten umherging, sich ab und zu bückte und einen Ast verschob oder einen Stein. Er sah hoch und winkte ihnen zu.

»Nein«, gab Sonja zurück, »aber egal, ob es Elfen oder andere Naturgeister gibt, Bäume und Büsche und Blumen leben, und wir sind enger mit ihnen verbunden, als wir immer denken.« Sie warf ihm einen kessen Seitenblick zu. »Außerdem kann man aus Holunderbeeren wunderbaren Saft machen.«

Am Abend saßen alle um den runden Tisch in Annes Wohnzimmer. Wilhelm war als Erster da, dann kamen Patrick, Sonja und Steffen. Annes Mann brachte noch Maleika ins Bett. Dann wurden die Gläser mit dunkelrotem Wein gefüllt, und sie stießen an, zunächst auf Irland, dann auf Amrum.

Es wurde erzählt und gefragt, gelacht und gestaunt. Nach einer Weile rief Anne aus: »Und wann dürfen Piet, Maleika und ich einmal in dieses einzigartige Cottage kommen?«

»Jederzeit«, erklärte Patrick. »Ich hoffe, dass ihr alle, sobald ihr Zeit und Lust habt, das Cottage besucht. Und vielleicht«, er wurde ein wenig verlegen, »vielleicht, wenn Isabel und Florian kommen, also ich könnte mir vorstellen, dass ich dann noch mal ein oder zwei Wochen mit ihnen zusammen hinfahre.«

»So habe ich mir das gedacht«, warf Wilhelm ein.

»Du meinst, du hast mir das Cottage geschenkt, weil du denkst, dass damit auch meine Ehe wieder in Ordnung kommt?«

»So ähnlich«, erwiderte Wilhelm, »das Cottage hat viele glückliche Zeiten erlebt, ich glaube, das spürt man, wenn man es betritt.«

Anne blickte Sonja an. »Und was ist mit euch beiden? Habt ihr euch wieder vertragen? Sonst müssen wir euch auch ganz schnell ins Cottage schicken.«

Sonja lachte. »Nicht nötig«, versicherte sie, »ich habe ja schon beschlossen, mein letztes Chirurgie-Jahr doch noch fertigzumachen, damit ich einen Abschluss habe. Und Steffen ...«, sie sah freudig in die Runde, »Steffen ist bereit, danach für drei Monate mit mir nach Afrika zu gehen. Ich werde ein halbes Jahr bleiben, dann komme ich zurück, danach sehen weiter.«

»Das Wichtigste hast du mal wieder vergessen«, sagte Steffen vorwurfsvoll.

»Und das wäre?«, wollte Sonja wissen.

»Na, dass du den dritten Heiratsantrag von mir jetzt endlich angenommen hast, ohne lange Diskussion!«

»Na ja, ich glaube, ich werde mich so langsam an diesen Gedanken gewöhnen müssen«, meinte Sonja seufzend, aber ihre Augen strahlten dabei.

Patrick war aufgesprungen und war mit drei Schritten bei ihr. Er nahm sie in den Arm und gab ihr einen Kuss auf die Wange. »Ich freue mich ja so«, flüsterte er ihr zu.

»Ich hoffe, dass bei dir auch alles wieder gut wird«, flüsterte sie zurück.

»Ich habe auch eine Neuigkeit«, sagte Wilhelm nach einer Weile.

Alle sahen ihn gespannt an.

»Ich war in meinem Garten und habe Zeichen entdeckt, dass Elfen eingezogen sind. Endlich!« Er strahlte. »Ich wusste, sie würden eines Tages da sein.«

»Hast du sie gesehen?«, fragte Patrick ungläubig.

»Nein, aber es sind Spuren da, ein Halbmond aus kleinen weißen Muscheln liegt vor dem Eingang in die Steinhöhle, und überall auf dem ganzen Gelände sind Holunderblüten verstreut. Sie sind da, das stille Volk ist da und bringt Glück ins Haus.« Er blickte von einem zum anderen. »Vielleicht haben sie es schon gebracht.« Seine kleinen hellen Augen lachten ein wenig verschmitzt, nie wusste man bei ihm so genau, ob er sich einen Spaß machte oder es ernst meinte. Alle hoben ihre Gläser und gratulierten ihm, so dass er ganz gerührt war.

Der Abend wurde noch sehr gemütlich, und erst spät gingen die Gäste hinüber in die Pension.

»Eigenartig, was Wilhelm da erzählt hat«, sagte Sonja zu Anne, als sie ihr vor dem Haus eine gute Nacht wünschte. »Fast könnte man meinen, es gibt sie doch, diese guten Geister.«

»Ich denke eigentlich gar nicht mehr darüber nach«, erwiderte Anne, »es ist auch unerheblich. Weißt du, ich freue mich einfach darauf, wenn Maleika ein wenig größer ist und Wilhelm mit ihr in seinen Garten geht, um ihr all seine Geschichten zu erzählen. Ich bin froh, dass er bei uns bleibt. Er wird ein wundervoller Opa für sie sein.«

»Ja, das glaube ich auch«, stimmte Sonja zu.

In dieser Nacht war der Himmel klar, und ein voller Mond ging hinter den Kiefern auf und leuchtete in Wilhelms Garten. Auf einmal hörte man von dort eine ganz wundersame Musik, und als das Mondlicht unter den Holunderbusch leuchtete, tanzten da kleine zarte Gestalten mit silbernen Haaren und goldenen Flügeln wie Schmetterlinge in der Luft.

Aber niemand sah sie, denn alle Bewohner der Pension hinter dem Wald schliefen tief und fest in ihren Betten.

Danksagung

Dieses Buch bekam viel Unterstützung von Dirk Meynecke (Buchplanung), Marion Vazquez (Lektorat) und Lena Johannson (Autorin), dafür möchte ich mich ganz herzlich bedanken.